WANG ZIFU WORKS

中国专业作家作品典藏文库

王梓夫卷

少女的晚宴

王梓夫 著

中国文史出版社

目录

·话剧·

京门脸儿

时间：当代

地点：北京东关厢通惠河畔二闸村

人物：

郑开镰	男	45 岁	二闸村党支部书记
杜文丽	女	42 岁	郑开镰之妻
郑盲盲	女	13 岁	郑开镰之女，先天性盲女
郑万春	男	72 岁	郑开镰之父
韩玉冰	女	40 岁	投资商老板
阿　酷	男	20 岁	韩玉冰的秘书
何小飞	女	19 岁	外来妹
徐文山	男	21 岁	打工仔
陈宝瑞	男	45 岁	二闸村村委会主任
马家贵	男	40 岁	片警
萧　童	男	32 岁	行为艺术家
洪教授	男	65 岁	退休设计师
冯十三	男	70 岁	混混儿，靠房租为生
祁　莉	女	18 岁	冯的小保姆

李美眉　女　16岁　郑开镰的外甥女

第一幕

〔位于通惠河畔的二闸村与具有国际大都市风范的北京城只隔着一条可有可无的通惠河。河那边，是耸入云端的高楼大厦，四通八达的立体交通，川流不息的万国汽车博览，不可一世的超大型广告牌。而河的这边，则依旧是几百年以前的陈旧破落的农家小院，在这些古院落中间，硬塞进去更多的粗糙凑合的砖瓦房。过多的房屋杂乱无序，把原本方正宽敞的街道挤得歪七扭八，零乱梗阻。街道上垃圾满地，污水横流，暗红的屋檐上与灰色的树梢上挂着白色污染……这里是大都市历史的活化石，是现代文明进化中未退化掉的尾巴，是旧古都和新北京发展的博物馆。

〔幕启。

〔随着转台缓缓地旋转，二闸村的风貌逐渐展现在观众面前。

〔早晨，懒散的村庄依然在沉睡，春梦般的寂静。几声梦呓般的吆喝不知是从什么地方发出来的：

——清理油烟机煤气灶，疏通您的管道……

——魔幻发卡，两毛一个三毛俩，五毛能买一大把……

——免费上网，玩到你爽……

〔通惠河边，岸柳婀娜，绿草如茵，鸟语花香。

〔洪教授坐在岸边的一块石头上，冲着河对岸的高楼大厦发呆。

〔郑万春领着孙女郑盲盲采野花。

〔冯十三提着鸟笼子，唱着二黄、迈着方步走来。

〔如同往常一样，在这清新鲜活的早晨，三个老人又在河边相遇了……〕

郑万春　我说洪教授，瞅什么哪，是不是对面有个老情人在等您呀？

洪教授　哟，老书记，您早啊！

郑万春　跟您说多少回了，别叫我老书记了，我现在是酱缸里的黄瓜，上了绳的烟，老太太的奶子，卸了任的官，属于“四大蔫”。

洪教授　您可真逗，那我叫您什么呢？

冯十三　（高声大嗓地）我说万春大哥，我托你的事有门儿吗？

郑万春　就你这铜公鸡、铁仙鹤、玻璃耗子、琉璃猫。

冯十三　谁说我一毛不拔？这事成了我请你到东来顺吃涮羊肉。

郑万春　谁稀罕你的涮羊肉？我是说，你得给人家出点儿血。

冯十三　他要多少？

郑万春　少说你也得给人家两“吨”吧？

冯十三　什么？一根破拐棍子，要两万？他也不怕闪了舌头？

郑万春　你听好了，那可是紫檀，早先从王爷府里淘换出来的。

洪教授　（凑上来跟冯十三打招呼）这位老哥天天见，就是没说过话。我姓洪，请问您贵姓？

郑万春　您就叫他冯烧饼十三代吧，祖传的大号。

洪教授　冯烧饼十三代？日本名？

冯十三　还美国名呢。

郑万春　过去有个单弦段子《冯奎卖妻》您听过没有？

洪教授　听过，崇祯年间，大运河发洪水，张家湾开了卖人市。冯奎把老婆拉到人市上去卖，只要两个烧饼……

郑万春　这就是冯奎的第十三代传人，过去开忆苦思甜大会，他总是把老祖宗翻出哭得死去活来，大伙儿都叫他冯烧饼十三代。

洪教授　冯大哥，原来您也是苦大仇深呀！

郑万春　现而今可是屎壳郎推粪球儿——翻过身来了。

冯十三　你别拿我开涮了好不好？洪教授，您不认识我，我可听说过您的大名。

洪教授　您听说过我？

冯十三　您刚才发愣，我就琢磨了，兴许这些大楼都是您设计的吧？

洪教授　哪儿能都是我设计的？有我设计的。

冯十三　有您设计的就了不起。怪不得您冲这些大楼发愣呢。

洪教授　我这儿正琢磨着，这高楼大厦已经堵住了咱的灶火门，这立交桥跨过了咱的屋顶，这大都市就像一只饿疯了的野兽，咱这二闸村呢，就像一只脱了毛断了翅膀的小鸡子，早早晚晚会被这只野兽一口吞下去。

冯十三　别别别，可别……我这几年刚把肚子混圆了，您就要摘我的鸟食罐呀？

洪教授　哪儿是我摘您的鸟食罐呀？您没看电视吗？咱北京市要增加二百四十平方公里的绿色隔离带，咱二闸村正好赶上……

冯十三　什么什么？闲着没事搞隔离带干什么？

洪教授　给城市换肺。

冯十三　换肺？换什么肺？

洪教授　您瞧，人呼吸得用肺吧，城市呼吸也得用肺。

冯十三　城市呼什么吸？

洪教授　城市不呼吸那废气就排不出去，您没觉出来吗？这些年城里的空气是越来越差了，雾霾成灾，大白天的伸手不见五指。晚上出来，您还看得见星星吗？新换的白衬衫，去一趟王府井，领子全黑了。满街都是汽油味，桑拿浴味，烤羊肉串味，麦当劳味，臭脚丫子香水味……为什么？这城市没肺了。什么是城市的肺，就是花草、树木、绿地、草坪……

冯十三　照您这么说，咱这二闸村保不住了？

郑万春　我说十三代，你那所院子，再加上你私搭乱建的，总共出租多少间房呀？

冯十三　不多，五十多间吧。

郑万春　五十多间还不多？就按一间房你收六百块钱房租，一个月就是三万块，你可真成了吃瓦片的了。你呀，也这么大岁数了，积点儿德吧，仨儿子俩闺女，都赶出去了，挤对人家到外面租房住，你要那么多钱干什么？等你死了，连个打幡抱罐的都没有。

冯十三　得了吧，这年头，谁最亲，钱；谁最可靠，钱；谁最有用，还是钱！

〔一阵凄厉恐怖的警笛声……〕

冯十三　哟，怎么啦？我那些外地的二巴混子别再给我惹事，我得回去瞅瞅。

〔冯十三急下。〕

郑万春　盲盲，盲盲，咱也回家了。洪教授，明儿见。

〔洪教授依然对着河那边的高楼大厦发愣。

〔二闸村。

〔外地打扮、初次来京的祁莉，背着一个令城里人见笑的花包袱，手里捏着一封电报，挨门挨户地寻找着，自言自语："蛤蟆坑 6 号……蛤蟆坑 6 号……"

〔郑万春领着孙女郑盲盲从村外回来，郑盲盲的怀里抱着刚采回来的野花。

〔这一老一少的出现，给这沉闷污浊的村庄带来了几分生气和清新……〕

郑盲盲　爷爷，这杜鹃花是什么颜色？

郑万春　红色。

郑盲盲　红色是什么样子？

郑万春　红色像火。

郑盲盲　它也燃烧吗？

郑万春　对，红色让人觉得暖洋洋的。

郑盲盲　那蓝色呢？

郑万春　蓝色像天空。

郑盲盲　是不是湿淋淋的，像下雨？

郑万春　对，蓝色让人心里舒服，像渴了喝杯香茶。

郑盲盲　那绿色呢？

郑万春　绿色像草地。

郑盲盲　凉津津的，毛茸茸的，是吗？

郑万春　盲盲真聪明。

郑盲盲　我觉得还是美眉姐最聪明，她什么都懂。

郑万春　盲盲要是眼睛看得见，比美眉聪明一百倍。

马家贵　（穿着警服，匆匆走过来，跟郑万春打着招呼）郑大爷，您可真早，我这儿还没睡呢，您都带着孙女遛弯回来了。

郑万春　我刚才听见警车叫唤，又出了什么事？

马家贵　端了一个贩地沟油的团伙。

郑万春　抓了几个？

马家贵　三男两女。

郑万春　从谁家抓出来的？

马家贵　冯十三家。我说郑大爷，咱这二闸村眼下可真够乱的，吸毒贩毒的，卖淫嫖娼的，造假烟假酒的，卖盗版光盘的，现在又出了贩地沟油的了……

郑万春　打住打住，这事你别跟我说，我是不在其位不谋其政，眼下二闸村的党支部书记可是郑开镰。

马家贵　郑开镰不是您儿子吗？

郑万春　在我们家里从来不谈公事，我既然退下来了，就退得干干净净，不拖泥带水，不招人家不待见。

马家贵　说实在的，像您这样明智的老干部还真不多。我们那个所长，把人家扶上马了非要再送人家一程，还说什么余热发电。发什么电？纯粹是垂帘听政，我真不明白，这官瘾怎么跟毒瘾似的，就那么难戒吗？

郑万春　得了，当好你的片警吧，一宿没睡了，快回去迷糊一会儿吧。

〔马家贵离去。

〔汽车喇叭声，从急躁到愤怒。〕

郑盲盲　是爸爸的汽车。

郑万春　走，爷爷带你去喝豆汁。

郑盲盲　豆汁太难喝了，馊泔水味儿。

郑万春　喝几次就会上瘾的。

郑盲盲　跟吸毒一样？

郑万春　跟有些人当官一样。

〔郑万春领着孙女离去。

〔背着花包袱的祁莉又找了回来，举着电报查对着门牌号。

〔旋转的舞台又露了街道的一角。一个破旧的砖门楼，先是两个包袱被扔了出来，接着何小飞和徐文山被推出来，驱赶他们的是冯十三。〕

徐文山　冯大爷，求求您了。您再宽限我们几天吧，下个星期，下个星期保证把房租给您。

冯十三　少废话，你这星期没钱，下星期就有钱啦？不是我说你，你也老大不小的了，长短是个男人，自个儿没本事挣钱，还死要面子活受罪，让小飞到歌厅当小姐怎么了？

何小飞　冯大爷，您行行好吧。您把我们赶出来，我们到哪儿去住呀？

冯十三　住哪儿你们自个儿想辙，你们要吃饭，我也得吃饭，我还指着这房租活着呢。

何小飞　冯大爷，您不是说……

〔冯十三砰地把大门关上。〕

何小飞　（收拾着被扔在地上的东西）哼，老流氓。

徐文山　（有点儿奇怪）他怎么流氓了？

何小飞　他把咱们轰出来了还不是流氓？你说吧，咱怎么办？

徐文山　要不……你再去歌厅……坐几天台？

何小飞　你不是说，永远不许我再到那些地方去吗？

徐文山　咱卖艺不卖身还不行？

何小飞　我有什么艺？

徐文山　你不是会唱歌吗？

何小飞　在那地方唱歌，得让那些臭男人搂着。

徐文山　唉……搂就搂吧。

何小飞　得让那些臭男人浑身乱摸。

徐文山　唉……摸就摸吧，只要不跟他们上床就行。

何小飞　废话，上床叫出台，不上床才叫坐台呢。

徐文山　对对，咱只坐台，不出台，行了吧？

何小飞　（伸手）拿来。

徐文山　什么？

何小飞　钱。

徐文山　什么钱？

何小飞　打电话的钱，我弟弟上高中了，他要考大学的，我每星期都得跟他通一次电话，你又不是不知道。

徐文山　我没钱了。

何小飞　不是还有五块吗？

徐文山　昨天……我吃了……一碗担担面。

何小飞　什么？我饿了一天肚子，你却自己跑出去吃担担面？

〔何小飞气怒地拎包而去。

〔徐文山在后面追着：“小飞，小飞……”

〔焦灼愤怒的汽车喇叭声……

〔妖艳的发廊老板出来，只穿着一件松松吊吊的睡裙。她端出一盆脏水泼出来，差点儿泼在祁莉的身上。

祁　莉　大姐，这儿是蛤蟆坑6号吗？

女老板　你问的是哪个6号呀？这儿有前街6号、后街6号、甲6号、乙6号、丙6号……还有拐巴6号。

祁　莉　怎这么多6号呀？干吗不往下排7号呀？

女老板　7号更多。

祁　莉　你们这儿的人好像都不识数。

女老板　你才不识数呢。告诉你，原来一个号就一个院，后来家家户户都疯了一样盖房。院子里盖房，院子外盖房，大门口盖房，街道上盖房，房挤房房摞房房里有房房外有房房下有房房上还有房……

祁　莉　盖这么多房干啥呀？

女老板　废话，不盖这些房你们这些外来的住哪儿呀？咦，你找谁呀？

祁　莉　我找我姐姐……

女老板　（上下打量着祁莉，热情地）来来来，进来，进来说……

〔发廊老板把祁莉拉进发廊。

〔李美眉蹦蹦跳跳地跑出来，这个十六岁的中学生是一副“90后”的时尚打扮：运动鞋，背着双肩包，金头发，蓝眼圈儿……

〔汽车喇叭又响了两声，郑开镰怒气冲冲地走了过来。〕

郑开镰　狗日的，这是谁盖的小房？

〔李美眉立刻迎上去。〕

李美眉　舅舅，您快开车送我一下吧，我要迟到了，第一堂课还考试呢！

郑开镰　知道考试还睡懒觉？

李美眉　人家不是年轻吗？正是睡觉的时候，哪像我姥爷，5 点钟不到就拉着盲盲起床。

郑开镰　瞧他妈你这身打扮，成什么了？怪物似的。

李美眉　我们“90 后”不都这样吗？

郑开镰　明儿我就给你妈打电话，让她把你接回去。

李美眉　别别，我不是还准备在您这儿考大学吗？

郑开镰　就你这吊儿郎当的，还考得上大学？

李美眉　别说了，您快送送我吧。

郑开镰　我没时间，你自己“打的”走吧。

〔李美眉伸出手。

〔郑开镰掏出一张钱给她。〕

李美眉　Bye……

〔郑开镰朝前走去。

〔又一个时髦的人物出现了，他叫萧童，是个所谓的行为艺术家。

〔李美眉张开双臂迎上去，非常夸张地叫喊着。〕

李美眉　哇塞！萧童老师，您可真酷，我非常崇拜您，您就是我的偶像。

萧　童　你崇拜我什么？

李美眉　您是画家呀，我最崇拜画家了。

萧　童　你搞错了，我不是画家。

李美眉　不会吧？您怎么不是画家呢？

萧　童　我是行为艺术家。

李美眉　行为艺术家？对了，我知道了，我最崇拜您这艺术家的行为了。

萧　童　行了行了，你想干吗？

李美眉　您进城吗？

萧　童　你不就是想搭车吗？OK。

〔李美眉扑上去搂住萧童的脖子，在他那大胡子上亲了一下。

〔两个人疯魔似的走了。

〔祁莉从发廊里跑出来，发廊老板在后面拉着她。〕

祁　莉　不，不，我不干，我不干这种事……

女老板　姑娘，你别走，你听我说……

〔祁莉挣脱了女老板，跑到街道上。

〔冯十三躲在门楼后，看着发廊这边发生的事。

〔郑开镰从后面过来。〕

祁　莉　大叔，请问蛤蟆坑6号在哪儿？我找我姐姐。

郑开镰　谁是你姐姐？

祁　莉　我姐姐在这儿打工，她给我发个电报，让我过来赚钱。

郑开镰　（拿过祁莉的电报，念着）此地人傻……钱好挣……速来……（问祁莉）这是你姐姐发的电报？

祁　莉　是呀。

郑开镰　你姐姐真他妈浑蛋，她是干什么的？

祁　莉　（吓得往后退着）我……我不知道……

〔冯十三跟过来。〕

冯十三　哎……开镰……噢……郑支书……我跟你打听个事，听说咱这二闸村要变成绿色隔离带？

郑开镰　我说十三大爷，您也忒缺德了吧？这没屁眼儿的事又是您干的吧？

冯十三　这……这是哪一出儿呀？

郑开镰　您别跟我这儿犯傻，胡同口那间小房是您盖的吧？

冯十三　是呀。怎么了？

郑开镰　怎么了？我的汽车都开不进来了，您没听我摁了半天喇叭吗？您这是侵街占道、私搭乱建，马上给我扒掉。这么大岁数了，别找不自在。

冯十三　私搭乱建又不是我一家，凭什么让我扒呀？

郑开镰　都得扒，从您开始。

冯十三　凭什么从我开始？

郑开镰　刚才那伙贩地沟油的，是从您家抓的吧？

冯十三　瞧你说的，我只管租房收房租，还管得了他们干什么？

郑开镰　这话您别跟我说，一会儿派出所来人，您跟他们说吧。（说完顾自朝前走）

冯十三　（紧追其后）哎哟……郑书记……这事你得给我摆平……

〔郑开镰没理睬他，匆匆走了。

〔冯十三一回头，看见了举着电报的祁莉。〕

冯十三　姑娘，你租房吗？

祁　莉　我没钱。

冯十三　没钱给我当保姆怎么样？

祁　莉　您一个月给我多少钱？

冯十三　你要多少钱？我管吃管住。

祁　莉　管吃管住您能给我两千吗？一千八也行。

冯十三　我要是一个月给你三千呢？

祁　莉　什么？您给我三千？您逗我玩吧？

冯十三　我今年七十了？你多大？

祁　莉　我十八。

冯十三　我当你爷爷都有富余了，有心思逗你玩吗？说痛快的，干不干吧？

祁　莉　我姐姐说对了，这儿的人果然傻。

第二幕

〔又一个清新鲜活的早晨。

〔郑万春、洪教授、冯十三又相聚在通惠河大堤上。

〔郑万春带着孙女采野花，洪教授打太极拳，冯十三提笼遛鸟。

〔冯十三的身边，多了一个姑娘祁莉，像个孝顺孙女一样地搀扶着他。冯十三更加气派非凡，一副大老爷样。〕

冯十三　（掏出一张钱）莉莉，买两根油条、一碗豆浆，回去等着我吧。

〔祁莉接过钱走了。〕

郑万春　十三代，这姑娘是谁呀？

冯十三　我孙女。

郑万春　孙女？你把自个儿的亲闺女亲儿子、亲孙子亲孙女都赶跑了，会认一个两姓旁人当孙女？

冯十三　哪儿是认的呀？我花钱买的。

郑万春　人家都花钱买股票、买国债，你怎么花钱买大姑娘？

冯十三　知道什么叫人上人吗？过去的财主，咱亲眼见呀，哪个身边没有几个小丫鬟伺候着，那不都是花钱买的吗？

郑万春　想不到冯烧饼十三代，如今也成了使唤小丫鬟的大财主了。

洪教授　（收拳过来）郑大哥，听说咱二闸村要引进开发商？

郑万春　唉，没了。

冯十三　什么没了？

郑万春　看见了吧？这片菜地……这塑料大棚……那里面都是从以色列引进来的特菜：樱桃、西红柿、珍珠萝卜、黑菜花、紫心圆白菜，还有长得像香蕉一样的西葫芦……

冯十三　你是说，这些都得毁了？那我的房子呢？

郑万春　你的房子？整个二闸村的房子都得拆。

冯十三　这是哪个王八蛋出的损主意？

郑万春　十三代，你嘴上留点儿德。

冯十三　真是的，我忘了郑开镰是你的儿子了，这是怎么说的？

洪教授　冯大哥，您不是说，过去咱二闸村的农民都羡慕河那边的城里人吗？姑娘十八九，向着城门开步走，只要能离开庄稼地，嫁给狗熊不嫌丑。

郑万春　那是老皇历了，现而今城里人不是也有不少下岗的吗？咱庄稼人，还是有几亩地过得踏实，真要是再赶上 1960 年那样的大饥荒，咱只有干张着嘴等死了……

郑盲盲　（在远处叫着）爷爷……爷爷……我抓到一只花蝴蝶。

〔二闸村办公室。简陋、邋遢。

〔村委会办公室主任陈宝瑞正在往墙上挂着一幅字画。

〔郑开镰风风火火地进来。〕

郑开镰　狗日的，这还叫办公室吗？还不如猪圈呢。要不人家瞧不起咱农民呢，冲这邋遢样儿，能让人瞧得起吗？一会儿韩总裁就来，人家可是从国外回来的大老板，咱别把脸丢到卡巴裆里去。

陈宝瑞　郑书记，您看，我这儿不是比较十分忙嘛。

郑开镰　忙你丈母娘的脚后跟。

陈宝瑞　我从潘家园淘换了一张字画，也显得咱们比较十分有文化不是？

郑开镰　你能不能不说比较？

陈宝瑞　啊……郑书记，咱们比较……不，特别十分忙，能不能雇个秘书呀？

郑开镰　就这点儿活儿还用使唤秘书？你也忒懒了，懒得屁眼儿都快下蛆了。你不干我干，没听说过哪个坟头儿是累死的。

陈宝瑞　别别别，还是我干吧。这合同书打印好了，您先看看吧。

〔郑开镰接过合同书坐在办公桌旁看起来。

〔陈宝瑞收拾着房间。他擦完桌子，摇了摇空了的暖瓶，出去打水。

〔何小飞推门进来。〕

何小飞　大叔，我用一下电话可以吗？求求您了。

〔郑开镰抬头看她一眼，朝电话机努努嘴。

〔何小飞拨通了电话："喂……是铜锣镇中学吗……请您帮我找一下何小刚……高三（2）班的……我是他姐……"

〔郑开镰继续看着协议书，无暇旁顾。

〔陈宝瑞提着暖瓶进来了，见何小飞在打电话，一愣。

〔何小飞："……小刚，我问你，最近又摸底考试了吗……得多少分呀……语文呢……数学呢……英语呢……英语怎么才得八十分……不行，你还得拼命……你什么都不要管，你现在的任务就是给我拿分儿……小刚，你一定要考上大学，而且要考上北京的大学，你要记住爸爸临死时是怎么跟你说的，你可得给他争气呀，你可得让他在九泉之下闭上眼呀……小刚，听姐姐说，你现在不是一个人在考试，你是在替爸爸考试，替妈妈考试，也是替姐姐考试……小刚……"

〔郑开镰突然被何小飞那慷慨激昂的话惊动了，抬起头来看着她。

〔陈宝瑞气怒地看着何小飞。

〔何小飞放下电话，要走。〕

陈宝瑞　你等等，你刚才往哪儿打的电话？

何小飞　我给我弟弟。

陈宝瑞　我问你往哪儿打的？

何小飞　铜锣镇。

陈宝瑞　哪儿的铜锣镇？

何小飞　湖北。

陈宝瑞　你打的是长途呀？你可真比较会找便宜钻空子，你知道往湖北打电话一分钟多少钱？

何小飞　我……我跟郑书记说了……

〔电话铃响了……

〔陈宝瑞去接电话。

〔何小飞欲走。〕

陈宝瑞　你别走……（拿起电话）喂……二闸村委会……什么？你说什么？我一句都听不懂……郑书记，一个老外来的电话。

郑开镰　你问他找谁。

陈宝瑞　他说的不是中国话……比较不十分好懂，要不您听听？

郑开镰　废话，他不说中国话我不是照样听不懂吗？

何小飞　大叔，我试试行吗？

郑开镰　（困惑地看着她）

何小飞　（接起电话）Hello……（英语）请问您找谁……您是谁……（捂着电话对郑开镰）是加拿大的约翰逊先生，找大都金融投资公司总裁韩玉冰女士……

郑开镰　噢，韩总裁还没有到，我们也正在等她，让他过一会儿再来电话。

何小飞　（英语）对不起……韩玉冰女士还没有到，请您稍候再来电话。（放下电话）

郑开镰　你会英语？

何小飞　我上高中的时候是英语课代表。

郑开镰　你学习成绩那么好，怎么没考大学？

何小飞　谁说我没考？

郑开镰　没考上？

何小飞　谁说我没考上？

郑开镰　那是怎么回事？

何小飞　我考了五百八十分……这个分数在你们北京能上清华、上北大，可是……在我们那儿，连个普通大学都录取不了……您知道吗？

郑开镰　我听说过，外地的录取分数线比北京高一百多分，所以我妹妹就把她的闺女弄到北京来读书了。

何小飞　就是那个李美眉吗？

郑开镰　你认识她？

何小飞　她有你这么一个好舅舅……我呢？我弟弟呢？

郑开镰　你叫什么？

何小飞　何小飞。

郑开镰　何小飞……你想不想在我这儿干？

何小飞　干什么？

郑开镰　给我当秘书。

何小飞　您给我多少钱工资？

郑开镰　狗日的，还他妈破被窝儿叠起来了。

何小飞　哎，您怎么骂人呀？

郑开镰　对不起，我这是占口话，别在意。

何小飞　我不在意，您一个月给我多少工资？

郑开镰　你要多少？

何小飞　少两千免谈。

郑开镰　我给你两千。

陈宝瑞　（急忙把郑开镰拉到一边）你怎么用她当秘书？她是坐台小姐，这比较不十分好吧？

郑开镰　坐台小姐怎么了？咱用她一技之长嘛。

何小飞　郑书记，我什么时候上班？

郑开镰　现在就上班。

何小飞　OK。

〔汽车喇叭响。

〔陈宝瑞愣了一下，跑了出去。

〔韩玉冰出现在办公室门口。这是一个非凡的女人：气质高贵，姿容冷艳，志高气傲，财大气粗。一个久经商海沉浮的女强人，一个红尘滚滚中出类拔萃的女老板。她的身后，跟着一个唯唯诺诺、宠物般的小白脸儿。小白脸儿的腋下夹着一个真皮名牌文件包，同样地趾高气扬，自命不凡。

〔郑开镰急忙热情地迎上前。〕

郑开镰　哎呀韩总，我们正在等着您呢……啊，对了，刚才加拿大的……（冲何小飞）谁来的？

何小飞　约翰逊先生。

郑开镰　对对，约翰逊先生给您打来了电话，我告诉他您一会儿就到。小飞，给韩总上茶……坐，韩总，您请坐！

〔韩玉冰看了看椅子，皱了皱眉，小白脸急忙用手帕擦了擦椅子。韩玉冰坐下来。

〔何小飞被韩玉冰的威仪震慑住了，慌手忙脚地端上茶水："韩总，您喝茶。"

〔几乎与此同时，韩玉冰伸手向阿酷要着什么："阿酷……"

〔茶杯被韩玉冰的手打落在地上，茶水溅在韩玉冰的衣襟上。

〔何小飞惊惶地后退："啊……对、对不起……"

〔阿酷像护家犬一样地扑上来，呵斥着何小飞："你怎么搞的？把韩总烫伤了怎么办？（转向韩玉冰，忙掏出手绢来擦着她身上的茶渍）韩总，您没事吧……（怒向何小飞）你看，把衣服都弄脏了，你知道这件衣服值多少钱吗？这是英国的面料，在香港专门定制的，你赔得起吗？"

〔韩玉冰站起身，制止了阿酷的殷勤。〕

郑开镰　韩总，真不好意思。

韩玉冰　咱们开门见山，我先看看合同书。

〔郑开镰把刚才看的合同书递给韩玉冰。

〔韩玉冰接过合同书，却看了看何小飞。〕

韩玉冰　她是谁？

郑开镰　小飞，何小飞，我的秘书。

韩玉冰　你的秘书？

郑开镰　眼下在商场上混事儿，不是都得有个女秘书吗？啊，您的秘书是男的……

韩玉冰　让她回避一下。

郑开镰　有必要吗？

韩玉冰　阿酷，你到外面等我。

郑开镰　好吧，小飞，你也找个地方凉快凉快去吧。

〔一直站在门口的陈宝瑞也知趣地退了出去。〕

韩玉冰　咱开门见山。我这个人喜欢开门见山。

郑开镰　您说吧。

韩玉冰　你要多少?

郑开镰　什么要多少?

韩玉冰　我给你二百万美元，帮你存在瑞士银行。

郑开镰　我不要。

韩玉冰　你跟钱有仇?

郑开镰　没仇。

韩玉冰　没仇为什么不要?

郑开镰　我怕挨枪子。

韩玉冰　这件事，只有天知地知你知我知……

郑开镰　是呀，要是让别人知道就麻烦了。

韩玉冰　信不过我?

郑开镰　怎么会呢?信不过我能跟您合作吗?

韩玉冰　来，咱坐下慢慢说。

〔阿酷站在办公室的门外，像警犬一样忠实地守候着主人。

〔李美眉蹦蹦跳跳地走过来，径直朝办公室闯去。〕

阿　酷　小姐，请不要进去。

李美眉　你管谁叫小姐呢?

阿　酷　你不是小姐吗?

李美眉　你才是小姐呢。你把我当什么人了?

阿　酷　那我叫你什么?

李美眉　你叫我什么都行，就是不许你叫我小姐。

阿　酷　不叫小姐就不叫小姐，你现在不能进去。

李美眉　为什么?

阿　酷　里面有重要的事情。

李美眉　谁有重要的事情？

阿　酷　我的老板。

李美眉　谁是你的老板？

阿　酷　大都金融投资公司总裁韩玉冰韩女士。

李美眉　那你是干什么的？

阿　酷　我是韩总裁的秘书。

李美眉　秘书？这总裁怎么找个小白脸儿当秘书？

阿　酷　你说谁是小白脸儿？

李美眉　那你叫什么？

阿　酷　我叫阿酷。

李美眉　阿酷？

阿　酷　我长得酷不酷？

李美眉　够酷的。

阿　酷　（得意地）还行吧。

李美眉　你呀，帅呆了，酷毙了，简直无法比喻了；你头顶金针菜，手拿皮锅盖，以为自己是东方不败，其实呀——是傻瓜二代。

阿　酷　你……你怎么挖苦人？

李美眉　我这不是夸你吗？哎，你们老板是不是特有钱？

阿　酷　那还用说，几十亿身家，还有海外企业。

李美眉　能不能跟你们老板要点儿赞助？你知道吗？行为艺术，这是目前世界上最时尚、最有档次、最有魅力、最先锋、最前卫的艺术。

阿　酷　打住，跟我们老板，谈什么都行，就是别跟她要钱。

李美眉　她不是很有钱吗？几万块钱，对她来说，不过是沧海之一粟，九牛之一毛。

阿　酷　你光知道我们老板多有钱了，你还不知道我们老板有多爱钱呢。你知道每月给她爸爸多少生活费吗？

李美眉　多少？

阿　酷　三百七十八块，还有整有零。

李美眉　真抠。

阿　酷　废话，不抠能攒钱吗？

李美眉　算了，我还是找我舅舅去吧。（欲进）

阿　酷　（一把拉住李美眉）不许进！

〔办公室，郑开镰与韩玉冰继续谈判。〕

韩玉冰　说好了，就三七开，你干不干吧？

郑开镰　封顶了？

韩玉冰　封顶了。

郑开镰　砸死了？

韩玉冰　砸死了。

郑开镰　不能再多点儿了？

韩玉冰　不能了，这字你签不签吧？

郑开镰　等等，我要是收了您那二百万美元呢？

韩玉冰　羊毛出在羊身上，那只能是二八开了。

郑开镰　狗日的，真他妈黑……

韩玉冰　我说你嘴干净点儿行不行？

郑开镰　我骂我自个儿呢。

韩玉冰　你要想骂自个儿，到卫生间里对着镜子骂去。

郑开镰　我这是占口话，算不上骂人。

韩玉冰　算不上骂人你也别在我面前撒野，你应该学会尊重妇女。上次在香格里拉谈判，你满嘴的脏话，我就没跟你计较。

郑开镰　好了，我给您赔个不是，我保证今后在您面前绷着点儿。

韩玉冰　行了，咱书归正传，这二百万美元你要不要吧？

郑开镰　我要是收了您那二百万美元，就得挨枪子；要是不收您那二百万美元呢，也得让二闸村老百姓的唾沫淹死，横竖我是混不成囫囵尸首了。

韩玉冰　郑书记，这事可是你找的我，往外掏钱的可是我。

郑开镰　您掏钱不假，可是您别忘了，这土地可是我们的。这他妈……啊，对不起，这是什么地？天子脚下，寸土寸金。在我们的土地上盖了房，您赚七成，我们才落三成，您黑不黑呀？您别瞪眼，您别听我这么说，这合同我签，不就是“卖国条约”吗……好在这一百多年以来，签“卖国条约”的也不是我郑开镰一个人。我出卖一个二闸村算什么？大不了当汉奸呗。

韩玉冰　你的话可真密。

郑开镰　（把签好的合同递给韩玉冰）我就是爱说点儿，破屁股嘴，您别在意。谁身上都有毛病，我媳妇就总说我是农民，跟我结婚二十多年了，齁丁儿看不上我。

韩玉冰　这么说，我也有让你看着不顺眼的地方呀？

郑开镰　别的毛病倒没有，您是大老板，女强人，没有不服您的。就是……

韩玉冰　往下说呀！

郑开镰　我说了您可别生气。

韩玉冰　我至于的吗？

郑开镰　您知道别人在背后都叫您什么吗？

韩玉冰　你别老跟我您您的好不好？我就看不惯你们北京人这套酸文假醋，连吵架也说您，骂人也说您，恨得牙根八丈长，还说您，假不假呀？

郑开镰　贾不假，白玉为堂金作马，我这不是跟您客气嘛。

韩玉冰　还有完没有？

郑开镰　啊，好，不说您了，说你。人家背后都叫你冷美人！

韩玉冰　你也觉得我冷？

郑开镰　说老实话，你真是够冷的，让人见了身上起鸡皮疙瘩。跟你接触这么长时间了，我就没见你笑过。我真怀疑，你到底会不会笑。

韩玉冰　这跟咱的合同有关系吗？

郑开镰　合同我签了，正事办完了，下面都是闲话了。

韩玉冰　那好，为了庆祝咱们合作成功，我就陪你说两句闲话吧。你不是怀疑我会不会笑吗？我告诉你，我会笑，我干吗不会笑呢？我过去笑得比谁都甜，比谁都好看，比谁都迷人。微笑、媚笑、苦笑、暗笑、傻笑、浪笑，含泪笑、撇嘴笑、回头笑、飞吻笑，暗送秋波的笑、勾魂调情的笑、皮笑肉不笑，不想笑还得装笑……我笑够了，我把一辈子的笑都提前透支了，透支给你们这些臭男人了。我没有笑了，我笑不出来了，我该板起面孔做人了。

郑开镰　啊，又一个痛苦的灵魂。

韩玉冰　你说什么？

郑开镰　我说，又一个痛苦的灵魂。

韩玉冰　（开心地笑起来）哈哈哈……

郑开镰　你果然笑得很动人。

〔电话铃响了起来。

〔郑开镰去接电话。〕

郑开镰　找你的，说的是洋文。

〔韩玉冰接过电话："Hello……"

〔李美眉闯了进来："舅舅，舅舅……"〕

第 三 幕

〔夏天，通惠河边的早晨，生机勃勃。

〔洪教授在岸边支着一块画板，描绘着图纸。

〔冯十三在祁莉的搀扶下，提笼遛鸟。

〔郑万春正在教徐文山学锔盆锔碗，他坐在一只小马扎上，腿上遮着块帆布，像拉胡琴似的拉着金刚钻。一边示范着，一边给徐文山讲解着，身教言传，诲人不倦……

〔郑盲盲在河边采着野花。

〔在洪教授的不远处，萧童对着河水扯着嗓子高唱着："我和你，心连心，共住地球村……"

〔远处的盲盲敞开清亮的童音和着萧童唱着："为梦想，千里行，相会在北京……"

〔两个人合唱着"来吧，朋友，伸出你的手。我和你，心连心，永远一家人……"

〔盲盲尴尬地停止了歌唱。

〔萧童兴奋地大喊大叫起来："啊……灵感……灵感……我可找到你了……啊……灵感……伟大的灵感……萧童啊萧童，你这个王八蛋，你怎么这么聪明啊……伟大的灵感，伟大的王八蛋，伟大的萧童……"

〔萧童连滚带爬地来到洪教授身边，兴奋不已。〕

萧　童　洪教授，我找到灵感了。您知道吗？灵感，像一道通天贯的闪电，哗啦一下子在我的眼前亮了起来，我紧紧地抓住了它，像抓住了上帝的手，不，像抓住了我梦中情人的手，那一刹那，我的整个灵魂都震颤起来，这就是马斯洛心理学所说的顶峰体验。洪教授，您有过顶峰体验吗？

洪教授　萧童，你没事儿吧？

萧　童　事儿？什么事儿？我找到灵感了，我太幸福了，我太骄傲了，作为一个艺术家，没有什么比灵感更重要的了，灵感就是艺术家的生命。

洪教授　你找到了什么灵感？

萧　童　（唱）我和你，心连心，共住地球村……

洪教授　这哪儿是你的灵感？这不是奥运歌曲吗？

萧　童　是奥运歌曲，可是我要把它表现出来，用行为艺术把这个伟大的主题表现出来！洪教授，您等着吧，到时候我请您去参观我这伟大的作品。（疯疯癫癫地跑下）

冯十三　洪教授，您又设计什么呢？

洪教授　啊，十三代。啊，冯老哥。

冯十三　没关系，十三代就十三代，我不在意。我说洪教授，您设计一张图纸，能赚不少钱吧？

洪教授　我这是闲着没事手痒痒，画着玩儿呢。

冯十三　画着玩儿，画着玩儿。眼下这人都玩疯了，玩什么的都有，玩麻将，玩台球，玩猫玩狗玩鸟，玩电脑，玩上网，玩股票，玩生意……对了，刚才那位是玩什么的？

洪教授　您问的是萧童呀，他是行为艺术家。

冯十三　这么说是玩艺术的了？

祁　莉　玩的就是心跳。

冯十三　玩的就不害臊。

祁　莉　就是心跳。

冯十三　就不害臊。

祁　莉　嗯。

冯十三　对了，这年头没羞没臊，我凭什么心跳？许他们玩天玩地玩社会，就不许我玩大姑娘了？对不对莉莉？

祁　莉　您可真坏。

〔徐文山开始试着锔碗，郑万春在一边指导着。

〔冯十三在祁莉的搀扶下踱过来。〕

冯十三　（唱着）锔盆锔碗锔大缸，锔老太太卡巴裆……

郑万春　十三代，当着人家姑娘的面，你嘴上就留点儿德吧。

冯十三　头两天你说你收了个徒弟，我还以为你教他怎么当官呢，闹了半天就教这个呀？

郑万春　这个怎么了？这手艺是我家的祖传。想当初我爷爷的爷爷就是靠这手艺，带着全家从山东临沂来到二闸村的，这手艺养活了我们郑家六代子孙。

冯十三　那你不是也成了六代了吗？

郑万春　嘿嘿……

冯十三　我说万春大哥，就算这锔盆锔碗的手艺养活了你家六代人，可是到了这第七代还有用吗？谁还拿破盘子烂碗当宝贝呀？

郑万春　在他们山沟里，老百姓还稀罕，这手艺还用得着。

冯十三　（对徐文山）小伙子，你真要学这手艺回去养家糊口？

徐文山　冯大爷，您知道，何小飞离开我了，我不能饿死呀。

冯十三　这手艺能混饭吃吗？

徐文山　我在这儿学徒，郑大爷管吃管住。

冯十三　哈哈哈……我说郑老弟，天底下哪儿有你这么冤大头的师父？

郑万春　唉，十三代老哥，不瞒你说，我这心里不踏实呀，庄稼人，地没了，咱以后拿什么混饭吃呀？

冯十三　地没了，你心疼地，我心疼的是房。我的房没了，这不是要我的命吗？你那宝贝儿子，净办那些断子绝孙的事。

郑万春　我说十三代，你这是骂谁呢？

冯十三　哎哟，你瞧我这张臭嘴。

〔郑开镰家。

〔二闸村一个四楞四致的农家小院，青砖、红檐、花玻璃，花坛、鱼池、石榴树。

〔屋门口的煤气灶上煎着药。

〔杜文丽坐在一个小凳上看着药锅。

〔郑盲盲给她做着肩部按摩。

〔郑开镰在给鱼池里的金鱼喂食。〕

杜文丽　断子绝孙……断子绝孙……你听听人家在骂你什么？

郑开镰　我不在乎。

杜文丽　可我在乎。

郑开镰　我跟你说过多少次了，你不要再喝这些苦药汤子了行不行？啊，行不行？我不需要传宗接代，我不怕断子绝孙。

杜文丽　你以为我喝这些苦药汤子是怕你们郑家断了香火吗？

郑开镰　那你是为了什么？

杜文丽　我是为了盲盲。她一个双眼瞎的人，总不能跟着咱们过一辈子吧？咱死了以后，她就一个亲人都没有了，她要是有个弟弟，或者有个妹妹，到时候总不会不管她吧？

郑开镰　你呀……（怜惜地看了她一眼，进了屋）

郑盲盲　妈，我爸爸说得对，您别吃这些药了，多苦呀。

杜文丽　为了你，妈不怕苦。

郑盲盲　我不要弟弟妹妹，我在学校里学会了按摩，我能自己养活自己。

杜文丽　盲盲，我的好女儿，你不要做按摩，咱不吃这下三烂的饭，妈妈能养活你。

郑盲盲　可是，您和爸爸真的要是老了呢？

杜文丽　你放心，妈妈一定给你生个小弟弟或者小妹妹，到时候会有人照顾你的。

郑开镰　（在屋里喊着）文丽，我那件鳄鱼牌衬衣哪儿去了？

杜文丽　没在矮柜里吗？

郑开镰　（在屋里）没有呀。

杜文丽　盲盲，给妈妈看着点儿药锅。（起身进屋）

李美眉　（从外面蹦蹦跳跳地进来）盲盲，就你一个人在家呀？舅舅和舅妈呢？

郑盲盲　他们在屋里。美眉姐，你今天进城吗？能给我买一件乳罩吗？我要少女牌的。

李美眉　买什么乳罩呀？你知道现在“四大土”是什么吗？

郑盲盲　什么“土”？

李美眉　土老帽的“土”，你听我告诉你：腰上挂钥匙，够土的吧？手机带套儿，男人穿背心，女人戴乳罩。

郑盲盲　女人不是都得戴乳罩吗？

李美眉　“90 后”就不戴，这是潮女，你懂吗？

郑盲盲　什么是潮女呀？

李美眉　听我告诉你，光脚穿凉鞋，腰背双肩挎，耳机随身带，染成金丝发；还有，穿衣服要三露，上面露胸，下面露大腿，中间露肚脐,特别是露出肚脐是最要紧的，肚脐是人类的第三只眼。我们潮女要用第三只眼睛看世界。

郑盲盲　可我连一只眼睛也没有。

李美眉　盲盲，你别悲观，虽说你是个残疾人，可也不能落在时代的后面，你也得加入我们的潮女行列。还有盲盲，“90 后”崇尚自由，无拘无束。和男朋友走在大街上的时候，要旁若无人，搂着脖子，像小鸟一样互相喂食，特别浪漫。

郑盲盲　可我没有男朋友。

李美眉　你会有的，一定会有的。再有，潮女又是追星族，要有自己崇拜的偶像，你崇拜谁呀？

郑盲盲　我崇拜海伦·凯勒。

李美眉　海伦·凯勒是谁？

郑盲盲　美国的一个盲人女作家，非常了不起。

李美眉　得了得了，这年头谁崇拜作家呀？傻不傻呀？

郑盲盲　那我该崇拜谁呀？

李美眉　我们该崇拜大牌的歌星影星球星，像周润发、刘德华、约翰逊、麦当娜、马拉多纳……还有萧童。

郑盲盲　萧童是谁？

李美眉　萧童是一位行为艺术家，我正在帮助他搞一个大型的行为艺术展览。

郑盲盲　你在帮助他？帮助你崇拜的偶像？

李美眉　是啊。

郑盲盲　你真了不起。

李美眉　每一个成功的男人背后，都站着一个伟大的女性。

郑盲盲　啊？你要嫁给他？

李美眉　这年头谁还谈婚论嫁呀？俗不俗呀？

郑盲盲　那……那……那你怎么帮助他呀？

李美眉　我正在给他到处拉赞助，这需要一笔钱，一大笔钱。盲盲，你也参加吧。

郑盲盲　我可没有钱。

李美眉　不需要你出钱。

郑盲盲　那我能干什么？

李美眉　为行为艺术献身……

郑盲盲　献身？怎么献身？

李美眉　他搞的这个行为艺术叫作《奥运五环》，需要两千个人勇敢地参与，这也是向传统势力的一次有力的挑战。

杜文丽　（急忙从屋里跑出来）哎呀盲盲，药熬煳了吧？

郑盲盲　对不起妈妈，我光顾跟美眉姐说话了。

杜文丽　还好，我再加点儿水吧。

李美眉　舅妈，我舅舅呢？

杜文丽　在屋里收拾东西呢。

李美眉　他又要出差？

杜文丽　说是跟韩总裁一起去香港。

李美眉　跟那个女老板？

杜文丽　什么？韩总裁是女的？

李美眉　您不知道？

杜文丽　他工作上的事情我向来不干涉。

李美眉　舅妈，您跟我舅舅说说，别总是吹胡子瞪眼的，还骂人。

杜文丽　他呀，就是那个狗脾气，你别在意，叫我说，在这个家里，他最疼的就是你了。

李美眉　我不是说他跟我，他是我舅舅，他跟我怎么嚷我都不在乎。我是说他在别人面前，他得注意社会形象。他现在是党支部书记、企业家，经常走南闯北接触上流社会，将来还要在国际市场上叱咤风云，您说他不提高素质行吗？赶明儿我得让萧童给他讲讲社交礼节，帮助他设计一下社会形象。

杜文丽　你呀，别操那心了。我都跟他结婚二十多年了，没有一天不唠叨他的，改得了吗？生就的骨头长就的肉，农民，他压根儿就是个农民。他当多大官，赚多少钱，也还是个农民。别看他开宝马车，穿鳄鱼牌衬衣，扎金利来领带，还是改不了农民的习气：说话带脏字，吃饭吧唧嘴，还有……我都不好意思跟你说……

郑开镰　（拿着一件正在收拾的衣服探出头来）说吧，不就是睡觉脱光屁股吗？哪个农民睡觉不脱光屁股？你懂不懂？这叫脱光了细睡，甲级睡眠。

李美眉　我拥护，我也喜欢裸体。

杜文丽　（气怒地）野蛮！

李美眉　舅妈，听说您的爸爸妈妈都是高级知识分子？

杜文丽　我爸爸是协和医院的教授，我妈妈是中学校长。

李美眉　那您是正宗的城里人呀，怎么就嫁给我舅舅这个庄稼汉了呢？

杜文丽　我那会儿在山西插队，不能直接回城，就来个迂回返京。

李美眉　合着您嫁给我舅舅是为了找一块回城的跳板。

杜文丽　可以这么说，我们这一代人的婚姻悲剧，许多都是因为插队造成的。

李美眉　那您后来为什么不跟我舅舅离婚呢？

杜文丽　你舅舅这个人……就是素质低点儿，其实人挺好的，可以说是个真正的男子汉。

李美眉　舅妈，您挺讲理的。

杜文丽　什么讲不讲理的，我还不是为了盲盲，她一个双目失明的孩子，已经够可怜的了，我不能让她再缺爹少妈的。

李美眉　这么说，您不跟我舅舅离婚，主要是为了盲盲？

杜文丽　也可以说是为了你舅舅。

李美眉　这我就不明白了。

杜文丽　别看你舅舅在外面呼风唤雨的，他在生活上可是个低能儿。活这么大了，没洗过衣服，没做过饭，我要是离开他，他连口稀粥都喝不上。

李美眉　您还是挺爱我舅舅的，是吗？

杜文丽　什么爱不爱的，两口子就是搭帮过日子。缺驴磨不转，缺磨驴空转。

李美眉　您的话我怎么越听越糊涂呀？

杜文丽　这就叫代沟。你们这些“80 后”“90 后”很难理解我们这一代人，我们这一代人也很难理解你们。

郑盲盲　（突然地）我爷爷回来了。

杜文丽　（朝门口看了看）哪儿呢？

郑盲盲　我听见了脚步声。

李美眉　双目失明的人听觉特别灵敏，书上说的。

郑盲盲　不信咱去看看，再有一百步爷爷就到家了。

李美眉　嗬，越说越神了，你的耳朵连距离都测得出来？成雷达了。不行，咱得去看看。

〔拉着郑盲盲跑去。

〔俄顷，门外响起了郑盲盲和李美眉的呼唤声：“爷爷……姥爷……”

〔郑开镰拎着密码箱出来。〕

杜文丽　你现在就要走？不是明天的飞机吗？

郑开镰　今天晚上在长城饭店跟韩总裁继续谈判，恐怕要很晚。

杜文丽　你回来住行吗？晚点儿就晚点儿，我等你。

郑开镰　有事吗？

杜文丽　我吃了姚教授的药，好像有些动静。

郑开镰　算了吧，别瞎耽误工夫了。我给你交了那么多“公粮”，你都给我打了白条儿。

杜文丽　（勃然大怒）你……你浑蛋！

郑开镰　跟你开个玩笑嘛，当什么真？

杜文丽　（委屈）

郑开镰　（劝慰着）好了，我今天晚上回来行了吧？

杜文丽　别喝酒。

郑开镰　遵命，交公粮不能掺糠使假，不能缺斤短两，不能拖拉延误。来吧，先让我亲一下。

杜文丽　去你的，你就一点儿正经都没有。

郑万春　（从外面进来）开镰，你要走？

郑开镰　爹，您有事吗？

郑万春　我曾经答应过你，退下来就退得干干净净，绝对不干涉你的政务。可是今儿这事，可以说是政务，也可以说是家务。

郑开镰　爹，有什么话您就说吧。

郑万春　我问你，你跟那个姓韩的女人合作，拿了她的好处没有？

郑开镰　爹，您把党支部书记的大权交给我的时候，还交给我三句话，这第一句就是不贪污受贿，也许您忘了，可我没忘。

郑万春　这年头，人的胆子是越来越大，万八千的你不动心，十万八万的你也可能扛得住，真要是几百万上千万地往你面前一拍，只有天知地知你知她知，你能保证两只眼珠子不发蓝？

郑开镰　我试过了，连哈喇子都没流。

郑万春　爹相信你，算你小子有种。不过……那合同……

郑开镰　那合同怎么了？是不是您也觉得是个"卖国条约"？

郑万春　我起疑心的就是这个。那地是咱们的，三七开，你怎么这么冤大头呢？

郑开镰　爹，我跟您透个底儿吧，您只要记住这地是咱们的就行了。您想呀，她把钱投进来，楼盖好了她背不走吧？路修好了她也扛不走吧？暖气、燃气、下水道安装好了，她也拆不走吧？

郑万春　你是要跟人家玩黑的吧？

郑开镰　我这是招商引资，筑巢引凤。

郑万春　你可别把人放进来，再关起门来打狗。

郑开镰　您放心，违法的事我不干。

郑万春　缺德的事也不能干。

郑开镰　爹，外面都说我什么了？

郑万春　外面说什么你甭管，人嘴两张皮，舌头不是东西。就是刮起十二级台风来也没关系，只要你自己站得稳，戳得住。

郑开镰　我问心无愧，两条腿不打软儿。

郑万春　对了，洪教授想见见你。

郑开镰　就是那个劳改释放犯？

郑万春　人家是设计专家。

郑开镰　巧了，我也正想找他呢。

〔外面突然响起了警笛声……

〔李美眉拉着郑盲盲跑进来。〕

李美眉　舅舅，来了一辆警车，从浙江妹的发廊里抓走了好几个小姐。

郑盲盲　爸爸，马叔叔正找您呢。

郑万春　这治安也得好好抓抓了，再不管，这二闸村就要成黑窝毒窝黄窝了。

郑开镰　我恨不得明天早晨就开推土机把二闸村平了！

第四幕

〔一年后，春日，通惠河边。

〔昔日的二闸村不见了，耸立起几栋新建的高楼。

〔塔吊伸着长臂，搅拌机隆隆作响，建筑工地上一片繁忙。

〔洪教授依然在河堤上画着设计图。

〔郑万春拉着郑盲盲走来。

〔郑盲盲蹦蹦跳跳地唱着歌谣：“一九二九不出手，三九四九冰上走，五九六九抬头看柳，七九河开，八九燕来，九九加一九，耕牛遍地走……”〕

郑盲盲　爷爷，燕子回来了吗？

郑万春　回来了，正贴着河边找食吃呢。

郑盲盲　咱的房子扒了，燕子在哪儿做窝呢？

郑万春　（一时不知该如何回答）……

郑盲盲　咱们住上了高楼，燕子没有家了……

郑万春　……

洪教授　万春大哥，您早啊！

郑万春　没有您早。

洪教授　万春大哥，这高楼住着怎么样啊？

郑万春　还行。

洪教授　还行？就是说还有不行的地方？

郑万春　别的还好说，就是……屙不出屎来。

洪教授　怎么，里面不是有卫生间吗？

郑万春　卫生间倒是有，可有一截……打从周口店咱老祖宗那儿起，屙屎就是蹲着，可您设计的卫生间……坐着。

洪教授　坐着不好吗？慢慢您就会习惯的。

郑万春　蹲着改坐着倒是好习惯，就是……就是您把这卫生间放在屋子里，您脱了裤子在马桶上坐着，这外面……儿媳妇穿着拖鞋嚓嚓地走来走去……这谁屙得出来呀？

洪教授　哈哈哈……您呀，可真有您的。

〔冯十三西服革履，兴致勃勃，没有提鸟笼子。

〔祁莉挽着冯十三的胳膊，也打扮得焕然一新。〕

冯十三　笑什么呢这么开心？

郑万春　我说十三代，你真的改朝换代了，怎么连西装都穿上了。

冯十三　莉莉，从今儿起你得改口了，叫大哥……郑大哥。

祁　莉　（嗫嚅地）郑大哥。

冯十三　这是洪……洪大哥。

祁　莉　洪……

郑万春　等等，等等。这哪儿跟哪儿呀？十三代，你发什么神经呀？让她……叫我大哥？

冯十三　这不是嫁鸡随鸡嫁狗随狗嘛。

郑万春　嫁？谁嫁？嫁谁？你说……这姑娘要嫁给你……你这是……你当她的爷爷都有富余……

冯十三　婚姻法上只规定不许乱伦，又没说姑娘不许嫁老头儿。

郑万春　你这跟乱伦也差不多。

冯十三　盲盲跟你那才叫乱伦呢，我跟莉莉没有血缘关系。

郑万春　你……你这个浑球儿。

洪教授　这有个说法，叫作老牛吃嫩草。

冯十三　对了，还是洪教授有见识，我这老牛就是要尝尝嫩草的滋味儿。

〔祁莉拉着郑盲盲到河滩上去玩。〕

郑万春　冯十三，老了老了，你就积点儿德吧。闺女儿子都没有房住，你就不兴给他们两套房子？

冯十三　我不给，这多好啊，给我三套三居室，还补给我三百多万块钱。闺女儿子……都是冤家孽障……还到法院告我，让他们告吧。房子是我的，我想怎么住就怎么住；钱也是我的，我想怎么花就怎么花。我要在活着的时候把所有的钱都造完，一分钱都不给他们留……

郑万春　虎毒还不食子呢，你怎么就这么心黑呢？

冯十三　心黑？嘿嘿……我说过，这年头谁最亲？谁最可靠？谁最有用？爹妈不行，儿女不行，夫妻也不行。最亲的是钱，最可靠的也是钱，最有用的还是钱。有了钱，没爹妈的有爹妈，没儿女的有儿女，没夫妻的有夫妻……你瞧瞧，能娶这么个小媳妇吗？水葱儿似的，一掐一股浆儿。她给你洗衣做饭，铺床叠被，搓澡烫脚，闷了她给你唱，烦了她冲你笑，乏了她给你做按摩，夜里睡觉还能搂在被窝儿里……

〔冯十三得意地摇头晃脑。

〔郑万春气得不知道说什么好。

〔洪教授又画起了设计图。

〔郑盲盲在远处叫了起来。〕

郑盲盲　爷爷，我听见燕子叫了，燕子找不到家了。

〔新建的大楼里，现代化的办公室。

〔老板台，转椅，真皮沙发。

〔办公室的一侧，还有一个门，里面是一间卧室。

〔郑开镰在老板台上看着图纸。

〔何小飞在电脑上打着文件。

〔陈宝瑞接着电话。〕

陈宝瑞　（拿着电话）潘主任，求求您了，就差您这个章了……潘主任……您看这事……我们第二期工程马上就要启动了……潘主任……您听我说……您别……别……（无奈地放下了电话）

郑开镰　宝瑞，那产权证的事怎么样了？

陈宝瑞　比较不十分蛮好。

〔何小飞哧地笑了。〕

郑开镰　什么？

陈宝瑞　比较不十分蛮好。

郑开镰　我就讨厌你这咬文嚼字的，初中念了六年都没毕业，还他妈的鸭子上粪堆——臭转。

陈宝瑞　郑书记，我可是大专毕业，正经学中文的。

郑开镰　别气得我肝疼了。谁不知道你那大专毕业证书是花钱买的。还学中文呢，说几句中国话还添好多臊干儿零碎儿。说正经的，那产权证还差什么手续？

陈宝瑞　就差潘主任那个章了。

郑开镰　不是把他们都喂到了吗？再从会计那儿拿钱，接着给我喂，撑死杂种……对了，他给你盖了章以后，出门你就骂他祖宗八代，可着嗓子骂，让他们整个衙门都听见。

陈宝瑞　（犹豫着）这……比较不十分合适吧？

郑开镰　有什么不合适的？你该怎么办怎么办，出了问题我兜着。

陈宝瑞　那……我再跟他们通融通融。（很不情愿地走了）

何小飞　郑书记，您这儿写错了吧？不是二闸公寓吗，怎么又成二闸花园了？

郑开镰　就是二闸花园，没错。

何小飞　大叔，您这标点符号可都不对。

郑开镰　你给我改过来不就行了吗？

何小飞　狗日的……郑书记，您怎么在文件里也写脏话？

郑开镰　啊，对不起，你帮我删掉吧。年轻时落下的毛病，到老也改不过来了。

何小飞　大哥，您别总说老了老了的，您不老。您没听说吗？四十岁的男人是精品，五十岁的男人是极品，您正好在精品与极品之间。

郑开镰　算了吧，我都快成废品了，我老婆就总说我是废品。

何小飞　大叔，你知道现在幸福男人的四条标准是什么吗？

郑开镰　不知道。

何小飞　远方有个思念的，办公室有个好看的，身边有个犯贱的，家里有个做饭的。您占几条？

郑开镰　一条也不占。

何小飞　（站起身朝郑开镰走过来）大哥，您这话可就没良心了，难道办公室连个好看的也没有吗？我是丑八怪吗？

郑开镰　（无心再看图纸了）我说你一会儿叫我郑书记，一会儿叫我大叔，又一会儿叫我大哥，你到底叫我什么？

何小飞　（调皮地）你希望我叫你什么呢？

郑开镰　随便吧。

何小飞　还是叫大叔吧……对了，您不是喜欢孩子吗？要不我叫您爸爸？不……我不想当女儿……还是叫哥吧，行吗？哥……

郑开镰　什么都别叫了，叫得人骨酥肉麻的。

何小飞　真没出息。

郑开镰　你就调皮吧，早晚我得毁在你手里。

何小飞　至于的吗？我可没勾引你。

郑开镰　就你这浪劲儿，二八的老爷们儿也扛不住。

何小飞　你呢？

郑开镰　我还绷得住。

何小飞　（搂住了郑开镰的脖子）别绷着了，哥。

郑开镰　（捧起何小飞的脸）我就喜欢你这小嘴儿叭叭地叫我，梆子似的。

何小飞　你不是骨酥肉麻吗？

郑开镰　我这会儿就想骨酥肉麻，叫吧。

何小飞　叫你什么？

郑开镰　想叫什么你就叫什么吧。

何小飞　我叫了……闭上眼睛……听着，我要叫了……老公……

〔郑开镰抱紧了何小飞。

〔何小飞仰起脸等待着。

〔郑开镰朝何小飞吻去……

〔响起了敲门声……

〔两个人急忙分开。

〔进来的是韩玉冰。

〔郑开镰和何小飞都有些尴尬。

〔韩玉冰敏感地发现了端倪。〕

韩玉冰　我来得不是时候吧？

郑开镰　哪儿呀？我正等你呢。

〔郑开镰为了掩饰尴尬，亲自给韩玉冰倒水，摇了摇暖瓶，空的。

〔何小飞回到电脑桌前。〕

郑开镰　这个陈宝瑞，怎么连开水都不打？（拎着暖瓶出去）

韩玉冰　（阴险地走过来）小飞，听说你弟弟正在考大学？

何小飞　是呀，我当年就因为两分落了榜，我们全家都把希望寄托在我弟弟身上了。

韩玉冰　你弟弟的功课怎么样？

何小飞　他功课还可以，就是……唉，竞争太残酷了。

韩玉冰　有个万无一失的办法。

何小飞　什么办法？

韩玉冰　到北京来考，北京的录取分数线比外地低一百多分。

何小飞　这个我知道，可是参加北京的高考要有北京户口才行。

韩玉冰　市政府最近有个优惠政策，凡是到这里来投资的都可以给几个进京指标。

何小飞　您是说……

韩玉冰　给你一个指标，把你弟弟的户口弄到北京来。

何小飞　啊……这是真的？

韩玉冰　有个条件。

何小飞　您说吧，什么条件我都答应。

韩玉冰　我让你离开郑开镰。

何小飞　那……那我到哪儿去呢？

韩玉冰　来给我当秘书。

何小飞　您……您不是有阿酷吗？

韩玉冰　我把他开了。

何小飞　……

韩玉冰　你不用马上答复我，我给你三天的时间考虑。

〔郑开镰提着暖瓶进来。〕

韩玉冰　郑书记，我得求小飞为我办一件事，我这儿有个特快专递，让她帮助我到邮局发一下。

郑开镰　这好办。小飞，那文件先别打了，先办韩总的事。

〔韩玉冰从包里拿出特快专递，交给何小飞。

〔何小飞心事重重地走了。〕

韩玉冰　（从手提包里拿出一个精致的小纸盒）给。

郑开镰　什么？

韩玉冰　四层剃须刀，别整天价胡子拉碴的。

郑开镰　（不好意思的）有时候一忙就顾不上了。

韩玉冰　随身带着这个，坐在车上就能刮。

郑开镰　啊……谢谢。

韩玉冰　房产证办得怎么样了？

郑开镰　没问题，就差最后一个章了。

韩玉冰　我请人设计了一个广告，咱要在各大媒体上广泛宣传。

郑开镰　韩总，按照协议，咱第二期工程该启动了。

韩玉冰　（困惑地看着他）……

郑开镰　我的意思是……你的第二期工程款……

韩玉冰　我不是刚打过来三个亿吗？

郑开镰　恐怕不够……

韩玉冰　咱的楼不是马上就能往外卖了吗？

郑开镰　卖楼的钱能有多少？

韩玉冰　你第二期工程到底需要多少钱？

郑开镰　五个亿。

韩玉冰　什么？你开玩笑吧？

郑开镰　（招呼韩玉冰到那张设计图前）韩总，你过来。

〔韩玉冰来到老板台前。〕

郑开镰　韩总，你看，这是咱第二期工程的设计图：一条通惠河，一条绿色隔离带，把二闸村一分为四。这西北边，是住宅区，就是现在咱盖的公寓楼和村民住宅楼，跟通惠河对岸的居民小区连成了一体；这东北边，是绿色产业区，咱要在那里建六个足球场、一个高尔夫球场、一个体育训练馆、一个休闲娱乐中心，还有相应的配套设施；这西南边，是别墅区，有欧式小楼、美式小楼、日式小楼，还有老北京的四合院；这东南边，是民俗旅游区，有民俗博物馆、漕运展览馆、乡野游乐园，还要保留两个高水平的蔬菜大棚，仿建一批农家小院，包括鸡窝鸭窝狗窝、猪圈羊圈鹿圈、牛棚马棚驴棚、油坊粉坊磨坊，还有碾子水井辘轳把、粮仓米囤柴火垛……怎么样？

韩玉冰　很好，很动听，像个美丽的梦想。

郑开镰　对对，你说得太对了，我正想跟你商量，把二闸花园改成梦想花园呢。

韩玉冰　不是二闸公寓吗？

郑开镰　二闸花园。

韩玉冰　花园就花园吧，反正是你的花园不是我的花园。

郑开镰　韩总，你听我说……咱这二闸花园得天独厚，西临现代城小区，东接通州新城，北靠长安街延长线，南倚通惠河水运。可以说这是一条水上黄金旅游线，你乘船从颐和园出发，经过昆明湖、玉渊潭，绕过北海后海什刹海，往南过陶然亭，往东穿龙潭湖，一直就到了咱们二闸花园。再往东就直达大运河的端头通州城了。

韩玉冰　这梦越做越美了。

郑开镰　还有……

韩玉冰　别还有了……这是当初咱谈判时的设计图吗？

郑开镰　啊……我做了一点儿小小的修改。

韩玉冰　小小的修改？我已经投进了三个亿了，现在你又让我投五个亿，你是在跟我合作，还是在绑我的票？

郑开镰　别说得那么吓人，你投得多，不是也赚得多吗？

韩玉冰　是你赚得多，还是我赚得多？

郑开镰　这是一个双赢的方案。

韩玉冰　双赢？我问你，在你这所谓的二闸花园里，建筑的容积率是多少？

郑开镰　1:5. 4。

韩玉冰　原来咱开发二闸公寓时的容积率是多少？

郑开镰　1:1.8。

韩玉冰　你把我的建筑面积压缩了三倍，我还拿什么赚钱？

郑开镰　刚才我说了，你除了在房地产上赚钱，还有绿色产业、民俗旅游村……我说过，咱们的合作将是长期的。

韩玉冰　我是个商人，我来二闸村投资，就是为了赚钱。钱赚得越多越好，越快越好。

郑开镰　你赚了钱，可以一拍屁股就走，可我呢？我得为全村两千多口人找条活路。房扒了，地没了，以后靠什么生存？你不能让大伙儿住进楼房就把脖子吊起来吧？

韩玉冰　那是你的事，与我无关。

郑开镰　怎么与你无关？你不要急功近利，搞短期行为嘛。

韩玉冰　郑开镰，你把我当傻瓜啦？糊弄秃丫头上轿子是不是？告诉你，我是在商海里上过刀山、滚过板钉、跳过油锅的。你今儿个就是把二闸村说成是天堂……

郑开镰　就是天堂……

韩玉冰　我也不干！

郑开镰　你不干？

韩玉冰　谁愿意当那冤大头谁当，我不上你的当。

郑开镰　那你想怎么办？

韩玉冰　咱这第一期工程不是完了吗？不是盖起六栋住宅楼了吗？赶紧把它卖出去，结完账我走人。

郑开镰　这六栋楼你不能卖了。

韩玉冰　为什么？

郑开镰　已经搬进人住了。

韩玉冰　谁？

郑开镰　二闸村的村民。

韩玉冰　什么？

郑开镰　我把这六栋新楼分了。

韩玉冰　郑开镰……你……

郑开镰　我不让村民搬进新楼，能扒旧村吗？不扒旧村，能启动第二期工程吗？

韩玉冰　咱不是说好了，第一批楼房盖好先推向市场，收回资金再滚动开发吗？

郑开镰　对不起，是我违反了合同。

韩玉冰　那咱只好到法庭上去说。（拎包要走）

郑开镰　韩总，你先别走。

韩玉冰　干吗？

郑开镰　你想想，这种合同纠纷，到法庭上能有什么结果？就算是判你胜诉，这六百多户、两千多口人，能从楼里搬出来吗？就算能搬，你让他们往哪儿搬？原来的旧房子早就成了一片废墟了，这你看见了吧？

韩玉冰　（怒不可遏地）郑开镰，你这个流氓……你这是成心要我，拴好了套儿让我钻，挖好了坑让我跳，我……我怎么竟上了你的当呢？我玩了半辈子的鹰，愣是让鹰鸽瞎了眼，我现在算是看清了你……怪不得你老婆骂你是农民呢，你就是农民中的流氓、无赖、痞子、混混……

郑开镰　韩总，你别生气，你冷静地想想，这二闸花园是个很好的项目。

韩玉冰　二闸花园……二闸花园……（扑上前一把抓住那张设计图）

郑开镰　你……你要干什么？

韩玉冰　（疯狂地撕着设计图）让你的二闸花园见鬼去吧！

郑开镰　别……别……住手……

〔韩玉冰举起设计图撕扯着。

〔郑开镰与她抢夺着。

〔韩玉冰躲避着郑开镰。

〔郑开镰一把攥住了韩玉冰的手。

〔韩玉冰动弹不得，两个人离得很近。

〔郑开镰紧紧地攥着韩玉冰的双手。

〔两个人坚持着，互不相让。

〔突然，韩玉冰双手一松，扑在郑开镰的怀里……

〔郑开镰一愣，松开韩玉冰的双手。

〔韩玉冰发疯般地捶打着郑开镰："你这个流氓……无赖……流氓……无赖……"

〔郑开镰紧紧地把韩玉冰搂在怀里……

〔韩玉冰呜呜地哭了起来。

〔郑开镰搂着韩玉冰，向卧室移动着。

〔灯光渐暗……

〔黑暗中，哭声变成了急促的喘息声和痛快淋漓的呻吟声……

〔灯光渐明……

〔何小飞悄悄地走进来。

〔休息室里的喘息声和呻吟声使她停住了脚步。

〔何小飞慢慢地退了出去……

〔郑开镰和韩玉冰从卧室里出来，各自整理着衣衫……

〔郑开镰端起水杯，递给韩玉冰。

〔韩玉冰端着水杯笑了起来……〕

韩玉冰　哈哈哈……

郑开镰　你笑什么？

韩玉冰　荒唐，真他妈荒唐……

郑开镰　不，不荒唐。

韩玉冰　还不荒唐……这到底是怎么回事呀？

郑开镰　（整理着被撕皱的图纸）一个伟人说过，男人和女人的战争，无论从什么地方开始，都要在床上结束。

韩玉冰　这是哪个伟人说的？

郑开镰　想不起来了，就算是我说的吧。

韩玉冰　你也配称为伟人？……等等，你等等……（走过来抢郑开镰手里的设计图）

郑开镰　（躲避着）你……你还想……

韩玉冰　这图是谁设计的？

郑开镰　（不解其意）……

韩玉冰　我要见他。

郑开镰　见谁？

韩玉冰　设计这张图的人。

郑开镰　你认识他？

韩玉冰　是不是洪秃子？

郑开镰　他是姓洪……

韩玉冰　他的头发是假的，我们背后都叫他洪秃子。

郑开镰　洪秃子……

韩玉冰　他在哪儿？我想见见他，你马上帮我去找他。

洪教授　（突然出现）不用找，我来了。

韩玉冰　洪……洪教授。

洪教授　韩老板，没想到吧？

韩玉冰　洪教授，您好吗？

洪教授　看来我们是冤家路窄呀。

韩玉冰　八年了！

洪教授　是啊，八年前，你承包黄河大厦，让我悄悄修改了图纸……结果，你赚了三千万，我蹲了三年大牢。

韩玉冰　别忘了，您也拿了我们三万块钱的好处费。

洪教授　那三万块钱都扔给医院了。我老婆肚子里的瘤子算拿出来了，可命没保住。

韩玉冰　洪教授，我一直在打听您。

洪教授　还让我修改图纸？

韩玉冰　您不是已经为他修改图纸了吗？

郑开镰　喂，我说，我在天和楼订了一个包间，咱们边吃边谈好不好？

韩玉冰　鸿门宴吧？

郑开镰　就算是吧。

韩玉冰　看来，我得跳河一闭眼了。

〔外面汽车喇叭响。〕

郑开镰　好了，快走吧，车来了。

第五幕

〔两年后的夏天，通惠河边。

〔绿荫若云，姹紫嫣红。

〔洪教授在小树林里打着太极拳。

〔萧童和李美眉站在通惠河大堤上比比画画，像是在商量着什么。

〔郑万春带着郑盲盲来到通惠河边。

〔祁莉推着一辆轮椅过来，上面坐着中风偏瘫的冯十三。

〔突然有人呼唤："盲盲……盲盲……"

〔郑盲盲："是文山哥哥……"

〔徐文山西服革履，推着高尔夫球的捡球车过来。〕

徐文山　师父……

郑万春　我跟你说多少回了，你别再叫我师父了。我那锔盆锔碗的金刚钻都被民俗展览馆收走了。

徐文山　一日为师，终身为父嘛。

郑万春　在高尔夫球场工作怎么样啊？

徐文山　挺好的，一个月两千块钱工资，还有小费。对了，盲盲，这是一个会唱歌的阿童木，一个日本朋友送给我的。给。

郑盲盲　（接过阿童木抚摸着）谢谢文山哥哥。

郑万春　文山，在高尔夫球场工作，接触外国人多，可不能随便收人家的礼物。

徐文山　董事长说，一些不值钱的小礼物是可以收的。

郑万春　董事长？谁是董事长？

徐文山　韩总韩玉冰女士，她现在兼着我们高尔夫球俱乐部的董事长。师父，我得走了。

郑盲盲　文山哥哥，爷爷不是说不让你再叫他师父了吗？

徐文山　那……那我叫什么呀？

郑盲盲　跟我一起叫爷爷好吗？我不是叫你哥哥吗？

徐文山　那……爷爷……我走了。

郑万春　快去吧，下了班到家来玩。

徐文山　Bye - bye……

郑盲盲　爷爷，文山哥哥是不是挺酷的？

郑万春　人在衣裳马在鞍，这么一捯饬，还挺洋气。

郑盲盲　文山哥哥本来就是个小帅哥嘛。

郑万春　你又看不见，你怎么知道他帅不帅？

郑盲盲　美眉姐告诉我的。

〔祁莉推着轮椅过来。

〔冯十三扬着胳膊吃力地跟洪教授打招呼。〕

洪教授　十三代，几天不见，怎么改弹弦子了？

冯十三　不碍事，就是左半边有点儿麻，男左女右嘛，身上别的零件都好使。

洪教授　好使您也得悠着点儿，命要紧。

郑万春　十三代，不是哥哥说你，洪教授的话对，那是盐坛子，不是蜜罐子。现在我再问问你，什么最亲，什么最可靠，什么最有用？

冯十三　我还是得说钱，没钱，我早就到河边听蛐蛐叫了。

郑万春　你再有钱，两腿一蹬，除了两把指甲，你还能带走什么？

冯十三　我呀，立了遗嘱了，将来，我的房子，我的钱，都给莉莉。那帮冤家孽障，谁也甭打我的主意。

李美眉　（挽着萧童的胳膊，蹦蹦跳跳地边走边说）哇塞！太好了，你太伟大了，你简直是个天才！

郑盲盲　是美眉姐，她准是在跟萧童说话。

郑万春　你怎么知道是萧童？

郑盲盲　萧童是美眉姐的偶像。

郑万春　偶像？

李美眉　哇塞！太棒了，太壮观了，太美妙了！想想看，在新建成的高尔夫球场的草坪上，2008 个青年男女，彻底脱掉束缚人类天性的服装，展现出美丽而健康的胴体，然后，用他们的血肉之躯，修筑蓝黑红黄绿五个巨大的环，环环套紧，环环相连，象征着全世界人民紧密地团结在一起。这真是奇迹，是人类的第九大奇迹。

萧　童　美眉，咱还不能盲目乐观。这个行为艺术展，我们经过了两年的筹备，一定要赶在奥运会开幕之前隆重地推出来，可是……现在我们面临的困难仍然很多。

李美眉　你放心，为了你的行为艺术，我将做第一个吃螃蟹的人。

萧　童　你不怕？

李美眉　有什么可怕的？不就是脱衣服吗？要不，我先脱给你看看？

萧　童　别别，你姥爷在那边呢。

郑盲盲　（从远处喊着）美眉姐，你在干什么？

李美眉　盲盲，快来参加我们的行为艺术吧！

〔二闸村办公室。

〔韩玉冰拿着一张室内装修图给郑开镰讲解着。

〔郑开镰心不在焉地听着……〕

韩玉冰　卧室一定要放在最上面一层的房间里，你知道为什么吗？

郑开镰　嗯。

韩玉冰　在我很小很小的时候，就有过一个梦想，很美妙的梦想——我梦想躺在一张柔软的大床上，数天上的星星。我已经让人把这小楼换成了玻璃屋顶，完全透明的。天晴的时候，我们看牛郎织女，看彩云追月；下雨的时候，我们看雨丝纷纷，听雨打芭蕉；下雪的时候更是浪漫，六角形的雪花飘飘而下，沙啦啦地像是直接扑打在我们的脸颊上……

郑开镰　嗯。

韩玉冰　客厅里的布置主要是酒吧，一个半圆形的吧台，外面是高脚凳，上面挂满形形色色的透明的高脚杯，里面是一个铜制的啤酒罐。知道吗？我是专门从慕尼黑定做的啤酒罐，可以直接酿出新鲜的啤酒，黑啤酒……

郑开镰　嗯。

韩玉冰　你怎么总是嗯嗯的？想什么哪？

郑开镰　我想，你好像换了一个人。

韩玉冰　换成了什么人？

郑开镰　女人。

韩玉冰　什么？难道我过去不是一个女人？

郑开镰　你过去是一个女强人。

韩玉冰　说得对，开始人家叫我女强人的时候，我很得意。我想，女强人怎么了？难道女人的名字只能叫弱者吗？我就是要当一个女强人，一个不指望男人、不依靠男人而且要战胜男人的女强人。后来，遇上了你，我越来越想做一个女人了，做一个纯纯粹粹的女人。再听到有人叫我女强人，就像听见有人在骂我。骂我不是个女人，也不是个男人，是个"二尾子"；或者，是个被阉割了的女人，是头母骡子……在你面前，我再也强不起来了，总想依偎在你的怀里，像一只小鸟儿，像一只小猫咪……能哭，能笑，能调皮，能撒娇。

郑开镰　（感动得抚摸着她的头）

韩玉冰　你说，我是个纯粹的女人吗？

郑开镰　你很有女人味儿，我领教过了。

韩玉冰　又讨厌。

〔外面突然响起了吵闹声。

〔何小飞与阿酷撕扯着出现在办公室门外。〕

何小飞　你站住，站住！你要干什么？

阿　酷　你别管，你别拦我，我要找那个女人，你让我进去，我要找那个浪女人算账。

何小飞　阿酷，你冷静点儿，有什么话你跟我说。

阿　酷　跟你说什么？你算老几？你跟我一样，也不过是她的一条狗。

她是一条老母狗，你是一条小母狗。

何小飞　你……

郑开镰　这小子要什么浑呀？我去看看。

韩玉冰　你别管。

郑开镰　我得教训教训他。

韩玉冰　开镰，求求你了，这是我的事，我自己处理好吗？你快躲到卧室里去。

郑开镰　瞧瞧，女强人的劲头儿又来了。

韩玉冰　最后一次，行吗？

〔郑开镰躲进卧室。

〔韩玉冰站起身，拉开办公室的门。

〔阿酷突然见到韩玉冰，一下子愣住了。〕

韩玉冰　你不是要找我吗？来吧。

〔阿酷站在办公室门口未动。〕

韩玉冰　（声色俱厉地）进来呀！

〔外强中干的阿酷强装好汉地进来。

〔何小飞也跟着进来。〕

韩玉冰　阿酷，你不是要找我算账吗？说吧，怎么个算法？

阿　酷　你……你得给我个说法。

韩玉冰　你让我给你什么说法？

阿　酷　（重新鼓起愤怒）我……我跟了你四年……像狗一样地忠于你……

韩玉冰　是呀，说下去。

阿　酷　我……我白天给你当狗……晚上给你当狼——情郎——色狼……我一天二十四小时全方位地陪你，我这一百多斤都交给了你……你知道不知道？我……我跟你的时候还是处男……我一个大小伙子……被你敲骨吸髓，榨干了血……到如今……我……我都成药渣了……

韩玉冰　你给我住嘴！到我这儿来撒野，你他妈算什么东西！你还口口声声地说给我当狗，在我没收留你之前，你连条狗都不如。仗着你是个大学毕业生，自命不凡，扛着个破文凭到处找工作，为了混个酒店的主管，你竟给副总经理栽赃，让人家给打断了两根肋骨，要不是我把你送到医院，你这臭皮囊早就喂野狗了，这些你都忘了吧？你这个狼心狗肺的东西！

阿　酷　韩总……

韩玉冰　你甭叫我韩总，我已经跟你没关系了，咱们两清了。

阿　酷　您……您就这样把我赶走……让我到哪儿去呀？

韩玉冰　你不是有本事吗？再找个酒店去当领班呀。

阿　酷　您就忍心看着我再去干那下三烂的活儿？

韩玉冰　你以为你是谁？

阿　酷　可我……我不愿意离开您……求求您……您还是把我留下吧，干什么都行。

韩玉冰　连国家都没有铁饭碗了，你还想让我给你搞个终身制？

阿　酷　（露着狰狞）韩总，您真的让我走？

韩玉冰　我不想再看见你。

阿　酷　那好吧，韩总，念着咱四年的情分上，有些事我得跟您交代一下。

韩玉冰　有什么事你向何小飞交代吧。

阿　酷　有些事让何小飞知道恐怕不好吧？

韩玉冰　没有什么不好的，我对她信得过。

阿　酷　（拿出一个 U 盘）这里面……很精彩，你知道的。

韩玉冰　哈哈哈……不就是咱俩在床上那点儿事吗？好啊，很好。你想把它放到网上去吗？姐谢谢你，姐正想出个大名呢。这再精彩，也是私生活，受法律保护的。

阿　酷　韩总，这样的丑闻要是曝了光，他可就……

韩玉冰　……什么？这里面是谁？

阿　酷　当然是您和郑开镰了。

韩玉冰　你……你是怎么得到的？

阿　酷　装修这套房间的时候，我安了个针孔摄像头……

韩玉冰　你这个浑蛋，我宰了你！

阿　酷　郑开镰飞黄腾达，需要珍惜自己的羽毛。

韩玉冰　说，你想要多少钱？

阿　酷　我不要钱。

韩玉冰　那你想要什么？

阿　酷　我想要房……要一套房子。

韩玉冰　小飞，带着这王八蛋去挑一套房子。

何小飞　挑哪儿的房？

韩玉冰　他愿意要哪儿的就给他哪儿的。阿酷，你不会要别墅小楼吧？

阿　酷　韩总，真对不起！我……我真的想要一套别墅小楼。

韩玉冰　那好，你去挑吧，挑好了就是你的了。

阿　酷　这……这是真的？

韩玉冰　你快离开我！

阿　酷　韩总……谢谢……谢谢您了。

〔阿酷得意地与何小飞下，又回来，把手里的U盘放在韩玉冰面前。

〔郑开镰从卧室出来。〕

郑开镰　怎么样，韩总，玩瞎了吧？

韩玉冰　你讽刺我？

郑开镰　开个玩笑嘛。

韩玉冰　开镰，我真的累了。

〔郑开镰把她搂在怀里。〕

韩玉冰　（非常委屈地呢喃着）这些年，我像疯子一样地工作，像疯子一样地赚钱，也像疯子一样地虐待自己。我不愿意这样，可是我停不下来，就是停不下来，我的车开下了一个陡坡，很陡很陡的坡，刹车又失灵了，往下冲，越冲越快，我知道，这辆车停不下来了，除非……除非撞在山崖上，或者掉进深渊里。

〔郑开镰爱抚地拍着韩玉冰。〕

韩玉冰　开镰，你理解吗？我这样说，你能理解吗？

郑开镰　玉冰，你很苦，我知道你很苦。

韩玉冰　我是一个穷人家的女儿，我受的穷你想都想不出来。我第一次来例假的时候，买不起月经带，到医院偷绷带，被人家抓住了，在派出所关了三天，那一年我只有十四岁。穷的时候，我想的就是钱，睁着眼想钱，闭着眼还想钱，满脑子嘎嘎响的都是钱。后来有了钱，我就想要更多的钱，后来钱多了，我还想要更多、更多、更多，无论见到谁，我总是想知道他到底有多少钱，如果他的钱比我多，我就特别受不了，我无论如何要超过他。我爱钱，钱越多我越贪，我恨不得把全世界的钱都装进自己的腰包里。开镰，你说，我是不是有病呀？

郑开镰　玉冰，别这样，别这样折磨自己。

韩玉冰　我有时候也静下心来想，我要这些钱干什么呢？这些钱我几辈子都花不完，可是我为什么还要赚钱呢？开始赚钱的时候，我像一个猎人，钱就像猎物，我追着猎物跑，一边追一边狂呼呐喊，像是在真正的猎场上，当我把钱赚到手的时候，就像俘获了猎物一样开心过瘾，哈哈大笑，激动得失去了人样儿。到后来，钱越赚越多，我自己成了猎物，钱却成了猎人。我在前面拼命地跑，钱在后面拼命地追。我跑得筋疲力尽，钱追得张牙舞爪。我终于被钱俘获了，成了钱的猎物，我可怜巴巴地看钱，求它给我留条活命，不要把我吃掉……开镰……

郑开镰　玉冰。

韩玉冰　我累了，我真的很累了。

郑开镰　你这样说，我很心疼。

韩玉冰　我想做个女人。

郑开镰　我懂。

韩玉冰　我想有个家。

郑开镰　嗯。

韩玉冰　这个家就在咱二闸花园……通惠河边……绿色隔离带中间……带玻璃屋顶的小楼，躺在暖融融的大床上可以数天上的星星。

郑开镰　嗯。

韩玉冰　开镰，你快点儿娶我吧。

郑开镰　……

韩玉冰　相信我，我会成为一个好女人，好妻子，好母亲。对了，开镰，我要给你生个孩子，生个健康的孩子，生一个壮壮实实的男子汉，像你一样。

郑开镰　……

韩玉冰　开镰，你快点儿娶我吧。

郑开镰　……

韩玉冰　开镰，你怎么不说话呀？

郑开镰　玉冰，对不起！

韩玉冰　你说什么？

郑开镰　真的对不起！

韩玉冰　为什么？

郑开镰　我……我不能离婚……

韩玉冰　你不是说，你们没有感情吗？你不是说，她一直瞧不起你吗？你不是说，她嫌弃你是个农民吗？你……你不是……

郑开镰　玉冰……我有个孩子……

韩玉冰　不就是盲盲吗？

郑开镰　她是个双目失明的孩子。

韩玉冰　这我知道。

郑开镰　她够不幸的了。

韩玉冰　我可以给她钱，足够她一辈子用的钱。

郑开镰　玉冰，你不懂，你还是不懂，有些东西是花钱买不来的。

韩玉冰　什么？什么东西花钱买不来？

郑开镰　她需要我这个父亲。

韩玉冰　那你呢？

郑开镰　我也舍不得抛弃她。

韩玉冰　那你老婆呢？

郑开镰　我老婆，她没有错。她是瞧不起我，她是有城里人的优越感，可是，她该关心我还关心我，该照顾我还照顾我，该对我好还对我好。为了再生一个孩子，她灌了十来年的苦药汤子了，看见她喝那些苦药汤子，我是又有气又心疼。她为我，为孩子，为了这个家，受了那么多的罪，我再拉着她到法院去离婚，我……我狠不下这个心啊！

韩玉冰　孩子你舍不得，老婆你舍不得，那我呢？

郑开镰　你比她们强。

韩玉冰　我比她们强你就拿我耍戏着玩？

郑开镰　玉冰，别这么说。

韩玉冰　那么，是你在利用我？

郑开镰　不，我发誓……

韩玉冰　你发什么誓？

郑开镰　我……我是爱你的。

韩玉冰　爱？爱！爱……哈哈哈……苍天啊，你听到了吗？爱，一个多么美妙的字眼儿啊！这是一个从五十岁的老爷们儿嘴里说出来的，你信吗？我信，我相信过，第一次听见从男人嘴里说出这个字来，我幸福得差点儿晕了过去，可是很快我就不信了，说出爱字的那个男人，很快就把这个字糟蹋了。我相信了第一次，又相信了第二次，后来，再听到这个字，我就心里起火，后脊梁沟冒凉气，我身上产生了对这个字的抗体。我以为我这辈子不会再爱上谁了，这个世界上的男人都是狼，我也必须把自己变成一只狼。我用狼的眼睛看世界，也用狼的牙齿抢食吃。我们俩人碰上了，一只母狼遇上了一只公狼，我们抢着同一块骨头，互相撕咬着，撕得鲜血淋淋，撕得两嘴狼毛，没想到，我们最后竟然撕扯到了一块儿。

郑开镰　玉冰，别说了，我对不起你，真的对不起你！

韩玉冰　荒唐，荒唐，我一开始就觉得荒唐，我这是怎么了？为了玩玩儿，为了排遣寂寞，还是为了……不，要是那样，像阿酷那种小白脸儿我一天就可以换一个，我为什么偏偏爱上了你呢？爱上了你这个说话带脏字、吃饭吧唧嘴、睡觉脱光屁股的农民呢？

郑开镰　玉冰……

韩玉冰　你还想说什么？

郑开镰　……

韩玉冰　算了，你不必为难，我不会难为你的。这都怪我，四十岁的人了，还装成小女儿样儿，我早就应该想到……啊，我还是想到了，早就准备好了，只不过不愿意从梦里醒来，自己欺骗自己罢了。好了，郑书记，咱还是公事公办吧。二闸的项目差不多了，二闸花园也建起来了，我在这里的投资，没赔钱，还赚了一点儿，我就知足了，很知足了。在生意场上，你这个人还是可以合作的。再见吧。

郑开镰　你要去哪儿？

韩玉冰　我在加拿大买了一个农场，那是一个真正的世外桃源。

郑开镰　你不回来了？

韩玉冰　你满意了吧？

郑开镰　什么时候走？

韩玉冰　现在。

郑开镰　玉冰……

韩玉冰　别说，千万别说你舍不得我、你会想我这一类的话，你要说我会把你骂个狗血喷头的。

郑开镰　那……项目上的事呢？

韩玉冰　我这里都交给何小飞了，一切由她全权处理。不过我要警告你，你可千万别打她的主意，她已经被我训练成一只小母狼了，当心她咬断你的脖子。你别动，我们不拥抱，不握手，连句道别的话都不说，就算什么事都没有发生过，就算我在二闸村做了一场梦，就算我们谁也不认识谁……

〔韩玉冰拎起包，义无反顾地走了。

〔郑开镰茫然木立……

〔片警马贵民突然闯进来。

〔郑开镰依然呆呆地缓不过神来。〕

马贵民　郑书记……

〔郑开镰没有理睬他。〕

马贵民　郑书记，你怎么了？

郑开镰　噢……

马贵民　郑书记，你没事吧？

郑开镰　你找我？

马贵民　萧童搞的那个行为艺术你知道吧？

郑开镰　什么行为艺术？

马贵民　听说是你赞助的？

郑开镰　赞助什么？

马贵民　《奥运五环》。

郑开镰　是啊，这不是挺好吗？

马贵民　什么挺好？你知道他们用什么搭建奥运五环吗？

郑开镰　用什么？

马贵民　用人。

郑开镰　用人怎么了？

马贵民　用光屁股的人！2008个男男女女，都脱得光溜溜一丝不挂，然后码在一起，连成五环。

郑开镰　这简直是胡闹。

马贵民　胡闹的还有你那个宝贝外甥女李美眉，她把盲盲也拉去了。

郑开镰　什么？那你为什么还不制止他们？

马贵民　我去制止了，他们说这是艺术。

郑开镰　什么他妈的艺术？这是流氓，野蛮……

杜文丽　（突然而至）哈哈，你也承认脱光屁股是野蛮了吧？

郑开镰　你……来干什么？

马贵民　郑书记，你说这事怎么办？

杜文丽　不用请示他了，我已经打110报警了。

马贵民　公安局来人了？

杜文丽　警车正朝这边开呢。

马贵民　那我得赶紧去迎一下。（急下）

杜文丽　（喜形于色）开镰，告诉你一个好消息。

郑开镰　今儿的事怎么这么乱呀？

杜文丽　我怀孕了。

郑开镰　别穷开心了。

杜文丽　真的。

郑开镰　你还有的说没有？

杜文丽　我一猜你就不相信，你瞧，我刚从医院回来，这是检查结果。

〔郑开镰困惑地看着杜文丽。

〔杜文丽把化验单递在郑开镰眼前。

〔郑开镰拿起化验单仔细看着。

〔杜文丽掩饰不住的喜悦。〕

杜文丽　姚教授真是神了，许多患不孕症的都让他治好了，他的诊室里挂满了锦旗，电视台还给他做了节目，称他是送子观音。

〔郑开镰像不认识似的看着杜文丽。〕

杜文丽　开镰，你说，咱这次是男孩儿还是女孩儿？

〔郑开镰的脸色越来越难看。〕

杜文丽　开镰，你怎么了？你不高兴吗？你知道我多不容易吗？

郑开镰　你真的怀孕了？

杜文丽　你连医院的化验结果都不相信吗？这是科学。

郑开镰　这孩子是谁的？

杜文丽　啊？

郑开镰　这孩子是谁的？

杜文丽　你在说什么呀？

郑开镰　我问你这孩子是谁的？

杜文丽　你开什么玩笑啊？

郑开镰　这孩子到底是谁的？

杜文丽　你什么意思？

郑开镰　你明白我问的是什么。

杜文丽　除了你还能有谁？

郑开镰　我根本就不能生孩子。

杜文丽　难道盲盲不是你的吗？

郑开镰　盲盲是我的，可是这孩子不是我的。

杜文丽　怎么可能呢？

郑开镰　我一直在吃避孕药，男性避孕药。

杜文丽　什……么？

郑开镰　你现在知道你为什么一直不怀孕了吧？

杜文丽　不……这不可能……不可能……

郑开镰　我说的是真话。

杜文丽　为什么？你为什么要这样害我？你明明知道我天天在喝苦药汤子，你却在吃避孕药，你……你安的是什么心？

郑开镰　我们不能再要孩子，再要孩子还会是盲人。

杜文丽　你胡说，你到底安的是什么心？

郑开镰　这是你父亲临死的时候告诉我的，他可是有名的遗传学专家。

杜文丽　这……这怎么可能呢？我的父亲母亲都是健康的人。

郑开镰　可你……你不是他们亲生的。

杜文丽　你说什么？

郑开镰　一个山沟里来的瞎眼妇女，把你抛弃在医院里了，是杜教授夫妇收养了你。

杜文丽　不……不……这不是真的，你在骗我。

郑开镰　你还记得你怀盲盲的时候，他们逼着你流产，不让你要这个孩子吗……

杜文丽　那是因为……

郑开镰　因为你刚刚回城；因为你还年轻，需要学习；因为经济条件还不宽裕，你想想，这是充足的理由吗？

杜文丽　（静静地听着郑开镰的话，突然如梦方醒，哭叫着）天呀……

〔一个女护士急匆匆跑来〕

女护士　请问，您是杜文丽女士吗？

杜文丽　你找我？

女护士　对不起，您的化验单拿错了，是化验员搞错了，这是您的化验单。

〔杜文丽眼巴巴地看着女护士，又把一双泪眼转向郑开镰。

〔郑开镰默默地过来，将杜文丽搂在怀里。

〔灯光渐暗。

〔天幕上变换着二闸村的新貌——

〔新建的公寓大楼……

〔形态各异的别墅小楼……

〔足球场、高尔夫球场等绿色产业小区……

〔绿色隔离带里的民俗旅游村……

〔杜文丽从郑开镰的怀里挣脱出来，默默地走了。

〔外面，传来如梦如幻的吆喝声：

——清理油烟机煤气灶，疏通您的管道……

——魔幻发卡，两毛一个三毛俩，五毛能买一大把……

免费上网，玩到你爽……

〔何小飞静静地进来，从后面把手放在郑开镰的肩头上……〕

郑开镰　你……何小飞。

何小飞　小母狼。

郑开镰　你来干什么？

何小飞　找你这头大公狼。

（幕落剧终）

2001 年 2 月 1 日　草于洋桥

2013 年 11 月 7 日　改于通州

·话剧·

心　　狱

时间：当代

地点：某地方看守所

人物：杨丽娟　女　40岁　捕前为某地级市副市长

秦小月　女　30岁　杀人嫌疑犯

苏梅子　女　25岁　妓女

周月朗　女　36岁　律师

阿里山　女　17岁　小偷

女管教　女　40岁

女囚若干人

第一场

〔幕启：黑暗中，观众可以将舞台中心想象成一座看守所的牢房。这牢房也可以从各自的体验中寻找到。既然每个人的心中都有一群为非作恶的魔鬼，那么相应的也应该有一座关押魔鬼的监狱。现在，心狱中的魔鬼放纵出来，疯狂地表现着野蛮与毁灭的本性。

〔女人的厮打声、拼杀声、喘息声、叫骂声……叫骂声是压抑着的。越是低沉，越是凶恶，充满着仇恨，充满着血腥。善良的人们也会为魔鬼担心的，真不知道她们会撕咬成什么可怕的样子。

〔“臭婊子，姑奶奶废了你！”

〔“打，打，谁他妈认㞞谁丫挺养的。”

〔“你王八蛋……”

〔“你浪娘儿们……”

〔“你臭不要脸……”

〔灯光渐渐地明亮起来，女人们互相厮打拼杀得也越发激烈起来。终于惊动了狱外的女管教，女管教挥动着警棍敲打着牢门，严厉地制止着：“停下，都给我停下，反了你们啦……”

〔哗啦一声，牢门开了。厮打拼杀的女囚像执行程序般地齐刷刷地住了手，并规规矩矩地站好，立刻变成了一副驯服、机械、可怜巴巴的样子。女囚们都衣衫褴褛，浑身是伤，满脸是血，像是刚从角斗场上惨败下来……

〔牢房里渐渐地清晰起来：靠着墙是一溜木板铺成的床铺，床铺上叠放着整整齐齐的被子，墙角处是一个马桶，马桶旁边是一个莲花喷头，一块塑料布可以拉起来遮挡住马桶和喷头，形成一个小小的三角形的私密空间。

〔另一个角落里，蜷缩着一个女人，她冷漠地仰着头，看着空荡荡的天花板。这里发生的一切似乎都与她无关。她叫周月朗，像是刚刚进来的。〕

女管教　你们都给我站好，听着。谁挑的头儿，谁先动的手，谁鼓动的，都给我交代清楚。我这会儿没工夫搭理你们，你们就站在这儿给我反省。听清了没有？

众女囚　（齐声，如同士兵般昂扬地）听清了！

女管教　过来，脸贴紧墙，肚子贴紧墙，腿贴紧墙。这叫“三贴紧”，懂不懂？

众女囚　懂……

〔女管教退了出去，女囚们立刻转过身来，又露出了仇恨的面孔，不过这一次她们没有再动手。杨丽娟走到秦小月的面前，咄咄逼人。〕

杨丽娟　你他妈的吃了豹子胆了，知道姑奶奶干什么的吗？告诉你，堂堂的副市长，副局级。开会坐主席台，讲话有人写稿，出差坐头等舱，住五星级大宾馆。在外面，你要想见姑奶奶一面，得到市长接待室排队。我本来不想暴露身份，可是老虎不发威，你们就会以为是病猫。

秦小月　（一个纤细文弱、逆来顺受的小女子突然疯狂起来，她弯腰从自己的包里抽出一把牙刷，啪的一声将牙刷头撅掉，将锋利的牙刷断柄对准了杨丽娟的脖子）狗娘养的，你不提副市长姑奶奶还没这么大的火儿。知道姑奶奶是谁吗？姑奶奶是杀人犯。反正姑奶奶犯的是死罪，说话就到阎王爷那儿报到了，你要想先去给姑奶奶前面探探路就别尿裤子。

杨丽娟　（立刻瘫软了）大妹子，你这是干吗呀，别别……有什么话好说……我刚才是跟你闹着玩呢……大妹子……别这样……咱都是同一……同一牢房的难友……

秦小月　（命令着）站起来！

杨丽娟　（战战兢兢地起来）干……干吗？

秦小月　（把杨丽娟逼到门口）搬起你的被子！

〔杨丽娟战战兢兢地搬起靠在门口的被子。〕

秦小月　（用下巴指着里面的马桶）放到那儿去。

杨丽娟　（乞求地）大妹子，你不是就想睡头板吗？姐姐让给你，让她们挨着往下挪不就行了吗？

苏梅子　凭什么我们往下挪，你在外面要特权，到这儿还要特权？

阿里山　就是嘛，你一来就占头板，我们好欺负，可有人不好欺负的。

杨丽娟　（依然央求着）大妹子，你睡头板，我睡二板，相互间好有个照顾。

秦小月　（依然用牙刷逼着她）少废话，搬到马桶旁边去！

〔杨丽娟无奈，只好搬着被子来到马桶旁边。马桶里的臊臭味儿熏得她一个劲儿地干哕。〕

秦小月　（冲着蜷缩在角落里的女人）喂，你过来。

〔那个女人似乎没有在意。〕

秦小月　喂，你，听见没有？

周月朗　（似乎刚刚意识到什么）你叫我吗？

秦小月　把你的被子搬过来。

周月朗　我？

秦小月　你睡二板。

周月朗　（犹豫着）为什么？

秦小月　刚才那么多人打我，就你没动手。

周月朗　啊，谢了。

秦小月　二板不能白睡。

周月朗　你吩咐。

秦小月　你刚来，也许不懂规矩。在这里，睡头板就等于开会坐主席台，讲话有人写稿，出差坐头等舱，住五星级大宾馆……明白吗？

周月朗　（茫然地摇着头）

秦小月　就是官，是权力，头板就相当于一个单位的第一把手。

周月朗　你是说……让我当第二把手？

秦小月　我让你当第一把手。

周月朗　这……

秦小月　我只睡头板，不要权力，这里的事归你管。

周月朗　可是……

秦小月　就这么定了。

〔苏梅子来到阿里山的面前，伸出了手。〕

苏梅子　拿来。

阿里山　（装傻）什么？

苏梅子　你知道。

阿里山　（还在装出一副无辜的样子）什么呀？

苏梅子　你给我不给？

杨丽娟　（居高临下地走过来，对苏梅子）你偷了她什么？

阿里山　（从怀里掏出一只乳罩）

苏梅子　（高傲地）你知道这是什么牌子的吗？就凭你也配戴这么高档的乳罩？

阿里山　谁戴你的乳罩？我还怕传染艾滋病呢。

杨丽娟　那你为什么偷？

阿里山　有些人把钱藏在乳罩和裤衩里。

苏梅子　拿来。

阿里山　等等，里面有六件对不对？

苏梅子　你……

杨丽娟　（好奇地）六件什么？

苏梅子　（没好气地）雨衣。

杨丽娟　什么？这小小乳罩里能藏六件雨衣？是不是还藏了别的？

苏梅子　不是你穿的雨衣。

杨丽娟　那是谁穿的?

苏梅子　男人的小弟弟穿的。

〔阿里山哈哈大笑起来。

〔杨丽娟愣了一下，立刻明白了。

〔苏梅子抢过乳罩。〕

苏梅子　我就不明白，这乳罩明明戴在我的身上，外衣的扣子都没有解开，你是怎么偷出来的呢?

阿里山　想知道吗?（伸出了手）拿来，这是知识产权。你知道我跟师父学这手的时候花了多少T?

苏梅子　哼，我才不学这偷鸡摸狗的手艺呢。

阿里山　哈哈，你也承认这是手艺了吧?

〔在苏梅子和阿里山发生纠纷的时候，秦小月已经在靠着门口的位置上安排好了自己的床铺。然后，她从包里拿出一个灰皮笔记本，旁若无人地写起来。她写得很专注，完全不屑顾及这边发生的一切。

〔苏梅子背着身，重新戴着乳罩。

〔阿里山嬉皮笑脸地凑过来。〕

阿里山　苏梅子姐姐，真格的，你这乳罩到底是什么牌子的?

苏梅子　（又高傲起来）想知道吗?

阿里山　（谦虚地）求姐姐指教。

苏梅子　记住，这牌子叫戴安娜。

杨丽娟　别老土了，那叫戴安芬。你以为英国王妃呢，还戴安娜?

苏梅子　（从善若流地）对对，是戴安芬，我记错了。

阿里山　多少钱一个?

苏梅子　说出来吓死你，三千二百多块呢，你不信?

阿里山　我信，姐姐可真有钱。

苏梅子　花自己的钱高消费算什么本事？这是一个老嫖给我买的。

阿里山　老嫖？

杨丽娟　真不要脸，还老嫖，叫得还挺亲切。

苏梅子　你要脸，要脸不好好当你的副市长，钻到这儿干什么来了？

杨丽娟　我是受冤枉的。

苏梅子　得了吧，我好赖是花老嫖的钱高消费，你呢？你高消费花的是谁的钱？是我们纳税人的钱。

杨丽娟　你纳税吗？

苏梅子　（理亏词穷了）

杨丽娟　（愤慨地）你们这些人，不但违法乱纪，伤风败俗，破坏社会稳定，还偷税漏税。知道不知道，在你们身上，国家每年就损失几十个亿。

苏梅子　能怨我们吗？国家要是有政策，我们愿意照章纳税呀。

杨丽娟　嘀，你还想让卖淫嫖娼合法化，想得倒美。

周月朗　杨副市长，你刚才说苏梅子不纳税？

杨丽娟　她一个非法卖淫的，纳什么税？

周月朗　看来我得给你这个市长大人普及一下税法了，凡是生活在中国这块土地上的人，包括出生和未出生的孩子，也包括要死去和刚死去的老人，都是纳税人。

杨丽娟　此话怎讲？

周月朗　苏梅子她喝过饮料吧？一瓶三元钱的饮料，含税五毛；她买过衣服吧？一件一百元钱的衣服，含税十六元；她要买化妆品吧？一百元的化妆品，含税高达四十四元……

苏梅子　哇塞，这么说我成了纳税大户了。

周月朗　你买房了吗？

苏梅子　没有。

周月朗　没买房算不上纳税大户，目前含税费最吓人的就是房价。契税、印花税、营业税、交易税、产权登记费……统统加起来，总共有六十二项，税费高达百分之四十。

阿里山　乖乖，你可真有学问，你叫什么？

周月朗　周月朗。

苏梅子　什么周月朗，应该叫“周越浪”。越到周末越浪，大海里翻船——浪催的。

周月朗　苏梅子，我可在替你说话呢，你怎么不识好歹呢？

苏梅子　你既然懂这么多，怎么也到这儿来了？

周月朗　我不是浪催的，我是活腻了。

苏梅子　活腻了好办呀，从长虹桥跳下去呀。

杨丽娟　（自语般地）长虹桥坍塌了。

周月朗　是的，长虹桥坍塌了。大桥通车刚刚二十八天，咔嚓一下子就断了，行驶在大桥上的八辆大小车子，像煮饺子一样噼里啪啦地掉下去了。车上的二十八个人无一幸免。天啊，通车二十八天，二十八条人命……庆典会上你们不是说能比得上鲁班修的赵州桥吗？不是说五百年之后还会岿然不动吗？

杨丽娟　那是因为卡车超载，交警没有把超载的车拦下。

周月朗　这么说是交警失职了？

杨丽娟　当然是交警失职了。

周月朗　那么到这看守所里来的，怎么不是交警，而是你这个负责修桥工程的副市长大人呢？

杨丽娟　还不是有人吃饱了撑的，在微博上瞎起哄，愣说长虹桥是豆腐渣工程，愣说背后有巨大的腐败。我就纳闷了，我们的一些领导，怎么会受网络左右呢？网络上都什么人？都是受国外敌对势力操纵的。

阿里山　你们说的都是什么呀乱七八糟？你不是说活腻了要自杀吗？

周月朗　我是要自杀，可是自杀需要勇气。

秦小月　自杀不需要勇气，杀人才需要勇气。

周月朗　我没杀过人。

秦小月　那我告诉你，杀人的勇气要比自杀的勇气大一万倍。

苏梅子　这么说，你没有自杀的勇气了？

周月朗　我有，只是还需要受到鼓励。

苏梅子　谁那么缺德，鼓励你去自杀呀？

周月朗　有。

阿里山　谁？

周月朗　酒。

阿里山　酒？

苏梅子　对，酒仗夙人胆。

周月朗　我一个人在酒吧里喝酒，把自己灌得烂醉，然后摇摇晃晃地朝长虹桥走去。走着走着，我突然高兴起来，把要自杀的事忘了。我看见桥头上的警察在查司机酒驾，那酒精测量仪很好玩，我让警察也给我测测。警察说，你没驾车，不给你测。那好吧，我扭头就往家走，把我那宝马车开出来了。

阿里山　这回警察给你测了吗？

周月朗　不测我能到这儿来吗？

苏梅子　我说你是浪催的，你还不承认。

周月朗　我说了，不是浪催的，我是活腻了。

秦小月　为什么活腻了？

周月朗　我相信了世界上根本不存在的东西。

苏梅子　什么东西？

周月朗　爱情。

〔几个人都沉默了，阿里山撇了撇嘴，唱着歌儿走了：“阿里山的姑娘美如水呀，阿里山的小伙儿壮如山……”

〔牢房的门口，秦小月蜷着双腿，在笔记本上聚精会神地写着……

〔周月朗凑过来，默默地坐在了秦小月的身边。

〔秦小月看了看她。〕

周月朗　你真的杀了人？

秦小月　（用并无恶意的眼睛看着她）

周月朗　你杀的是什么人？

秦小月　一个男人。

周月朗　也是因为爱情？

秦小月　（依然看着她）

周月朗　（感慨地）有人为爱情自杀，有人为爱情杀人。

秦小月　你不是说，爱情是这个世界上根本不存在的东西吗？

周月朗　爱情就像灵魂，看不见摸不着，谁也不能证明它存在，可是人们又都相信它。

秦小月　我不相信它。

周月朗　为什么？

秦小月　我就杀了一个没有灵魂的人。

周月朗　为什么要杀他？

秦小月　不把他杀掉，我就无法活。我不怕死，可是我死了，妞妞儿怎么办？她还是个孩子，还是个不满周岁的孩子。

〔牢门外一阵叫喊，伴随着饭勺敲击饭桶的声音：“开饭啦，开饭啦，把饭盒准备好……”

〔苏梅子像是饿疯了似的，抢着跳到门前，将饭盒伸出牢门下的小孔。

〔当的一声，一勺饭菜盛在了苏梅子的饭盒里。外面喊着："下一个……"〕

苏梅子　哥，再给点儿吧，我不够吃的。

送饭员　人人都一样，你特殊怎么着？

苏梅子　妹妹当然特殊了，哥，亲哥哥，我的好哥哥，您疼疼妹子吧，妹子整天价饿。

送饭员　去去去，你再啰唆我可要报告管教了。

苏梅子　别别，哥……哥……

〔苏梅子说着趴下身子，从送饭孔往外看着，无耻地勾引着送饭员。

〔杨丽娟鄙夷地看着她。〕

苏梅子　哥，来，快来呀，让妹看看你。哥，妹子想死你了，快让妹看看。哥，你要是多给我一勺饭，我让你吃一口，怎么样，妹子可是有名的大波霸。哥，快来看呀……

〔哗啦一声，牢门开了，牢门差点儿撞在苏梅子的脑袋上……

〔女管教提着警棍进来了。

〔苏梅子急忙站起身来，手里端着饭盒。〕

女管教　苏梅子！

苏梅子　报告政府，我在。

女管教　你给我站好。

苏梅子　（靠着墙根直挺挺地站着）报告政府，我站好了。

女管教　恶习不改，勾引送饭员，你想进单间是不是？

苏梅子　不不不……报告政府……您千万别让我进单间……我……我没勾引……谁都没勾引……我已经改了……恶习都改了。

女管教　那你刚才在干什么？

苏梅子　我……我就是饭量大……想多要点儿饭……不信您问她们。

女管教　（对秦小月）你看见了？

秦小月　不不，我什么也没看见。

女管教　（对杨丽娟）你看见了？

杨丽娟　报告政府……我看见了。

女管教　她是不是在勾引送饭员？

杨丽娟　要我说……也算不上什么勾引……她就是饭量大……每次都跟我要。

女管教　苏梅子，你可要放明白点儿。打击卖淫嫖娼，政府加大了力度。你不但卖淫，还拉过皮条是不是？你还跟三个嫖客群奸群宿是不是？你要是态度再不好，就等着法庭给你重判吧。

苏梅子　哎呀阿姨，您千万……

女管教　谁是你阿姨？我有那么老吗？

苏梅子　哎呀大姐，我的亲姐姐。

女管教　谁是你姐姐，少跟我套近乎，我可不敢有你这么一个露脸的妹妹。

苏梅子　哎呀政府，我的好政府，您可得救我一命，千万别说我态度不好，我认罪，我都认罪了。我得马上出去，我老公见不到我，非急疯了不可。政府，求求您了，能把手机还给我吗？

女管教　你要手机干什么？

苏梅子　我得给我老公打个电话，告诉他……

女管教　把你老公电话告诉我，我们通知他。

苏梅子　别别，千万不能让我老公知道，他要知道我在这儿，我就全完了。管教，求求您了。

女管教　金小凤。

〔没有人回答，阿里山继续唱着歌儿朝秦小月的身边凑着。〕

女管教　金小凤。

苏梅子　阿里山，政府叫你呢。

阿里山　（惊醒般地）啊……我在。

女管教　你没长耳朵？

阿里山　我以为您叫别人呢。

女管教　除了你，还有谁叫金小凤？

阿里山　大伙儿都叫我阿里山，我把原来的名字忘记了。

周月朗　知道什么叫名人了吧？名人就是没出名的时候别人不知道他是谁，出了名以后他不知道自己是谁。

女管教　收拾好你的东西，一会儿跟我走。

阿里山　（欢呼着）啊……万岁……呼啦……自由万岁……自由呼啦……

杨丽娟　（朝女管教）同志……啊，政府……

女管教　（警惕地看着她）什么事？

杨丽娟　我想见见你们所长。

女管教　哪个所长？

杨丽娟　前些天我来视察的时候，接待我的那个所长，我不是还给他批了一笔经费吗？你跟他说我想见他。

女管教　你见所长有什么事？

杨丽娟　我想让他给我安排一间好一点儿的牢房。

女管教　杨副市长，在我们所里，这已经是最好的牢房了。

杨丽娟　不行，我要见你们所长。

女管教　你连我们所长姓什么都不知道，他能见你吗？

杨丽娟　我不记得他，他难道还不记得我吗？

女管教　对不起，你现在已经不是副市长了。

〔牢门响，女管教出去了。

〔杨丽娟自言自语：“真是的，那个所长叫什么来的？”

〔阿里山更加愉快地唱着："阿里山的姑娘……"

〔杨丽娟突然灵机一动，快步来到阿里山身边，亲热地揽住了她的肩头……

〔一声猫叫，秦小月惊恐地抬起头，浑身瑟瑟发抖……

〔猫的叫声很尖厉，且越来越近，秦小月的身子缩进了墙角……

〔苏梅子用惊愕的表情看着秦小月，似乎发现了什么。

〔灯光渐暗……

〔杨丽娟揽着阿里山的肩头，向黑暗中走去。〕

第 二 场

〔幕启：亦如前场一样，黑暗中是一个魔鬼厮杀的世界：女人的撕打声、拼杀声、喘息声、叫骂声……

〔"臭婊子，姑奶奶废了你！"

〔"打，打，谁他妈认屃谁丫挺养的。"

〔"你王八蛋……"

〔"你浪娘儿们……"

〔"你臭不要脸……"

〔灯光像闪电般地亮了，女人们狼狈不堪地从地上爬起来，筋疲力尽，摇摇晃晃，大口地喘着粗气……

〔杨丽娟没有起来，直挺挺地躺在地上，像一摊溶化了的胶泥……〕

秦小月　（上前踢了杨丽娟一脚）装什么死呀？有本事你别起来。

苏梅子　别理她，她要是不起来，中午她那份饭我们分掉。

秦小月　（白了苏梅子一眼）吃货。

周月朗　（看了看躺在地上的杨丽娟）我猜她死了，信不信由你，反正我信。

苏梅子　（蹲下身子摸了摸杨丽娟的脖子）不好了，她真死了。

秦小月　不会吧，怎这么不禁打呀？

苏梅子　出人命了，天呀！我……我可没动手。

周月朗　你没动手，就是你打得最凶。

苏梅子　谁说的？你没打吗？

周月朗　我打了。

苏梅子　你打她哪儿了？

周月朗　黑咕隆咚的，我哪知道打她哪儿了？

苏梅子　就是你那拳要了她的命。

周月朗　你别给我栽赃，你是第一个动手的，我看见你扑上去了。

苏梅子　（急了，扑向周月朗）你胡说，我跟你拼了。

周月朗　（躲避着）

秦小月　我告诉你们，现在杨丽娟死了，你们跟我一样，咱们是坟头改菜园子，拉平了。

苏梅子　怎么拉平了？

秦小月　咱们都是杀人犯了。

苏梅子　那又怎么样？

秦小月　杀人偿命欠债还钱，说不定我们一块儿上刑场了。

苏梅子　（愣愣地看着秦小月，又看了看躺在地上的杨丽娟，突然大哭起来）哇……不不……呜……我不能死，我要出去，我要去找我老公，我不能死啊。

周月朗　苏梅子，你号丧什么？你想把管教招来现在就给你钉上脚镣吗？

苏梅子　（吓得浑身发抖，竭力控制着哭声）那……那怎么办呢？

周月朗　我们得想办法。

秦小月　我们就说一起躲猫猫，她不小心摔死了。

周月朗　不行，云南看守所已经用过这招儿了。

苏梅子　就说她喝水呛死了。

周月朗　这招儿也有人用过了。

秦小月　还有什么借口？

周月朗　除非是睡眠死。

秦小月　废话，睡觉还能死人？

苏梅子　（又哭起来）那怎么办呀？

〔牢门响。〕

周月朗　快，快把她弄到后面去。

〔几个人把杨丽娟抬到了角落，又扯起塑料布遮上。〕

女管教　（进来，高喊着）列队点名。

〔几个人慌忙列队站好。〕

女管教　报数。

秦小月　一。

苏梅子　二。

周月朗　三。

女囚甲　四。

女囚乙　五。

秦小月　（急忙跑到周月朗后面）六。

女管教　嗯？杨丽娟呢？

秦小月　她……她……死了。

女管教　什么？

苏梅子　她……她“报四”了……

女管教　她在哪儿？

〔周月朗急忙跑到塑料布后面，把死了的杨丽娟扶起来，并把她的一只手扬起来，学着杨丽娟的声音说：“报告政府，我在这儿……〕

女管教　你在那儿干什么？快出来。

周月朗　（学着杨丽娟）我……我“大姨妈”来了。

女管教　真晦气。快点儿出来，背八大监规，反省自己的罪行。

〔女管教走了，周月朗把杨丽娟放在了地上。〕

苏梅子　周姐，真有你的，吓死我了。

周月朗　躲得了初一，躲不了十五，我们得赶紧想办法。

苏梅子　要不，我们就说她越狱跑了。

秦小月　亏你想得出来，越狱，这牢房里除了天窗，就这么一个送饭的小口儿，她怎么越狱的？

苏梅子　我看过一个电影，外国的，一个犯人用一张画做掩护，在墙上挖一个洞……

秦小月　那是《肖克申的救赎》，等你把洞挖好了，她的尸体早就烂透了。

周月朗　咱别自欺欺人了，我们还是自首吧。

秦小月　自首你也是杀人犯，就算从轻判处，顶多从死刑改死缓，你还是要在牢房里待一辈子。

苏梅子　不行，我可在这儿待不下去了，一天都待不下去了，我得马上出去见我老公。

周月朗　都什么时候了你还想男人？

苏梅子　我没想男人。

周月朗　你老公不是男人吗？

苏梅子　我老公跟别的男人不一样。

周月朗　废话。

秦小月　你们也别吵了，这事我想好了。

周月朗　你有办法？

苏梅子　你有什么办法？快说说。

秦小月　我揽过来。

周月朗　揽过来？

秦小月　你们就说，杨丽娟是我打死的。

周月朗　这……这不公平。

秦小月　只对我一个人不公平，对你们公平就行。

苏梅子　不合适吧小月姐，这……

秦小月　反正我是杀人犯，杀一个也是杀，杀两个也是杀，总不能判我两次死刑吧。

周月朗　（沉吟着）这……

苏梅子　（突然激动起来）小月姐，你……你救了我……救了我……大恩人啊小月姐……

周月朗　小月，你……你太伟大了。

苏梅子　小月姐，我苏梅子不是没良心的人，我……我给你磕个头吧，大恩人啊！

周月朗　等等。

苏梅子　干吗？你不同意？

周月朗　小月为我们做出了这么大的牺牲，这相当于见义勇为舍己救人，对我们有再造之恩。

苏梅子　就是嘛，所以我们要知恩图报。

周月朗　知恩图报不能在口头上空谈。

苏梅子　我知道，小月姐，我的银行卡里还有五千块钱，都给你了。

周月朗　小月，你是我们的救命恩人，我们一辈子也不会忘记你，你的事情就是我们的事情，你尽管吩咐吧。

秦小月　我就是不放心我的孩子，妞妞……她还不到一岁。

周月朗　从今以后，我就是妞妞的妈妈。

苏梅子　我就是妞妞的爸爸。啊，不，我也是妞妞的妈妈。

周月朗　我们绝不会让妞妞受半点儿委屈。

苏梅子　我们让她上最好的幼儿园。

周月朗　我们让她上贵族学校。

苏梅子　我们让她成为富二代。

周月朗　我们把她培养成“白富美”。

苏梅子　把她嫁给一个“高富帅”。

周月朗　要是她有了足够的钱，也让她移民到美国。

苏梅子　房子、车子，我们都提前给她准备好。

〔角落里传出一个声音：“我见过吹牛的，可没见过把牛吹得这么大的。”〕

苏梅子　我们没吹牛，我们宁可自己不吃不穿过苦日子。

周月朗　对，我们努力奋斗，为了妞妞。

〔角落里的声音又传过来：“这年头，你以为光靠自己奋斗就能成功吗？”

〔秦小月首先感觉到了不对，她抬头朝角落里看去。

〔周月朗和苏梅子也随着秦小月的目光扭过头。

〔杨丽娟从塑料布后面出来了。

〔三个人都愣住了……〕

苏梅子　（兴奋地跳起来）哎呀我的妈呀，你没死呀！

杨丽娟　我死了。

周月朗　你装死？

杨丽娟　我没装。

秦小月　没装死你怎么还能说话？

杨丽娟　我又活了。

周月朗　你活了，我们也活了。

杨丽娟　早知道这样，我就不活了。

秦小月　杨副市长，以后我们别斗了，好吗？

杨丽娟　十亿人民，不斗行吗？

苏梅子　不就争一块床板吗？至于这么玩命吗？

杨丽娟　我争的不是床板。

苏梅子　那是什么？

杨丽娟　权力。

苏梅子　权力？

杨丽娟　在外面，决定权力的是椅子，谁坐在哪把椅子上，就决定着他权力的大小；在这里面，决定权力的是床板，谁躺在哪张床板上，就决定着她有什么权力。

秦小月　望魂台打灯笼——不知道死的鬼儿。

杨丽娟　你说谁呢？

秦小月　我说你呢。我只听说过有吸烟上瘾的、喝酒上瘾的、赌钱上瘾的，没听说过有当官上瘾的。

杨丽娟　当官上瘾怎么了？这叫有追求。

周月朗　哼，还追求呢。一个小小的牢房，不足十平米；区区七八个人，连个党员都没有。你一个堂堂的大市长，到这儿来争夺权力，寒碜不寒碜呀？

杨丽娟　有了权力就有了一切。

苏梅子　杨副市长就是有水平。

杨丽娟　少拍马屁，我现在跟你一样，是阶下囚了。

苏梅子　船破有底，瘦死的骆驼比马大。

〔牢门打开了，进来的是活蹦乱跳的阿里山。

〔阿里山像是回到了自己的家里，把身上的背包往地上一扔，就非常乐观地唱了起来："阿里山的姑娘美如画……"

〔秦小月依然沉浸在跟女儿的交流之中，完全没有注意阿里山的到来……〕

苏梅子　阿里山，你怎么又进来了？这才几天呀？

杨丽娟　（关切地）你又犯事了？

阿里山　能怨我吗？你说这能怨我吗？

苏梅子　什么呀就不怨你？莫非你也受冤枉了？

阿里山　我坐公共汽车，靠着窗户坐着，一个男的撅着屁股使劲挤我，先是挤我的胸脯子，后来都挤到我的下巴颏了。

苏梅子　他挤你，你不会把他推开吗？

阿里山　推开？你知道他用什么挤我吗？

苏梅子　不是用屁股挤你吗？

阿里山　他要是光用那肥猪一样的屁股挤我，我当然会把他推开了。可你知道他屁股上有什么？

苏梅子　屁股上能有什么？

阿里山　钱包，一个鼓鼓囊囊的大钱包！

苏梅子　没听说过，他把钱包贴在屁股上了？

阿里山　他的钱包掖在屁股兜儿里了，就那么鼓鼓囊囊地露着，还那么明目张胆地挤我。

杨丽娟　那你也不应该掏人家钱包呀？人家的钱包离你再近，可还在人家的身上。

阿里山　得了吧，甭站着说话不腰疼，要是你，你扛得住吗？

杨丽娟　什么话？我从来没掏过人家的钱包，你就是意志薄弱，经不住诱惑。

阿里山　是呀，你没掏过别人的钱包，这我信。也就是没在公共汽车上掏过罢了。也难怪，一个人要是熬到副市长的位置上，还用得着自己去掏钱包。人家把钱送上门来，还得求着你收下。

杨丽娟　你什么意思？

阿里山　一个大密码箱，二百四十万现金，都是一百元一张的大票子，还有六十根金条，另外还有二十万美钞，是给你出国考察的零花钱，有这么回事吧？

杨丽娟　（心虚了）你……你胡说什么？

阿里山　你老人家把长虹桥的路面工程给了一个建筑公司，人家给你的好处费，对不对？

杨丽娟　那是有人在诬陷我！

阿里山　（从内衣里掏出一封信）诬陷你的人在这儿呢。

杨丽娟　（迟疑了一下，立刻接过信）这是谁给你的？

阿里山　一个男人。

杨丽娟　他怎么给你的？

阿里山　在派出所里。

杨丽娟　派出所？

阿里山　我被抓住之后，先送进了派出所。

杨丽娟　他跟你说什么？

阿里山　他什么都没跟我说，就让我把这封信交给你。

〔杨丽娟飞快地打开信看着。

〔哗啦一声牢门开了。

〔杨丽娟急忙将信藏在自己的身上。

〔女管教持着警棍怒气冲冲地进来……〕

女管教　杨丽娟！

杨丽娟　（急忙站起来）在。

女管教　把信交出来！

杨丽娟　什么信？

女管教　别装傻，刚从外面给你送进来的信。

杨丽娟　没……没有啊……

女管教　没有？金小凤！

苏梅子　（提醒着）阿里山，政府叫你呢。

阿里山　啊啊……在。

女管教　你是不是从外面给杨丽娟带进来一封信？

阿里山　没……没有啊……我什么都没给她。

女管教　你们都嘴硬，没有，哼！（对杨丽娟）把衣服脱了。

〔杨丽娟犹豫着。

〔女管教指了指挂在水龙头前面的塑料帘。

〔杨丽娟走到帘后面。

〔女管教跟了进去。

〔女管教："把衣服脱了！"

〔隔着帘子，可以看见杨丽娟脱掉了上衣。

〔女管教："把乳罩脱掉！"

〔杨丽娟脱掉了乳罩……

〔女管教查看着……

〔女管教："裤子！"

〔杨丽娟脱掉裤子……

〔女管教："把裤衩儿也脱掉！"

〔杨丽娟已经赤裸着站在了帘后面……

〔女管教仔细查看着……

〔杨丽娟："我可以穿上衣服了吗？"

〔女管教无奈地："穿吧。"

〔杨丽娟穿着衣服，走了出来。

〔女管教气急败坏地出了牢房……〕

杨丽娟　(困惑地) 奇怪……

阿里山　(诡秘地看着杨丽娟) 嗯?

苏梅子　搜出来没有?

杨丽娟　真活见鬼了……

阿里山　(拿出那封信) 鬼在这儿呢。

杨丽娟　(抢过那封信) 你……怎么又跑你那儿去了?

阿里山　你放在哪儿了?

杨丽娟　我……我塞进裤衩里了。

阿里山　前面还是后面?

杨丽娟　好像是……后面。

阿里山　你摸摸后面。

杨丽娟　(后面的裤子上破了一个口子) 天呀, 你用什么割破的?

阿里山　(伸出手) 指甲。

苏梅子　你的指甲怎么比刀子还锋利?

阿里山　想知道吗? 拿来, 这是知识产权。

苏梅子　把这知识产权留着你自己用吧, 我好奇心有限。

〔杨丽娟躲在一个角落里, 拿着那封信出神。

〔昏暗的灯光下, 秦小月在笔记本上写着。

〔秦小月的话外音: 妞妞, 我的宝贝女儿……

〔灯光渐暗。〕

第三场

〔幕启: 又一个阳光明媚的早晨。

〔塑料帘后面, 阿里山痛快淋漓地洗着澡, 唱着她那永远也唱不完的歌："阿里山的姑娘美如画，阿里山的小伙儿壮如山……"

透过那半透明的塑料帘，阿里山那年轻的胴体依稀可见。

〔杨丽娟在马桶旁边洗漱，一副懒洋洋的样子。

〔苏梅子要用马桶方便，又犹豫着。

〔秦小月依然在灰皮笔记本上写着。

〔杨丽娟脱掉睡衣，换着衣服。

〔阿里山裹着浴巾出来，无忧无虑，朝气蓬勃。〕

阿里山　早晨起来洗个澡，特别的有洋味儿。

苏梅子　你就是闲得难受。

阿里山　你懂什么？人家老外就是早晨起来洗澡。

苏梅子　你看见了？

阿里山　那当然了。

苏梅子　肯定是你上人家溜门撬锁时看见的。

阿里山　本小姐只做"小绺"，从来不做"黑潜"。

苏梅子　没听明白。

阿里山　那本小姐告诉你，让你长点儿学问。"小绺"是扒手，也就是咱平常说的"小偷儿"，北京人叫"三只手"；你说的溜门撬锁叫"黑潜"，懂了吧？隔行如隔山。

苏梅子　（从马桶上站起来，提着裤子）先别犯贫了，阿里山，今天该你刷马桶了。

阿里山　凭什么？

苏梅子　你是新来的，新来的都要刷马桶。

阿里山　什么？我是新来的？你敲门问问管教，咱俩到底谁是新来的？

苏梅子　你是昨天晚上才到的，怎么不是新来的？

阿里山　我是这里的常客，常客为主，你懂不懂规矩？

苏梅子　不管怎么说，你这次是新来的，就得刷马桶。

阿里山　本小姐要是不刷呢？

苏梅子　那姑奶奶可就不客气了。

阿里山　来吧，臭婊子，本小姐今天心情好，跟你练练。

〔苏梅子突然弯下身，像一头母牛似的冲上去。

〔阿里山像年轻的斗牛士，灵活地躲开，嘴里还唱着歌："阿里山的姑娘美如画……"

〔苏梅子气急败坏，又扑上去……

〔两个人扭打成一团……

〔苏梅子："你个小母贼……"

〔阿里山："你臭婊子……"

〔苏梅子："小母贼……"

〔阿里山："臭婊子……"〕

杨丽娟　（很威严地大喊一声）都给我住手！

〔两个人立刻住了手。

〔杨丽娟为之一震，一种久违了的权威感立刻油然而生，马上找到了自己在官场居高临下的感觉。〕

杨丽娟　你们俩像什么话，张口骂人，伸手打人，满嘴喷粪，少廉寡耻，还像个女人的样子吗？素质低，素质忒低，低得可怜，低得你们自己都不觉得低了。可悲啊可悲，你们就是书读得太少，在学校时不好好读书，出了校门又不自觉学习，所以才堕落成今天这个样子。你们说是不是？

苏梅子　是是……

杨丽娟　苏梅子，你读了几年书？

苏梅子　初中没毕业，交不起二百八十元的辅导费叫老师给轰出来了。

杨丽娟　你呢，阿里山？

阿里山　我有初中毕业证书，花钱买的。

杨丽娟　还挺得意是不是？既然要买，你干吗买个初中毕业证书？干吗不一步到位，买了博士后证书不就齐了？

阿里山　您可真逗，我说自个儿是博士后有人信吗？

杨丽娟　你还挺有自知之明。苏梅子，我问你，今天是不是该你刷马桶？

苏梅子　可她是新来的。

杨丽娟　我没问你谁是新来的，我问今天是不是该你刷马桶？

苏梅子　按班该轮到我了。

杨丽娟　轮到你了你为什么不刷？为什么要偷奸耍滑？你们这一代人，就是好逸恶劳，就是贪图享受，就是想不劳而获。对不对？

苏梅子　对对。

杨丽娟　这就是你们犯罪的内因，你们要好好挖一挖犯罪根源。懒馋占贪烂，一个人的腐化堕落，就是从懒从馋开始。我说得对不对？

苏梅子　对对，很对。

杨丽娟　人人都有两只手，不在人间吃闲饭。别人能够靠劳动发家致富，你为什么不行？你干吗非要靠卖身吃饭？就算你自己不要脸，也不怕给自己的父母丢人？也不怕给自己的父老乡亲丢人？就算你什么都不顾了，也不怕传染上艾滋病？还有你阿里山，这么年纪轻轻的就在监狱里平蹚，像走亲戚串门一样，将来还得了。政府这么一次又一次地教育你改造你，不断地给你机会，你怎么就不思改过呢？

阿里山　我是大法不犯，小法不断，没有死罪，您放心。

杨丽娟　嗬，你还挺讲原则是不是？要是把你这些聪明才智放在正当途径上，就算你们发不了大财，总也能丰衣足食吧？你们不傻，也不笨，又赶上了现在的好时代，干点儿什么不好？干吗非要以身试法？干吗非要干这些让人家瞧不起的事情呢？苏梅子，你说呢？

苏梅子　对对，你说得很对。

阿里山　（突然醒悟了）对什么呀对？你可真贱。

苏梅子　你才贱呢。

杨丽娟　难道我说得不对吗？

阿里山　先不说你说得对不对，我问你，你凭什么说我们？你以为你是谁呀？别搞错了我的乖乖。

杨丽娟　乖乖？

阿里山　乖乖，你还拿黏豆包当粮食呀？你还拿村长当干部呀？你还拿自个儿当副市长呀？我知道偷东西的毛病不好改，卖身的毛病不好改，吸毒的毛病不好改，可还没见过当官的毛病也这么难改呢！在这里面，除了管教，没有官。你凭什么训我？我还想训你呢！

杨丽娟　（尴尬地）我凭什么？我不是凭着副市长教育你们的，我知道自己不是副市长了，用不着你提醒我。我是以你们长辈的名义教育你们的。我是为你们好。

阿里山　得得得，你歇菜吧。既然你比我们年长几岁，就更应该知道珍惜生命了。你的麻烦够多了，我不是给你带来一封信吗？想想该怎么办吧。

杨丽娟　你……偷看了我的信？

阿里山　你的信？要不是我，你的信早跑到管教手里去了。

杨丽娟　（气怒地）不可理喻，跟你们这些人说真是瞎耽误工夫。

〔杨丽娟坐在自己的床铺上又看起了信。

〔苏梅子无奈，只好拎着马桶洗刷去了。

〔阿里山唱着歌朝秦小月扭去："阿里山的姑娘美如水呀……"

突然，她停止了歌唱，像是被聚精会神的秦小月震慑住了……

〔秦小月昂着头看着那缕阳光，非常神往地站起来，读着写给女儿的那些话……〕

秦小月　妞妞儿，你现在该七岁了，妈妈离开你已经六年了。妞妞儿，你七岁了，该上学了。妞妞儿，到了学校，老师要是问你叫什么名字，你可不能说叫妞妞儿。妞妞儿是你的小名，妈妈还没有来得及给你取学名。妈妈想好了，你就叫小月吧。秦小月，妈妈姓秦，你也随妈妈的姓吧。妈妈在这个世界没有留下什么，只留下了一个你。妈妈把剩下的生命给了你，妈妈心甘情愿。秦小月没有死，秦小月又上学了。秦小月一定听老师的话，好好学习，上中学、上高中，还要上大学。

阿里山　（陷入了对苦难童年的回忆与遐想）妈妈……妈妈……七岁的孩子是最需要妈妈的。早晨起来，妈妈给她穿好了衣服，给她背上书包。放学以后，七岁的孩子像一群出了笼子的小鸟，叽叽喳喳地朝学校的大门口飞去。七岁的孩子扑进妈妈的怀里，搂着妈妈的脖子，跟妈妈讲在学校里一天的故事。可是，我没有妈妈，我只能眼巴巴地看着那些有妈的七岁的孩子，每天每天，我都是最后一个离开学校的大门，为的是躲开那些妈妈的笑脸。

秦小月　妞妞儿，我的女儿。不，小月，我该叫你小月了，今天在学校过得好吗？语文又考试了吗？我猜你肯定得了一百分。你的语文总是比算术好，跟妈妈一样。

阿里山　我没有妈妈，没有妈妈问我上学的事，也没有妈妈在我的作业本上签字。我只有一个奶奶，我是奶奶从垃圾堆里捡回来的，奶奶把我带回了家，奶奶把我养活了。我刚会走路就跟着奶奶一起去捡垃圾，大家都叫我垃圾公主，公主……公主，多么好听的名字呀！哪一个七岁的女孩儿没做过公主的梦呢？可我是垃圾公主，不是白雪公主。

杨丽娟　（雷霆万钧般地怒吼着）顶住顶住，你们光说让我顶住，可你们倒是快点儿想办法把我捞出去啊。告诉你们，我的忍受力是有限的，你们知道我在牢房里是什么滋味吗？

苏梅子　（小心地）杨姐，你怎么了？

阿里山　垃圾公主……垃圾公主……我是垃圾公主……

杨丽娟　对，垃圾……是垃圾……我整天就跟垃圾待在一起……卖淫的婊子，掏钱包的小偷儿，还有杀人犯……对了，还有这个马桶，臭烘烘的马桶……

苏梅子　噢，你瞧不起我们，我们是垃圾，那你是什么？

秦小月　妞妞儿……小月……我的女儿……妈妈知道你苦，你不是一个人在读书，你是在替妈妈读书，妈妈在陪着你读书……

阿里山　我找过妈妈，我一家一家地问，一个人一个人地打听……我是从哪儿来的？我绝不会像大尾巴蛆一样自个儿从垃圾堆里长出来的吧？我肯定是一个女人生下来的……可这个女人是谁？她在哪儿？

杨丽娟　贪污受贿、挪用公款、拿回扣、接红包，男人包“二奶”，女人找小白脸儿，是我杨丽娟一个人吗？……腐败人人有，不露是高手，我……我他妈怎就这么笨啊……

秦小月　（声嘶力竭地）妞妞儿……我的孩子。

阿里山　（石破天惊地）妈妈……

〔灯光渐暗。复明。

〔阿里山与秦小月依偎在一起，陷入深深的回忆中。

〔苏梅子突然像是悟出了什么，凑到杨丽娟身边。〕

苏梅子　杨姐，你没事吧？

杨丽娟　哼。

苏梅子　杨姐，你真有气质。

杨丽娟　（没理她）

苏梅子　我要是能早点儿认识你就好了。

杨丽娟　（依然没理她）

苏梅子　杨姐，你当副市长的时候，在税务局安排个人，很容易吧？

杨丽娟　你什么意思？

苏梅子　我一直骗我老公说，我在税务局工作……

杨丽娟　这么说，你老公不知道你卖淫？

苏梅子　他要是知道这事，早把我打跑了。

杨丽娟　瞒得了初一，还能瞒得过十五？

苏梅子　我已经瞒他三年了。

杨丽娟　你可潜伏得够深的。

苏梅子　我不能没有他，没有他我一天都活不下去。

杨丽娟　你凭什么那么爱他？

苏梅子　你不知道他有多帅，不，不能叫帅，应该叫酷，帅呆了，酷毙了。他还在大学读书，是学地球的。

阿里山　你怎么不说是学宇宙的？

苏梅子　少废话，你不懂。

阿里山　他那么优秀，凭什么爱上了你？

苏梅子　你知道我把他抓到手容易吗？

杨丽娟　你既然这么爱他，怎么还干这种肮脏事？你不怕伤害他吗？

苏梅子　我不干这种事怎么办？他要穿名牌，他要喝好酒，他要抽好烟，他要开好车，他还要到处旅游……

杨丽娟　他自己不挣钱吗？

苏梅子　他还在读书，已经读完了硕士、博士，马上就要出国留学了，我要给他准备一大笔钱。

杨丽娟　为什么这些钱都要由你来花？

苏梅子　因为我爱他，我太爱他了。当年我在宾馆当服务员，刚一见到他，我的两条腿都哆嗦起来，真想不到世界上还有这么帅的男人，更想不到，这么帅的男人还能爱上我。为了他，我什么都舍得。哪怕我自己吃方便面，也要把每一分钱省下来给他花。

杨丽娟　这么说，你是为了满足他的高消费才去当小姐的？

苏梅子　为了他，我心甘情愿。

杨丽娟　就没见过你这么缺心眼儿的。

苏梅子　杨姐，你一定要帮我。

杨丽娟　我怎么帮你？

苏梅子　我当小姐的事，他一点儿都不知道，我一直骗他说我的工资高、补贴多，还有不少灰色收入。我也知道，我这样骗他，早晚会露馅的。可是有什么办法，我要是早认识你，说不定你真的能把我安排到税务局工作，唉，命苦啊。

杨丽娟　你以为我现在就没这个权力了吗？

苏梅子　你……不是进来了吗？

杨丽娟　我当副市长的时候，想让谁上去谁就能上去，想让谁下去谁就能下去。

苏梅子　那……现在呢？

杨丽娟　现在？哼，老娘想让谁进来，谁就能进来！

〔苏梅子呆呆地看着杨丽娟，突然，她扑在杨丽娟的怀里，哭喊着：“杨姐，我的大恩人啊……”

〔灯光渐暗。

〔夜深了。

〔杨丽娟陷入了沉思。

〔周月朗在一边静静地观察着她。

〔秦小月躲在门口，借着从小门透过的灯光，写着日记。

〔苏梅子抱成一团，独自发着愁。

〔阿里山折腾着自己的背包，在里面翻着乱七八糟的东西。

〔一片寂静。

〔周月朗悄悄地爬起来，她只穿着乳罩和短裤。

〔借着朦胧的光线，我们可以看到遮挡卫生间的塑料帘后面，周月朗那一连串奇怪的动作：她换掉短裤，把那条换下来的短裤拿在手里，沿着松紧带的缝隙摸索着。她似乎从里面找到了什么，把短裤举到嘴边，用牙齿咬着松紧带上的线头儿。然后，两只手小心地捏挤着，从松紧带里取出了一个金色的小颗粒，用两只指头捏着，对着天窗上的灯光看了看……

〔连观众都没有发现，杨丽娟已经躲藏在卫生间的墙角，从帘子的缝隙中窥视着，把周月朗的一切看得一清二楚。

〔突然，杨丽娟拉开帘，蹿到周月朗面前。周月朗吓得张开嘴刚要喊叫，杨丽娟却扑上去，紧紧地捂上了她的嘴。与此同时，杨丽娟凭借着高超的擒拿技巧，先是攥住了周月朗的手腕，迫使周月朗紧握的手松开，顺利地从她的手里抢过了那颗金色的小颗粒……〕

周月朗　（扑上来要抢夺杨丽娟手里的金色小颗粒）还给我……

杨丽娟　这不是准备给我用的吗？

周月朗　我是为自己准备的。

杨丽娟　无论谁用，都是个好玩意儿。只要吞下去，在睡眠中就会静静地死去。人不知鬼不觉，法医尸检，结论只能是一个：突发性心脏病。

周月朗　我不知道你在说什么。

杨丽娟　还记得前几天你们打我吗？你说过睡眠死……别人不懂，我懂，睡眠确实会死人的。那次你没有把我打死，是不是很后悔啊？

周月朗　那是一场混战，不是我发起的。

杨丽娟　是一场混战，你却趁着战乱向我下了毒手。别人都是打我的屁股、掐我的大腿、抓我的奶子，你却死死地掐住了我的脖子。要不是我练过几年瑜伽，就死在你手里了。

周月朗　跟你练瑜伽没关系，是我到关键时刻手软了。

杨丽娟　（严肃地）告诉我，是他让你来的吗？

周月朗　你心里应该比我清楚。

杨丽娟　他凭什么要对我下毒手？

周月朗　你说呢？

杨丽娟　杀人灭口？

周月朗　你能扛得住吗？

杨丽娟　你为什么替他卖命？

周月朗　我是替自己卖命。

杨丽娟　你能得到什么好处？

周月朗　你们把六亿资产转移到了国外，还在澳大利亚买了一套海滨别墅。如果没有意外，过两年他退休之后，你们就可以到你们的伊甸园里过神仙般的日子了。可惜，长虹桥塌了，你们的伊甸园美梦也破碎了。

杨丽娟　是我的美梦破碎了，他的美梦并没有破碎。

周月朗　（双手一摊，态度有点儿暧昧）

杨丽娟　把我除掉以后，你就能替代我，那伊甸园的主人便换成了你，对吧？

周月朗　（依然没有说什么）

杨丽娟　（仔细打量着周月朗）嗯，不错。你比我年轻，比我漂亮，又有高等学历……

周月朗　还有更重要的一条，你或许不知道。

杨丽娟　不妨说说看。

周月朗　他是我的第一个男人，我的童贞是献给他的。我把我处子之身献给他以后，他紧紧地抱着我，像孩子一样哇哇地哭起来……

杨丽娟　他对你说，他从来没有占有过处女……

周月朗　这话他跟你也说过？

杨丽娟　然后，他跪在你面前，对着窗外的月亮发誓，并且从他的内衣上撕下一块布，咬破手指，给你写下了离婚承诺书……

周月朗　你怎么知道的？

杨丽娟　你不是律师吗？

周月朗　这么说，你也是把自己的童贞给了他？

杨丽娟　不仅如此，他还是我爱上的第一个男人，而且是唯一的男人……

〔周月朗看着眼前的杨丽娟，身子渐渐瘫软下来。

〔杨丽娟的身子靠在墙上，仰着脸，绝望地望着天花板……

〔一声猫叫，来得非常突然。

〔一只小猫从送饭口钻了进来。

〔秦小月啊地惊叫一声，战战兢兢地朝墙角缩去。

〔苏梅子灵机一动，猫一样地跳起来，一把抱着了小猫。

〔秦小月惊恐地看着苏梅子……

〔苏梅子朝秦小月走去……

〔秦小月瑟瑟发抖……〕

秦小月　求求你……别……别过来……

苏梅子　（得意地笑着，抓着猫的两条腿儿，对准了秦小月）你瞧，多好的猫呀……

秦小月　别别……你快走，快把它抱走……

苏梅子　你怕猫？

秦小月　……我怕猫……

苏梅子　没听说过，还有怕猫的。猫可是人类最忠实的朋友，猫有九条命……

秦小月　求求你苏梅子，快把它放了行吗？

苏梅子　今儿晚上这猫要睡在这儿，你要是怕猫你就搬走！

秦小月　不不，我这儿有灯光，我要写东西……

苏梅子　你要是舍不得离开这儿，就跟猫在一起。（举着猫向秦小月）

秦小月　（惊恐万端地）啊……

阿里山　你干什么？

苏梅子　没你的事……

秦小月　你……你快把猫抱走……我搬……我搬就是了……（弯腰搬着自己的行李）

阿里山　（跳起来冲到苏梅子面前）你想干什么？

苏梅子　没什么，就是杨姐想跟她换换位置。杨姐，你过来。

〔杨丽娟从地上坐起来，似乎刚刚从梦中醒来，努力分辨着这里发生的事情。〕

苏梅子　杨姐，你不是想占头板吗？你快搬过来吧。

〔杨丽娟立即清醒过来，从地上爬起来。〕

阿里山　什么？你要把她换到马桶旁边去？

苏梅子　不错。

阿里山　（愤怒了）滚开，把你的臭猫抱走！

苏梅子　挡横是不是？以为我怕你？

〔阿里山扑上去抢着苏梅子怀里的猫。

〔苏梅子躲闪着……

〔阿里山撕开了苏梅子的睡衣……

〔苏梅子与她厮打起来……〕

秦小月　（急忙过来）你们俩快住手。

〔苏梅子和阿里山停住了手。

〔苏梅子依然紧紧地抱着怀里的猫。

〔秦小月不知该如何是好。

〔杨丽娟走到秦小月面前……〕

杨丽娟　（和颜悦色地）小月，我知道你怕猫，苏梅子不应该这样强迫你……

苏梅子　杨姐，我这可是为了你。

杨丽娟　（挥手制止了苏梅子）小月，这样吧，咱俩商量商量。我在那边实在是不习惯……

阿里山　你不习惯谁习惯？谁是天生的贱骨头，喜欢闻那屎尿味儿？

杨丽娟　我想了一个双赢的方案。

阿里山　怎么个双赢法？

杨丽娟　小月，这个床板算是你的，你转让给我怎么样？或者说是租给我，我给你租金，按天算。

阿里山　嗯……这倒是个办法。你一天给多少钱？

杨丽娟　五块钱怎么样？

阿里山　五块钱？你以为买水萝卜哪，五块钱，你也真说得出口……

杨丽娟　五块钱还少？在她们那个小山村里，五块钱够一家人花一个月的。

阿里山　少废话，不行。

杨丽娟　那我再加一块，六块怎么样？

阿里山　怪不得你妈说你呢。

杨丽娟　我妈说我什么？

阿里山　（学杨母口气）俺丽娟呀，哪儿都好，就是太爱钱，把钱看得比命还重。

杨丽娟　你见着我妈了？

阿里山　我上哪儿见你妈去？

杨丽娟　那你怎么知道的？

阿里山　报纸上看见的。

杨丽娟　报纸上还登这些？

阿里山　报纸上什么都登。

杨丽娟　还登什么了？

阿里山　把你那些散德行的事都登出来了。

阿里山　小月姐，你铺被子睡觉，别理她。

苏梅子　（对秦小月）你要敢铺被子睡觉，我就把这猫塞进你的被窝儿里。

杨丽娟　苏梅子，把你的猫放出去。阿里山，你说多少钱？

阿里山　二百，少二百免谈。

杨丽娟　什么？你也真敢漫天要价，二百块钱，都能住三星级宾馆了。

阿里山　你要是不进来，三星级宾馆你住吗？

杨丽娟　阿里山，咱能不能再商量商量？

阿里山　那就一百八，不能再少了。

杨丽娟　你可够黑的。

阿里山　反正你那些钱都是白来的，你现在要是不花，将来法院一宣判，可就都充公了。

杨丽娟　她一个快死的人了，要那些钱干什么？

阿里山　她死了，她还有孩子呢。她总不能光给孩子留下这么个破本子吧？她孩子要吃要喝要穿要活命，将来还要上学，得多少钱，你怎么一点儿同情心都没有？你不是也有孩子吗？你当副市长不愁吃不愁花，住小洋楼、坐小汽车，你要钱干什么？不也是为了孩子吗？你的孩子是人，她的孩子就不是人？你的孩子需要钱，她的孩子就不需要钱……

杨丽娟　（被震动了）这样吧，阿里山。我懂，我同意。我答应给一百八十块钱，不，按你原来说的，二百。不，不是二百，是二百零六块。六块钱是我付她的床板费，二百块钱算是我给她孩子的赞助费……

阿里山　行行行了，我不管什么名义，只要你给小月二百零六块钱，你立马搬过来。（伸手）拿来吧，一天一清。

杨丽娟　阿里山，你知道，我们的钱都存在看守所的账上，谁身上也没有现钱。

阿里山　这好办，你先打个欠条儿，明天把你账上的钱转到小月的账上就齐了。

杨丽娟　好好，我打欠条儿……

〔苏梅子怀里的猫又叫了一声。

〔秦小月又失魂落魄地叫了一声……〕

第四场

〔又一个阳光明媚、令人振奋的早晨。

〔苏梅子在塑料帘后面洗澡，她没有像阿里山那样一边洗澡一边唱歌，却在嗷嗷大叫，像一只发情了母狼，还时不时地从帘后面探出身子……

〔秦小月望着那缕艳丽的阳光给女儿写着遗书。

〔杨丽娟却焦躁不安……〕

苏梅子　阿里山说得对，早晨起来洗个澡，特别有洋味儿。不仅有洋味，还他妈挺刺激、挺过瘾。你知道吗？无论男人还是女人，早晨的性欲都特别强……

杨丽娟　你还有完没有？

秦小月　（深情地）妞妞儿……啊，小月，我的女儿……

周月朗　小月姐，告诉你一个好消息，他们批准了我的申请。

秦小月　什么申请？

周月朗　由我来担任你的辩护律师。

秦小月　我说过，我不需要人替我辩护。

周月朗　我知道，你是怕花钱，你想把每一分钱都留给你的妞妞。小月姐，我为你辩护是免费的，算是我的一次法律援助吧。

杨丽娟　周律师，我记得你曾经说过，这个世界上爱情是不存在的。

周月朗　可是我相信过它。

杨丽娟　相信过爱情？

周月朗　对爱情的信仰。

杨丽娟　信仰？

周月朗　我从小就对爱情充满了信仰，把它看得非常神圣，非常崇高，并且把它高高地安放在祭坛上，对它顶礼膜拜。可是后来，我却发现这都是我的梦幻，我所祭拜的东西根本就不存在……

苏梅子　你说的是什么呀，这么玄乎。

秦小月　我懂，周律师，我懂你说的是什么。

苏梅子　那她说的是什么？

秦小月　是处女膜。

苏梅子　什么？

秦小月　是女人的处女膜。

苏梅子　杨副市长，这俩人疯了吧？

杨丽娟　我看是脑子进水了。

秦小月　这些是男人告诉我的，是男人的拳头告诉我的。

周月朗　小月姐，听说你的男人还是一个教师？

秦小月　他是一个牲畜，一个魔鬼，一个半点儿人性都没有的疯子……我白天在工厂里干活儿，累得腰酸腿疼，身子都散了架。回来还要给他做饭，给他洗衣服。他呢，除了喝酒就是折磨我，整夜整夜地不让我睡觉。稍不遂他的心，张口就骂，伸手就打。我的身上，新伤压着旧伤，浑身都流脓水，没有一块好地方……

苏梅子　啊……小月姐姐……

秦小月　他像日本鬼子一样，把打人当乐子。他坐在那儿喝酒，扒光了我的衣服，绑起来吊在房梁上，用皮带抽，用烧红的铁通条烫，还把胳膊粗的大白萝卜塞进我的下身……我哭，他哈哈笑，我越求他，他越狠命地折磨我……我……我实在受不了了……

苏梅子　你就把他杀了？

秦小月　没有……我想杀他，可是我……我下不了手……我一个女人家，连一只鸡都不敢杀，怎么敢杀一个大活人呢？

苏梅子　那怎么办？

秦小月　可是我想杀他……想极了……整天整夜，脑子里不想别的，就想怎么把他杀死……我……我就拿他的猫做试验……

苏梅子　他的猫？他还养猫？

秦小月　他不爱我，却爱那只猫，宝贝似的。也不是什么名贵的猫，一只从外面捡来的野猫，男人都喜欢野物。那只猫就是他的帮凶，他打我的时候，那只猫就用一双绿色的眼睛给他加油鼓劲。我不敢杀他，就先试着杀猫……

苏梅子　杀死了？

秦小月　第一次没有杀死，我一听见那猫像鬼一样地叫手就软了……

苏梅子　他知道吗？

秦小月　他回来以后，见猫脖子上有血，就知道是我干的。他当时顾不上惩罚我，抱着他的猫就到动物医院去了。我身上被他打了那么多的伤，他都没说让我去医院，他却抱着他的猫去了医院……

苏梅子　太可怕了……

秦小月　等猫的伤养好了，他就开始报复我了。他先把他的猫关在笼子里饿了三天，然后把我的双手绑在柱子上，把那只饿疯了的猫塞进我的裤裆里。他用一盘炖好的鱼招猫，猫吃不上，在我的裤裆里乱抓乱叫，把我的下身都抓烂了……

苏梅子　他这样虐待你，你还不把他杀死？

秦小月　我还是先杀死了他的猫……

苏梅子　用什么杀的？

秦小月　用切菜的刀……那猫又叫起来，像鬼一样地叫……它越叫，我的手越发抖，我的手越发抖，就越是杀不死那只猫……那只猫死不了，就不停地叫……

苏梅子　我明白了，从那以后，你就怕猫了？

秦小月　我不是怕猫，我是怕听猫叫。我以前没有注意过，猫的叫声怎那么难听，怎么跟鬼一样？

周月朗　（紧紧地搂着秦小月）小月姐……

秦小月　周律师，谢谢你。刚才你说，我不请律师是怕花钱，这话对，也不对。我知道我杀人是要偿命的，你别为我费心了。

杨丽娟　小月，不是我说你，你的问题完全可以找妇联帮忙的，也可以通过法律程序为自己维权，你怎么这么蠢呢？

秦小月　我不想维权，我就想杀了他。

苏梅子　对，这样的畜生就该杀。

杨丽娟　你刚才提到了处女膜？

秦小月　处女膜是男人的信仰。

杨丽娟　只能说是那些陈腐男人的信仰。

苏梅子　这么说，她娶了你之后，发现你不是处女，就对你施行家庭暴力？真是的，你的处女膜给谁了？你知道吗？给一个处女“破处”，现在已经涨到七八千了……

〔牢门开了，进来的是满面春风、生机勃勃的阿里山。她手里举着一张报纸，进门便大喊大叫……〕

阿里山　你们看看吧，疯了，这些人都疯了，什么疯狂的事情都干得出来。

苏梅子　（急忙凑过来）什么事？

阿里山　一个副省长，给一个二十三岁的车模写了一封离婚承诺书，还是血书……

〔杨丽娟和周月朗都愣住了……〕

苏梅子　这车模真他娘的漂亮，要不怎么会把副省长迷住呢。都是爹娘养的，人家怎么就那么漂亮呢？

周月朗　那个副省长叫什么？报纸上有吗？

阿里山　有啊，叫魏来。

苏梅子　这字不念“来”，跟“来”差不多。

阿里山　怎么不念“来”，你以为我连“来”都不认识吗？太小瞧人了。

苏梅子　应该是“耒”吧？“耒耜”的“耒”，古代的一种农具。

阿里山　你们看看，你们看看，就是念“来”，念“来”还有错？

杨丽娟　（接过阿里山的报纸，念着）我郑重承诺，在 2012 年 12 月 21 日以前，跟原配夫人离婚，然后跟……跟……

苏梅子　跟这个小车模结婚是不是？

杨丽娟　不错，是他的字，也是从衬衣上撕下来一块布。

阿里山　杨姐，我说的没错吧？是念“来”吧？

杨丽娟　没错，是“来”，魏来，很好，就叫他魏来吧。

周月朗　这么说，这离婚承诺书，你也有一份？

〔杨丽娟解开纽扣，掀开内衣的衣襟，上面缝着一块白布，她唰地把那块写着血字的白布撕下来，递到周月朗的面前……

〔几乎与此同时，周月朗也掀开衣襟，同样的位置缝着同样大小的一块写着血字的白布片，周月朗也把那块白布扯下来，举到杨丽娟面前……

〔两个人你看着我，我看着你，突然，同时挥舞着手中的布片儿，哈哈大笑起来……

〔两个人笑得非常疯狂，狂笑当中夹杂着歇斯底里的哭号……她们笑着，哭着，拥抱着，推搡着，在地上翻滚着……

〔所有的人都被两个人的变态吓傻了，呆呆地看着她们。

〔突然，两个人同时沉寂下来，一声不吭了，呆呆坐在地上，像是从一场噩梦中醒来了，却依然喃喃地嘟囔着呓语着……〕

杨丽娟　魏来……这就是你的魏来……

周月朗　不，他是你的魏来。

杨丽娟　是你的魏来。

周月朗　我的魏来没有了，他变成了臭狗屎……

杨丽娟　我的魏来在吃屎，吃那个小车模的屎……

周月朗　魏来魏来，到底是他妈谁的未来？

杨丽娟　是他自己的未来……

周月朗　他自己还有未来吗？

〔两个人喃喃自语，声音慢慢地低下来。最后，两个人都精疲力竭地瘫软在地上……

〔灯光渐暗复明。〕

苏梅子　阿里山，你怎么又进来了？

阿里山　（兴奋地）本姑娘这次是自愿进来的。

苏梅子　牛皮吹炸了吧？还自愿进来的，你以为这儿是你姑奶奶家哪？

阿里山　不是我姑奶奶家，是你姑奶奶家，本小姐是这儿的户主……

苏梅子　你占我便宜。

秦小月　阿里山，你到底是怎么进来的？

阿里山　本小姐投案自首。

秦小月　你自首什么？

阿里山　每次都是我作案的时候被抓住才进来，他们抓住的时候少，没抓住的时候多。本小姐现在要金盆洗手，重新做人了，要把以前所有的案子都竹筒倒豆子……

苏梅子　什么？人家不知道的你也要交代，傻不傻呀？

阿里山　要不怎么叫改过自新呢？

〔杨丽娟听到阿里山的话，警觉地抬起头来，急忙站起身，走到阿里山跟前，又把她拉到一边。〕

杨丽娟　是不是有人让你进来给我通风报信的？

阿里山　没有人给我这个任务，不过我倒确实有风有信儿要向你通报。

杨丽娟　什么消息？

阿里山　（伸手）我是有偿的……

杨丽娟　你想要多少？

阿里山　你的命值多少钱？

杨丽娟　什么？他们要判我死刑？

阿里山　比这还厉害。

杨丽娟　到底怎么回事？

阿里山　先给个价。

杨丽娟　你要多少？

阿里山　你妈说你是铜公鸡、铁仙鹤、玻璃耗子、琉璃猫——一毛不拔。

杨丽娟　不不不……我拔我拔，你要多少我拔多少。

阿里山　你的钱多是赃款，要是给了我，我不成了窝赃了吗？

杨丽娟　我……我有干净钱。

阿里山　算了，本姑娘好事做到底，还是送你一条命吧。

杨丽娟　快说……

阿里山　我劝你呀别扛着了，有什么问题就交代吧。

杨丽娟　你……什么意思？

阿里山　我倒是没什么意思，有人有意思。他们要用你当典型，当惩治腐败的伟大成果，拿你开刀……

杨丽娟　拿我开刀？

阿里山　他们要从快从重对你判决。

杨丽娟　从快从重？

阿里山　（比画枪毙）啪……明白吧，你就咯屁着凉了。

杨丽娟　他们要杀人灭口？

阿里山　答应捞你的那个人也接受调查了，泥菩萨过河，自身难保了。

杨丽娟　我知道，他就算不是泥菩萨，也不会保我了。他恨不得我早点儿死……嗯？这些你是怎么知道的？

阿里山　那个男人告诉我的。

杨丽娟　哪个男人？

阿里山　就是让我给你送信的那个男人。

杨丽娟　他又找你了？

阿里山　他找我？哼，我找他了。

杨丽娟　你找他干什么？

阿里山　他答应我把这封信送到，给我八百块钱，我能不找他吗？

周月朗　（过来，关切地）你没事吧？

杨丽娟　能有什么事呢？该来的都来了，哈哈……

周月朗　我给你当辩护律师吧，免费的。

杨丽娟　谢谢了。

周月朗　我们……啊……有些事情，还求你网开一面。

杨丽娟　我不知道你是谁，我也不知道你干了些什么。是我的事情我承担，不是我的事情……请放心，我懒得管闲事。

周月朗　我会照顾你和你的家人的，请相信我。

〔杨丽娟自嘲地笑了笑，显得非常平静。

〔阿里山从包里拿出一张照片。〕

阿里山　小月姐，给……

秦小月　（接过照片，激动得失态）妞妞儿……我的妞妞儿……妈妈又见到你了……妈妈想死你了……妞妞儿……我的孩子，我的苦命的孩子……（哭了起来）

阿里山　（劝慰着）小月姐，你别担心，妞妞儿挺好的……

〔牢门响，女管教进来了。

〔所有的人都规规矩矩地站起来……〕

女管教　秦小月。

秦小月　在。

女管教　今天上午法院要对你进行审判，九点钟正式开庭，你赶快准备准备。

秦小月　（平静地）是……

周月朗　请问管教，作为她的辩护律师，我可以跟秦小月一起出庭吗？

女管教　今天正好是你刑拘释放的日子，当然可以了。

阿里山　（带着哭腔）小月姐，他们会判你死刑吗？

秦小月　（异常平静地）杀人偿命，欠债还钱，早早晚晚会这样。

苏梅子　（惊愕地）啊……你……要被枪毙了？

阿里山　（一头扑在秦小月的怀里）小月姐……

秦小月　阿里山，你别难过。我不怕死，从我做下这件事的那天起，我就做好了死的准备。

阿里山　（哭着）小月姐，你不该死，你不该死，你杀的是一个恶魔……你不该死啊……

苏梅子　（受了感动急忙从自己的包里找出一件衣服）小月姐，你今天出庭，一定要穿得体面一点儿。你为受苦受难的女人报了仇，你是大英雄……

秦小月　不……苏梅子，不能这么说，可不能这么说……这件事，我做也就做了，要说后悔也真后悔。他再为非作恶，有法管他，有政府管他，我不该……我不该把自己搭进去，不值得，太不值得了……再说，我还有孩子……

杨丽娟　小月说得对，我们是法制社会，不能为报私仇把自己的命搭进去。

苏梅子　小月姐，这件衣服我新买的，一次还没有穿……

秦小月　不，谢谢你，我不用。我要死的人了，不配穿这么好的衣服……

苏梅子　小月姐，你……你嫌我的衣服脏？

秦小月　哪儿的话？在这里，谁的罪过也没有我的大，我有什么资格瞧不起你呢？苏梅子、周律师、杨……杨大姐……还有阿里山……这些天来，我没少给你们找麻烦，我要走了……法院宣判完了，就要把我押进死牢了……我……我有什么对不住你们的……我给你们赔不是了……

杨丽娟　小月，我们都很同情你，特别是你的孩子……你是犯人，可你也是一个母亲，一个了不起的母亲……

秦小月　说实话，我最对不住的就是我的孩子，她这么小就失去了母亲……不知道以后她怎么活……阿里山，姐姐求你一件事，这个笔记本就交给你了……以后……

阿里山　小月姐，你听我说，我这次进来就是为了妞妞儿……是为了妞妞我才进来的……我也是一个没有妈妈的孩子……我知道没有妈妈的孩子有多苦……我跟奶奶说好了，等我出去以后就把妞妞儿接过来……让妞妞跟我们一起过，我一定要把妞妞养大，把她培养成人……

秦小月　可是你……你跟奶奶的日子已经够苦的了……

阿里山　小月姐，你放心，就是再苦再难，我也不会让妞妞儿受半点儿委屈……你知道我为什么要改过自新吗？我这坏毛病不能染上妞妞儿，我一定要让妞妞儿成为一个正派的女孩儿，成为一个有文化、有教养、有能力的女孩儿……小月姐……你放心，妞妞儿是你……你不是把妞妞儿也叫成小月吗？你不是让妞妞儿继续你的生命吗？妞妞儿也是我，我和妞妞儿一起替你活……我不会让你失望的，妞妞儿也不会让你失望的……你相信我吧，小月姐……

秦小月　阿里山，姐姐给你跪下了……姐姐谢谢你……谢谢你……（欲跪下……）

阿里山　（一把抱住了秦小月）姐姐……你别……千万别……我问你，你同意把妞妞儿交给我了？

秦小月　我同意。

阿里山　交给我你放心？

秦小月　我放心……

阿里山　你信得过我？

秦小月　姐姐信得过你。

阿里山　姐姐，有你这些话，该说谢谢的应该是我。我阿里山活了十七岁了，染上了一身的坏毛病，还当上了贼……没有人相信我，没有人相信我是一个好人，没有人相信我能办一件好事……我阿里山要重新活……要干干净净地活一回……今后谁也不许再叫我阿里山了，我叫金小凤，金小凤要做一个干干净净的女人……

杨丽娟　等一下，阿里山……不，小凤……还有小月，啊……小凤，你一个人，又没有正当的职业，奶奶的年纪又大了……自己的生活都成问题……

阿里山　那怎么了？你说我养不起妞妞儿？

杨丽娟　养一个孩子要很多钱。

阿里山　这我知道。

杨丽娟　培养一个孩子要的钱更多。

阿里山　不用你操心。

杨丽娟　你听我说……我……我有一家饭店……在城边上……现在租出去了……每年十五万元的租金……那家饭店是我当副市长之前置办的，绝对是用我自己的钱……干干净净……我发誓，那里面一分钱赃款都没有……

阿里山　你……你说这些干吗？

杨丽娟　我想把这家饭店赠送给你。

阿里山　给我？

杨丽娟　有了这家饭店，你也有了正当的职业，奶奶也不用去捡垃圾了，还能攒些钱培养妞妞儿……

阿里山　不不不……这哪行呀？我怎么会要你一个大饭店呢？再说，将来你不当副市长了，你的日子也不好过了……

杨丽娟　我妈说得对，我这个人是爱钱，是把钱看得比命还重。这些天我想明白了，钱再多也买不来自由，也买不来真情，也买不来干干净净的好日子……阿里山，我这个饭店算是送给妞妞儿的吧，我是有罪的人……你就让我用孩子那没有污染的灵魂洗刷一下我的罪过吧……阿里山，不，小凤，我把饭店给妞妞儿，你替她收下吧，姐姐求求你了……

阿里山　那……等妞妞儿长大了，我会告诉她的，你有一个妈妈，还有一个恩人……她们都是好人……

杨丽娟　一定要告诉她，她们也都是罪人。

秦小月　（咕咚跪在了杨丽娟面前，哭号着）恩人……大恩人啊……大恩大德啊……

〔牢门响，女管教进来。〕

女管教　秦小月，马上跟我走。

苏梅子　等等……（急忙给秦小月换着衣服）

杨丽娟　管教……我……

女管教　什么事？

杨丽娟　我想见见你们所长。

女管教　又要见所长，你想干什么？

杨丽娟　我想交代问题……

女管教　（惊讶地）啊……好啊，我马上向所长报告。

苏梅子　政府……

女管教　你有什么事？

苏梅子　我要请律师。

女管教　你不是没钱吗？

苏梅子　我想早点儿出去。

女管教　出去继续卖身赚钱是不是？

苏梅子　不，我也想做一个干干净净的人。

女管教　好啊，你等着吧。（对秦小月）快走吧，警车在外面等着呢。

〔秦小月跟着女管教朝门外走去。

〔阿里山扑上去：“姐姐……”〕

秦小月　姐姐儿……我的姐姐儿……

〔灯光渐暗。

〔凄厉的警车鸣叫声……

〔剧终。〕

2012年11月18日草就

2013年1月11日二稿

· 话剧 ·

非常时期

时间：2003 年春夏之交

地点：北京郊外某度假村宾馆

人物：严　正　男　40 余岁　某局局长

方　菲　女　40 余岁　开发商，严正初恋情人

郭少泉　男　40 余岁　开发商，方菲前夫

小　秀　女　20 余岁　严正的司机

一

〔这是一个非常平常的日子。

〔某度假村宾馆，豪华的套房。

〔早晨，严正穿着睡衣走出卫生间，一副意得志满的样子，伸着懒腰，向方菲走来。

〔方菲在梳妆台前化着妆。〕

严　正　旧情人见面，总是要偿还相思债，咱俩真应验了这句话。

方　菲　这么说是我欠你的？

严　正　不不，是我欠你的。

方　菲　当初我们在山西插队，返城之后可是你先抛弃的我。

严　正　不管谁欠谁的，现而今不是如愿以偿了吗？

〔严正走过来，拿起眉笔，要替方菲描眉。

〔方菲躲避着。〕

严　正　有个典故叫作张敞为妇画眉。说的是汉宣王时京兆尹张敞，夫妻非常恩爱，经常给老婆画眉，受到了众大臣的嘲讽……

方　菲　我又不是你老婆，回家恩爱去，给你老婆画眉去。

严　正　瞧，吃醋了是不是？

方　菲　土埋半截的人了，还做那些小儿女态，不嫌肉麻？

严　正　你不觉得我们重新焕发了青春活力吗？夜里……你可够疯狂的。我也还行吧？

方　菲　有人说过，当官的男人只有脱光了衣服爬到女人的床上，才能摘掉面具，变成自己。

严　正　这话深刻，是谁说的？

方　菲　记不清了，就算是我说的吧。

严　正　你？对对，你是一个了不起的女人。

方　菲　你如愿以偿了，是不是该兑现你的诺言了？

严　正　你说的是翠竹园那块地？

方　菲　翠竹园那块地是属于你们局的，你是局长，又是党委书记，你有这个权力。

严　正　而且是名正言顺、理直气壮的权力。有二十几家竞争这块地，经过局领导和专家的反复比较筛选，最后确定了你和郭少泉两家。

方　菲　就是说，你批给我还是批给郭少泉都是合情合理的。

严　正　那当然，你讲话，我有这个权力。

方　菲　那就请吧，局长大人。

严　正　我的宝贝，你怎么谢我？

方　菲　我准备在澳大利亚的阿德莱德买一套大 house，是为我们将来养老预备的。那里是全世界最适合人居的环境，我们在那里享受阳光、海滩、鸟语花香，那里有袋鼠、考拉，还有羊驼，就是传说中的神兽……

严　正　不不，这可不行。我跟你说过，我不能离婚，不能抛弃糟糠之妻。她太难了，她为我做出的牺牲太多了。

方　菲　你也是属于外面彩旗飘飘、家里红旗不倒的男人。

严　正　不能这么说，我在外面只有你这么一面彩旗。除了我老婆以外，你是我唯一的女人。

方　菲　是吗？真要是这样，你可够亏的。

严　正　有你我就不亏了。

〔门铃响。〕

方　菲　谁呀，这么讨厌。

严　正　服务员来打扫卫生吧？

方　菲　这里是星级管理，无人服务，服务员不会这么没教养的。

严　正　那能有谁呢？谁知道咱在这儿呢？

方　菲　肯定是找你的。

严　正　你先到里面躲一躲。

〔方菲起身走进卧室。

〔严正开门。

〔进来的是郭少泉。〕

严　正　（惊疑地）你？

郭少泉　严局长，早上好，打扰了。

严　正　你怎么知道我在这儿？

郭少泉　对不起，我看见了您的车。

严　正　我问的是你怎么知道我在这儿度假？

郭少泉　您是政府官员，公众人物，公众人物不允许有隐私。

严　正　你这话里可带着刺儿，郭老板。

郭少泉　您多心了，我哪儿敢刺您啊？我是专门来向您道喜的。

严　正　喜从何来？

郭少泉　金屋藏娇，还不是喜吗？

严　正　你到底来干什么？

郭少泉　昨天晚上我到您家看了看。

严　正　唔。

郭少泉　见到嫂子了。

严　正　你跟她说我到这里来了？

郭少泉　我哪儿能干这缺德的事呀，您也忒把我看扁了。我不过送去一点儿东西。

严　正　什么东西？

郭少泉　不成敬意。

〔严正一听，立刻拨起了手机。〕

郭少泉　（急忙拦住）您不想听听是多少吗？

严　正　少来这一套儿，一分钱少吧，我照样上交；一百万多吧，我不瞧着眼馋。你知道这些年我拒收了多少贿赂吗？

郭少泉　当然知道，报纸上都登了，光是您向纪检上交的现金就三十多万了。

严　正　知道我这脾气你还往枪口上撞？

郭少泉　可是我给您送的不是一分钱，也不是一百万。

严　正　多少？

郭少泉　三百万。

〔严正哈哈大笑起来。〕

郭少泉　严局长，这件事只有天知、地知、你知、我知。您已经花三十万买个廉政的好名声了，再往上交多少，不还是廉政吗？再说，这三百万，您需要啊。

严　正　是吗？你以为只要拿出难以置信的价格，就能让难以置信的人办出难以置信的事对不对？哈哈哈……

郭少泉　严局长，我知道您不贪，不爱钱，人所共知，出了名的廉政模范。到如今您家里连只像样的沙发都没有，还看着一台16寸的彩电，这我亲眼所见。我还听说，您每次用车给女儿看病，都要向办公室交汽油钱。我佩服您，像您这么廉政的领导者还真不多见。可是严局长，您也是人啊，您也得吃粮食啊……

严　正　你什么意思？

郭少泉　我的意思是男人嘛，酒色财气，总得占一样对不对？

严　正　你抓住了我的把柄是不是？告诉你我不怕，我这不是嫖娼，不是包“二奶”，充其量是生活作风问题，不犯法，进不了大牢，也丢不了乌纱帽。我看你啊，还是少操这份心吧。

郭少泉　严局长，你想哪儿去了？这种事除了老婆管没有人管，我操这份心也没用。

〔严正又拨电话。〕

郭少泉　（又拦住）我还有一句话，您要是把翠竹园批给方菲情况可就不同了，您这可就不是一般的生活作风问题了，您这叫利用职权、以权谋私的职务犯罪……

方　菲　（从卧室走出来）郭少泉，你可真是处心积虑啊。

郭少泉　你终于出来了。

方　菲　我有什么不敢出来的？你讲话，这种事除了老婆管没有人管，要知道，我可早就不是你老婆了，你没有权力管我了吧？

郭少泉　方菲，对不起，我也没想到十年前的恩爱夫妻今天成了冤家对头。要是别的事，我肯定让了，可是这翠竹园……

方　菲　翠竹园这块地皮太肥了，你吞不到嘴里就会被馋虫咬死。

郭少泉　你不是也紧盯着不放吗？

方　菲　可是我没有使用违法乱纪的卑鄙手段。

郭少泉　你说我行贿？

方　菲　难道不是吗？

郭少泉　别忘了，法律上可有性贿赂一条。

方　菲　严正是我的初恋情人，藕断丝连也好，偿还相思债也罢，都是人之常情吧？谁能说严正接受了我的性贿赂呢？

郭少泉　他把翠竹园批给你，当然就是接受了你的性贿赂了。

方　菲　你也知道，翠竹园批给我是局领导和专家组集体决定的。

郭少泉　决定的不是你一家，还有我。

方　菲　你给严局长行贿，触及了法律。严局长拒绝了你，大义凛然；把翠竹园给了我，理所当然。郭少泉，谢谢你，帮助了我，也帮助了严局长。

严　正　（给老婆拨通了电话）是我……我在外面开会……今天晚上回去……我问你，昨天晚上有没有人到咱家来……放下什么东西没有……你马上提着那个密码箱到纪检会去……上交……坚决上交……没有什么好商量的……就这么办……

方　菲　郭少泉，你还有什么好说的吗？我真同情你，白白损失了三百万，闹不好还得吃官司。

郭少泉　方菲，你别高兴得太早了。

方　菲　你没见我在忍着吗？等你走了我再笑。

郭少泉　笑？哼！有你哭的时候。

〔郭少泉愤愤而去。

〔方菲忍不住大笑起来。

〔严正如释重负地走过来。

〔方菲扑上去与之亲热……

〔女司机小秀端着早餐进来，拦回了已经出门的郭少泉……〕

小　秀　郭总，你走不了了。

郭少泉　怎么，你说什么？

小　秀　这栋楼里发现了“非典”病人，整座楼都被隔离了。

严　正　（惊诧地）什么隔离？

小　秀　大楼封了。

方　菲　这么说我们出不去了？

小　秀　大门上了锁，门外围了栏杆，还有警察和保安站岗。

严　正　隔离多长时间？

小　秀　二十一天。

严　正　什么？二十一天？我们要在这里待二十一天？这不是开玩笑吧？

郭少泉　（幸灾乐祸地）哈哈，你们在这儿待着吧，我可要走了，恕不奉陪。

小　秀　你也走不了了。

郭少泉　我是来找人的，我又不是这儿的客人。

小　秀　不管什么人，只要在这栋大楼里，一律不许出去。

郭少泉　谁说的？这是谁说的？

小　秀　门口贴着告示呢，你自己去看吧。

〔郭少泉出去看告示。

〔小秀放下托盘，一盆小米粥，两个长面包。小秀端着碗盛着粥……

〔郭少泉气急败坏地进来。〕

小　秀　郭总，别着急了，到哪儿说哪儿吧，你也一块儿来吃早餐吧。

〔小秀把盛好的粥端给严正和方菲，又端给郭少泉一碗。〕

严　正　一块儿吃吧，吃完饭再想办法。

〔郭少泉端起了粥碗。

〔小秀拿起一个长面包，一掰两半，一半给严正，一半给方菲。接着，小秀又拿起另一个面包，一掰两半，一半给郭少泉，一半自己吃起来……

〔外面乱了起来，像是来了许多吵吵嚷嚷的人……暗转。〕

二

〔晚上，灯光暗淡的套间客厅里。

〔方菲和小秀在看着电视。

〔郭少泉坐在一边抽烟。

〔严正一个又一个地打着电话，非常焦灼……〕

严　正　孙书记，您快点儿想办法让我出去吧，二十一天，我怎么能在这儿待二十一天呢？您知道的，最近局里的工作特别忙，星期一要跟日本的外商谈判；星期二要开会；星期三上午视察美莲食品厂，下午还要接待德国专家；星期四要召开职工代表大会，我还要做报告；星期五慰问困难职工，重点解决再就业问题……孙书记，您想想办法，不要说二十一天，我连一天都待不下去了，这样会影响工作的……孙书记……（电话挂了，严正愣了一会儿，又拨通了一个电话）冯主任，我严正……真是的，我被困在度假村了，跟一个外商谈判，晚了就住下了……您得给我想想办法……不行，我要去欧洲九国考察呢，下周我得到大使馆签证啊，这是别人代替不了的……不行，您无论如何得给我想想办法……（电话又挂了，严正又拨通了一个）樊部长，我是严正啊……还说呢，我正想跟您汇报呢……是啊，抗击“非典”，重中之重……可是，我现在被隔离了……您得帮帮我，把我救出去……樊部长，现在找谁都不如找您，您要是不帮我……

小　秀　找谁也没用，这是市政府的命令，谁敢抗命啊，不要脑袋了？

郭少泉　越找上面越没用，这种事，县官不如现管。小秀，外面的警察是哪儿的？你去打听打听。

小　秀　不用打听，我认识，就是清风寨派出所的。

郭少泉　清风寨派出所，哼，你瞧我的吧。

小　秀　不用瞧，没用。

郭少泉　（用手机拨通了电话）周所长吗……哈哈，听出来了，我就在你眼皮底下，我被你的人拘起来了……原因，没原因……我到度假村来找人……对，没错，就是那个大楼……楼下是你的人吧……你马上给他们打电话，把我放出去……你说谁，让我找谁，黑子啊，我认识，不是那次喝多了那个吗……他呀，行，我马上找他……小秀，帮我记个电话号码……13701161920……谢谢了啊，等这事过去之后请你喝酒……

严　正　（急忙跑过来）行了？

郭少泉　这点儿小事算什么？

严　正　你找的是派出所所长？

郭少泉　你知道隔离这栋楼的是谁吗？他们派出所的黑子，头几天我们还在一块儿喝酒呢。周所长给了我一个他的手机号码……哈哈，天无绝人之路。

严　正　哎，跟你的哥们儿说说，把我们也放出去吧。

郭少泉　你可不行，人家只答应放我，可不许我带别人。

小　秀　郭总，别人不带，你可得把我带出去。

严　正　你出去干什么？

小　秀　我的事更重要，再有一个月我弟弟就考大学了……

郭少泉　秀儿，收拾东西，咱们走。

方　菲　郭少泉，你不是说人家只答应放你出去，不许带别人吗？

郭少泉　我可以跟他们说，秀儿是我的司机啊。

方　菲　那你的司机呢？把他押在这儿？

郭少泉　巧了，今天是我自己开车来的，正好缺个司机。

严　正　少泉，郭总，你得把我带出去，我不能在这儿待下去了。万一要是让你嫂子知道了……

郭少泉　哈哈，你也有怕的人啊？

严　正　你不是说，这种事除了老婆管没人管吗？

小　秀　不行，我必须得出去，我弟弟马上就要参加高考了……

严　正　郭总，少泉，带我出去吧，求你了。

郭少泉　小秀跟我出去我可以说她是我的司机，带你出去有什么理由？

严　正　你也可以说我是你的司机呀，我也会开车啊，我也有车本啊，我的车本总带在身上，我拿给你看……

郭少泉　我怎么忘了呢，现在好多领导干部都弄个车本。

严　正　少泉，你可帮了我的大忙了，我一定……

小　秀　不行，我不同意，我要出去，我必须出去。

严　正　小秀，你先在这儿等着，我出去以后马上救你。

小　秀　你救我？你连自己都救不了你还能救我？

严　正　我出去以后就有办法了。

小　秀　甭糊弄我，我不信。

严　正　小秀，你怎么敢跟我这么说话？

小　秀　跟你这么说话怎么了？你以为我还是你的司机？（从口袋里掏出车钥匙，摔在严正面前）给，这是车钥匙，姑奶奶不干了。

严　正　放肆！你说不干就不干，谁给你的权力？谁给你这么大的胆子？反了你了。

小　秀　嘿嘿，你可真逗，都到这份儿上了，你还跟我吹胡子瞪眼耍威风，真是狗改不了吃屎。

严　正　你……

小　秀　我怎么？你还敢打我？

严　正　我要处理你。

小　秀　我辞职了，我解放了，我自由了，我不归你管了。你处理我什么？

严　正　小秀，你怎么这么不通情达理呢？关键时刻，你怎么能如此忘恩负义呢？你忘了你是怎么当上我的司机的了？你一个外地姑娘，又没文凭，又没技术，当初不过是个坐台小姐……是谁把你从火坑里救出来的……

方　菲　等等，等等，我怎么没听明白，她一个坐台小姐，你怎么认识她的？

严　正　这……啊啊……意外……意外……

方　菲　什么意外？

严　正　偶然……偶然认识的。

方　菲　在哪儿意外？在哪儿偶然？

严　正　啊……在九太阳洗浴中心……

方　菲　九太阳洗浴中心？就是被公安局抄了的那个淫窝儿？

严　正　不不，我是公务……陪客商……

小　秀　方总，别难为严局长了，他在你面前毕竟还是个正人君子，我说吧。当时我坐严局长的台，他夸我漂亮……

方　菲　是挺漂亮。

小　秀　他夸我聪明……

方　菲　是挺聪明……

小　秀　他夸我气质特别好……

方　菲　不敢苟同。

小　秀　就这样……

方　菲　怎么了？

小　秀　我……我……

严　正　小秀，你不许胡说八道！

方　菲　你闭嘴，让她说。

小　秀　我给他的是第一次啊……你知道吗……一个十七岁女孩儿的第一次……一个十七岁女孩儿的宝贵贞操……是他把我从一个女孩儿变成女人的……

方　菲　（对严正）你不是说，你在外面只有我这么一面彩旗吗？你不是说，除了你老婆，我是你唯一的女人吗？

严　正　你怎么听她胡说？

方　菲　我认为她说的是真话。

小　秀　天地良心，谁要是说半句假话，让他得“非典”。

方　菲　听见没有？小秀可发毒誓了，你敢吗？

严　正　我是彻底的唯物主义者，我不信这一套。

方　菲　可我信。

严　正　就算她说的是真的，能算数吗？她不过是出来卖的。

小　秀　什么？对对，是啊，我把自己卖了，卖给你这个王八蛋了。三年了，白天你上我的车，晚上我上你的床，我又给你开车，又让你开心。我没有别的要求，除了那点儿工资，你连一件衣服都没给我买过。我知道你不贪财，你没钱，我也没怨过你。我对你没有别的要求，只求你把我弟弟的户口办到北京来……就这么一条……

方　菲　这就怪了，不办你自己的户口，为什么要办你弟弟的户口？

小　秀　解放五十多年了，我们那个小乡村没有出过一个大学生。“文化大革命”以前，全村人都盼着我爹能考上大学，“三年困难”的时候，大家都挨饿，可是每个人都省下一口饭，为的是让我爹能吃饱了好好读书。没想到轮到考大学的时候，“文化大革命”开始了，大学停止招生了。等有了我和我弟弟，全村的人又都盼望着我们能考上大学。为了供我弟弟读书，我爹我妈都卖过血；为了能让我弟弟读书，我初中毕业就出来打工。可是你知道……我们那儿考大学有多难吗？没有不透风漏雨的教室，没有正规大学出来的教师，也没有电脑教学，没有课外辅导，连他妈课本教材都是盗版的……可是我们那儿录取的分数线却要比你们北京高出一百多分！凭我弟弟的成绩，要是有北京户口，在北京参加考试，一准上个名牌大学，可是在我们那儿，连上个普通大学都困难……

严　正　小秀，你说话可得凭良心，你弟弟的户口我不是一直在给你办吗？

小　秀　办好了吗？

严　正　总得有个过程嘛，这事容易吗？

小　秀　你要把这个过程拉多长？拉到我弟弟高考落榜，也出来打工吗？

严　正　你现在让我出去，我立马给你办。

小　秀　谢谢了，严局长，不劳你大驾了，本姑娘已经办好了。瞧，这就是户口迁移证。

严　正　办好了？你怎么办的？

郭少泉　我在一个小城镇投了资，刚好有几个进京指标。

严　正　（转向小秀）他凭什么给你卖这么大力气？你跟他上床了？

小　秀　你管得着吗？

郭少泉　严局长，别以色狼之心度柳下惠之腹了。你呢，好色不贪财，我跟你正好相反，贪财不好色。再者说了，我就是好色，也不缺少上床的女人，犯不上从你的碗里抢剩饭吃。

严　正　那你图什么？不会是学雷锋、办好事吧？

郭少泉　当然不是，我就缺少一个在你身边给我通风报信的人。

严　正　（对小秀）你是个内奸？

小　秀　离开你我就不是了。

严　正　妈的……

方　菲　哼……

严　正　（突然转变态度）小秀……对不起，我不该跟你发脾气……我们毕竟有过……

小　秀　有过什么？

严　正　有过非常美好的时候。

方　菲　真恶心。

小　秀　我可没觉得。

严　正　刚才话赶话我们都说了一些过头的话，算了，就当谁也没说，就当都是喝多了说酒话，睡着了说梦话，犯神经病了说疯话……好了，小秀，你弟弟的户口也办好了，我出去立刻去给你弟弟上户口，给你弟弟联系学校，接你弟弟出来到北京参加高考。这些事办起来也非常复杂，我办总比你自己办方便得多，毕竟还有点儿权力嘛！不是说以权谋私，你手里握着权力，人家就会给你面子。这道理你懂吧？

小　秀　这倒是，让我去办这些事，我也发愁，毕竟只有一个多月的时间了……

严　正　那你同意了？

小　秀　同意什么？

严　正　同意让我出去了？

小　秀　我有那么大的权力吗？

严　正　哦……只要你不跟我争……（对郭少泉）郭总，我现在可以求你了……

郭少泉　你也有求我的时候。

严　正　当然了，求求你，你行行好，无论如何得把我放出去。

郭少泉　早上我还在求你，而且用三百万求你。你那大义凛然哪儿去了？你那理直气壮哪儿去了？你那清正廉洁哪儿去了？

严　正　算了，你现在怎么挖苦我嘲笑我讽刺我都行，可你得带我出去。不错，早上是你在求我，这会儿我求你了。说什么十年风水轮流转，还用十年，十个钟头都不到。跟他妈跑表似的，一分钟就转一圈儿。少泉，郭总，求你了……

郭少泉　常言说得好啊，上山擒虎易，开口求人难啊。这体会我他妈可深了去了，特别是求你们这些当官的。人难见，脸难看，事难办，提着猪头找不到庙门，不要说热脸贴着冷屁股，就是给人家大捆大捆地扔钱人家都不要。我这不成了下三烂、三孙子了吗？对，三孙子，是孙子，原本就是孙子。父母官嘛，你们是老百姓的父母，老百姓不是儿子就是孙子；官老爷，你是老爷嘛，既然当官的是老爷，那老百姓不是孙子是什么？

严　正　郭总，少泉，你骂吧，骂得对，骂得好。我们有些干部是脱离群众，高高在上，当官做老爷，包括我，我也不能免俗。你以为我不恨当官的？官做得越大，越他妈无情无义。平时拍肩膀，称兄道弟，真到了关键时刻，有两肋插刀的吗？刚才我给孙书记打了电话，给冯主任打了电话，给樊部长打了电话……你猜怎么着？都他妈跟我拍官腔，说空话套话原则话……

郭少泉　甭说了，刚才你打电话我都听见了。你找那些人都没用，也不至于说人家无情无义，你办过多少有情有义的事呀？人得为，朋友得交。什么叫为？你平时不出血，关键时候人家能为你出汗吗？什么叫交，你平时光拿嘴糊弄人家，到头来人家还给你的还不都是嘴？

严　正　郭总，少泉，我明白了，真的明白了。交朋友得到下面交，为人得为下面。真正够朋友讲义气的，都在下面，都在老百姓当中。

郭少泉　得了吧，别说好听的了。跟老百姓交朋友？就你？老百姓能让你当上局长吗？老百姓能让你坐 PASSAT 汽车吗？老百姓能给你开这么好的房间跟女人约会吗？

严　正　深刻，你这话深刻。郭总，我平时还真的小瞧你了，没想到你能说出这么深刻的话。平时总说是人民的公仆，到了关键时刻，能够全心全意为人民服务的有吗？

郭少泉　怎么没有？

严　正　郭总，快给你的朋友打电话吧，让他快点儿放咱出去。

郭少泉　我正琢磨呢，我到底是出去还是不出去？

严　正　怎么能不出去呢？在这儿待二十一天，这不是蹲监狱吗？

郭少泉　我就怕出去也是蹲监狱。

严　正　怎么，你惹什么麻烦了？我能帮忙吗？真正遇上了大事，还得上面说了算。

郭少泉　你怎么揣着明白的说糊涂的呀，我遇上了什么麻烦你还不知道？

严　正　我怎么会知道？

郭少泉　不是你打电话让你老婆把那个密码箱交给纪检的吗？说不定这会儿检察院把我的逮捕证都开出来了。

严　正　哦……我怎么把这茬儿给忘了……你等等，等等……（马上拨电话）啊，是我……会还没开完呢……今天就回去了……我问你，今天早上我让你把那个密码箱……啊，你没交……甭解释了……没交太好了……先放在我的书房里……千万别说，跟谁都别说……（对郭少泉）郭总，你听见了吧，那密码箱还在我的家里……非常安全地放在我的书房里……

郭少泉　这么说，这三百万你收下了？

严　正　这……咱们好商量。

郭少泉　怎么商量？

严　正　即使那三百万我不收，也可以原封不动地退还给你，你一点儿损失都不会有的。

郭少泉　怎么没损失，拿不到翠竹园的地就是我最大的损失。

严　正　这件事……我们也不是不能商量。

方　菲　别忘了，你可已经答应我了。

郭少泉　（看了看方菲，又看了看严正，似乎胸有成竹了，拨起了电话）黑子兄弟吗？是我……我是郭少泉啊……哈哈……你还记得……周所长跟你说了吧……什么？你就在楼下大门口，好，我马上下去……什么？那为什么……好吧，行，我马上……（关上电话）

严　正　怎么样，可以走了吧？

郭少泉　他让我先派个人下去。

严　正　我去，我代表你去。

郭少泉　你别去，他说要拿点儿东西。秀儿，还是你去一趟吧。

小　秀　好吧。（跑下）

严　正　黑子让你派人下去拿什么东西？

郭少泉　没说。

严　正　这就怪了，不说立刻放咱走，还拿什么东西？

郭少泉　这有什么奇怪的？肯定是口罩防护服什么的。你想想，咱现在待的地方是六楼，电梯保准不让用了，下去要经过五楼四楼三楼二楼，不穿好防护服，你知道什么地方有病毒？

严　正　对对，还是人家想得周到细致。郭总，少泉，我真的佩服你了。还是你交的朋友多，还是你的朋友靠得住。

郭少泉　你没有朋友吗？

严　正　难说。说没有吧，我的朋友遍天下；说有吧，真正动心动肝的、真正推心置腹的、真正在关键时刻两肋插刀的，还真找不出来。

郭少泉　你这话说得诚恳。

严　正　我们现在称得上推心置腹吧？

郭少泉　既然推心置腹，我也跟你说几句掏心窝子的话。你知道了解你的人都说你什么吗？

严　正　说我什么？

郭少泉　说你这个人很廉洁。

严　正　没错，群众的眼睛是雪亮的。还有什么？

郭少泉　说你这个人很讲原则。

严　正　这评价很公正，我知足了。还有呢？

郭少泉　说你为了自己的廉洁、名誉，是敢于得罪朋友的、敢于大义灭亲的。

严　正　过奖过奖了，不过也确有此事。还有呢？

郭少泉　说你这个人肯为女人牺牲。

严　正　也算是诛心之言吧。还有吗？

郭少全　说你除了女人，从来不交任何朋友，也从来不对任何朋友负责。在你的眼里，最有用的就是权力和女人。朋友嘛，别人当成手足，你却当成麻烦、当成负担、当成可以任意抛弃的破烂。

严　正　谁这么说，这太恶毒了，简直是人身攻击。

郭少泉　严局长，您先别发火。听说过这么一句话吗？当官不与人方便，如入宝山空手回。

严　正　那叫以权谋私。

郭少泉　不，应该叫以权投资。

严　正　投资？

郭少泉　趁着自己大权在握的时候，多交一些朋友，广结一些善缘，这是具有远见卓识的明智之举。只要你不图现报，就算不得受贿；在不违反大原则的情况下，可办可不办的要给人家办。忘恩负义的有，可是总会有一些知恩图报的吧？你就是打百分之八十的伤耗，到时候也不会弄成孤家寡人。在台上的时候，谁都会前呼后拥。等你下来的时候，便水落石出了。

严　正　什么水落石出？

郭少泉　一句话：种瓜得瓜，种豆得豆，多种多收，少种少收，不种不收。

严　正　小秀怎么还不回来？她是不是自己走了？

郭少泉　我跟你说了这么多，你怎么还不明白呀？

严　正　明白什么？

郭少泉　用你现在的权力，在我这儿投资，交我这么一个朋友，会得到长期回报的。

严　正　什么回报？

郭少泉　那三百万你不要，我可以拿回来，但是永远是你的。你没受贿，可是投资了。

严　正　那你要我干什么？

郭少泉　举手之劳，把翠竹园那块地批给我。

严　正　你在逼我。

郭少泉　（拿出文件，递过笔来）请吧。

严　正　（犹豫着）

郭少泉　严局长，你再犹豫可就来不及了。

严　正　（举起笔来）……

方　菲　（一跃而起）住手！

郭少泉　（催促着）快签字。

方　菲　（冲了过来）是你先答应给我的。

郭少泉　（拦住方菲）你干什么？

方　菲　严正，你要敢给他签字，我跟你拼了！

〔方菲冲向严正。

〔郭少泉阻拦方菲。

〔两个人扭打起来……

〔方菲疯狂地挣扎着："放开我，你王八蛋！"

〔郭少泉紧紧搂着方菲不放……

〔严正看着难解难分的两个人，犹豫着。

〔方菲："严正，你不想活了，你要是敢给他签字，我就到你家去闹……"

〔方菲挣开身子，扑向严正，抢着他手里的文件。

〔郭少泉又从后面抱住了她……

〔方菲："放开我，你臭流氓……"

〔小秀进来了，手里提着鼓鼓囊囊的塑料袋……〕

小　秀　（大声喊叫）你们在干什么？别打了！

严　正　小秀，你回来了？快，防护服呢？

小　秀　什么防护服？

郭少泉　黑子给你什么了？

小　秀　喏，二锅头、火腿肠、五香花生米、整条的黄瓜……啊，这黄瓜已经洗干净了，用金鱼牌消毒洗涤灵洗的，放心吧，没“非典”病毒。

郭少泉　拿这些干什么？

小　秀　他让你踏踏实实儿地在这儿待着，需要什么就打电话跟他要。

郭少泉　你没问他出去的事？

小　秀　能不问吗？

严　正　他怎么说？

小　秀　他说就是他亲爹亲妈亲丈母娘亲小舅子在这儿，他也不能放出去……

郭少泉　王八蛋……他耍我？

严　正　他真是这么说的？

小　秀　不信您自个儿问问去。

方　菲　（大笑起来）哈哈哈……

郭少泉　让你瞧乐呵了是不是？

方　菲　“冷眼向洋看世界，热风吹雨洒江天。”我一直就在看你们的乐呵，表演得真实彻底、淋漓尽致啊，惟妙惟肖，逗死了。

严　正　方菲，你也犯不上幸灾乐祸吧？

方　菲　我不是幸灾乐祸，我是瞧着你表演得肉麻。“少泉，郭总，求你了，你行行好，带我出去吧……”低三下四、死皮赖脸的，丢人不丢人呀？跌不跌份儿呀？失不失身份呀？你那官架子哪儿去了？你那威风哪儿去了？你那目空一切的劲儿哪儿去了？

严　正　这是非常时期，我必须得出去，他有希望把我带出去，我不求他求谁？

郭少泉　甭说得那么好听，你不想出去吗？

方　菲　我求你了吗？你们俩人争得要死要活，互相揭老底儿。你逮着蛤蟆攥尿，摁着牛头喝水，乘人之危满足自己的私欲的时候，我求你了吗？

郭少泉　因为你知道求也没用，我不会答应的。

方　菲　算了吧，因为我知道你根本就不可能出去，找谁也没用。

郭少泉　找谁也没用咱就不找了，不让咱出去咱就不出去，随遇而安，认了吧，等死吧。喝酒，来吧严局长，喝酒吧……春都火腿肠，五香花生米，湛青碧绿、顶花带刺儿的黄瓜……何以解忧，唯有杜康……在这非常时期，能有二锅头喝，能有这么可口的下酒菜，不容易了，没朋友行吗？方菲，你也来吧，同是天涯沦落人，让我们来个一醉方休……

方　菲　对不起，我戒酒了。

郭少泉　我在网上看见，一个俄罗斯的科学家说，每天喝二两酒，可以有效地预防“非典”。

方　菲　我宁可得“非典”，也不跟你同桌饮酒。

郭少泉　真不给面儿，秀儿，过来喝酒，反正你今天也不开车了，喝个痛快……

小　秀　我没心思，没情绪……（懒洋洋地往沙发上一躺，又起来将方菲的一件衣服披在身上，再躺下）

郭少泉　（倒了两杯酒，过来递给严正一杯）来吧，严局……能在这儿喝酒也算是患难与共了……

严　正　真在这儿关二十一天，那麻烦可大了。

郭少泉　到哪儿说哪儿吧，要是让你得“非典”死了呢？现在不是还活着吗？

〔电话铃响了起来。

〔严正急忙跑过去接。

〔接电话的严正呆愣在那儿，像个泥塑。

〔郭少泉、方菲看着严正的样子，始而疑惑，继而紧张起来……

〔严正放下电话，眼睁睁地看着躺在沙发上的小秀……〕

郭少泉　怎么回事？

方　菲　出了什么事？

严　正　（威严地）小秀！

〔躺在沙发上的小秀惊愣地答应一声，坐起身来，恐惧地看着严正。〕

严　正　你在发烧是不是？

小　秀　没……没有啊……

严　正　刚才在楼下他们是不是给你测体温了？

小　秀　是……是啊……

严　正　体温多少？

小　秀　三十……三十……

严　正　三十几？

小　秀　三十八度二……

方　菲　什么？三十八度二？“非典”！你这是“非典”！

严　正　去，马上给我出去！

小　秀　你让我上哪儿？

严　正　救护车马上就到，送你去医院！

小　秀　不，我不去，我不是“非典”，我没病……

〔救护车凄厉的鸣叫声……

〔小秀腾地从沙发上跳起来，要往卧室里躲藏……

〔严正抄起桌子上的酒瓶子，像是防卫着一只凶猛的野兽：“你别过来……别过来……”

〔方菲恐怖地叫了起来：“啊……你穿的是我的衣服？快脱下来……啊，不要脱，快扔掉……扔到外面去……”

〔郭少泉也惊恐地看着魔鬼般的小秀……

〔两个穿着防护服的医务人员进来……〕

医务人员　谁是秀春兰？

小　　秀　啊？我……我……我没病……

医务人员　你需要马上检查。

小　　秀　我……我不去，我没病……

医务人员　别怕，我们不过是拉你到医院检查。

小　　秀　我没病，我不需要检查。

医务人员　请你配合我们。

小　　秀　我不去，我不去医院……我没病。

医务人员　按照传染病防治法，我们有权力强制你到医院检查……

小　　秀　不……我不去，求求你们……我没病……

〔两个医务人员上前抓住小秀，往门外拖去。

〔小秀声嘶力竭地叫着：“放开我……我没病……我不是‘非典’……我不去医院……”

〔医务人员把小秀拖出去。

〔一个穿着防护服的人进来，在屋子里喷洒着消毒液……

〔烟雾弥漫中，暗转。〕

三

〔又一个阳光明媚的早晨。

〔方菲坐在梳妆台上化妆。

〔严正从卧室出来。

〔郭少泉醒了，却依然躺在客厅的沙发上。

〔一种不祥的气氛笼罩着这被隔离的房间。〕

严　正　老郭，你怎么还不起床？

郭少泉　我在试体温呢。

严　正　有什么感觉没有？

郭少泉　浑身酸懒，没劲儿，像抽了筋骨一样。你呢？

严　正　我夜里咳嗽了，干咳。

郭少泉　有痰吗？

严　正　不明显。

郭少泉　（拿起茶几上的一本小册子，读了起来）干咳，少痰，有时痰中带血丝，这是典型的 SARS 嘛。

严　正　难道我们真的逃不过去？

方　菲　你还想逃过去？

严　正　你呢？你有什么症状没有？

方　菲　我早上一连打了好几个喷嚏，你难道没听见吗？

严　正　你这是感冒，医学上叫“卡嗒”现象，就是打喷嚏、流鼻涕、泪水汪汪什么的。

方　菲　平时那叫感冒，现在叫“非典”，你懂不懂？

严　正　昨天杨医生说了，跟 SARS 病人接触者，也不一定被传染。

方　菲　那要看怎么接触了。

严　正　她说的就是密切接触。

方　菲　何止是密切接触，咱们跟小秀就是零接触。

郭少泉　什么叫零接触？

方　菲　零接触就是一点儿距离都没有的接触。你回忆一下，那天早上，早餐是她端进来的吧？面包、小米粥，粥是她给咱一碗一碗地盛的，在盛粥的过程中，那些 SARS 病毒早就从她的身上跑到咱们的粥碗里。还有，两个面包，四个人吃，是她给咱掰的吧？用她的手掰的，用她那双沾满了病毒的手掰的。掰完了又递给咱们，你说那面包上沾了多少病毒？更可怕的是她……她还穿了我的衣服……

严　正　你那衣服不是消毒了吗？

方　菲　早在消毒之前，那病毒已经传染过来了。

严　正　小秀已经离开三天了吧？

郭少泉　（继续念着小册子）SARS 病毒的潜伏期最长可达二十一天，一般三到五天就可以发病。每个人的体质不同，发病的时间也不一样。

严　正　就是说，我们三个人还不是同时发病？

方　菲　你还想同时发病呀？这可倒好，同一个房间里隔离，再住进同一间病房？

郭少泉　怎么了，这不是挺好吗？我说过，咱俩从一对恩爱夫妻，成了冤家对头；现在又从冤家对头变成了难兄难弟。啊，应该说是难兄难妹。

方　菲　望乡台打灯笼，不知道死的鬼。

郭少泉　你说谁呢？

方　菲　说你呢，死到临头了，你还嘴贫八卦。

郭少泉　反正是死，哭也是死，笑也是死。你总不能让我现在就给自己哭丧吧？

方　菲　你去死呀，死呀死呀死呀……

严　正　打住打住，别吵了，谁都别吵了。要我说呀，咱们得调整一下我们之间的关系。

郭少泉　怎么调整？

严　正　我昨天一夜都没睡觉，我想明白了一个道理。

郭少泉　什么道理？

严　正　过去我们活得太累了，人与人之间就像猴跟猴似的，总是眨巴着眼睛算计别人，不，应该说狼跟狼似的，总是瞪着绿眼睛要把对方撕扯了，关系太紧张了。官场上明争暗斗，商场上你死我活，情场上绞尽脑汁，名利场上使尽手段……都是为了什么呀？你官争得再大，钱赚得再多，名出得再邪乎，情场上再轰轰烈烈，到头来又能怎么样？临死的时候，你除了两把指甲什么都带不走。不管你是当官的还是老百姓，不管你是亿万富翁还是穷光蛋，烧成骨灰都是这么一小匣儿。要是能想到这些，你说咱活着的时候还争什么呀？还有什么可争的呀？还是古人说得好啊：生前富贵草头露，身后风流陌上花。

方　菲　这么说你后悔了？

严　正　回想起这大半辈子，后悔的事太多了。你没有后悔的吗？

方　菲　我？我还没来得及想呢。

严　正　你们女人就是缺乏前瞻意识，都什么时候了，还不好好反思一下。

方　菲　反思什么？

严　正　我问你，现成的两样摆在你面前：一样是翠竹园那块地，一样是你的生命，你选择哪样？

方　菲　我傻呀？我当然要命了。

严　正　那么你呢，少泉？

郭少泉　我又不等着用翠竹园当坟地。

严　正　行了，这就是说，你们俩原来那么势不两立、有你没我，现在到了生死面前都放弃了，对不对？

郭少泉　那么我问你，你是司局级，现在有一个机会，只要你得了“非典”，就可以马上提拔为副部级。你说你愿意得“非典”，还是愿意放弃副部级？

严　正　不要说副部级，就是用一个副总理换我这条命我也不换呀！上帝就是这么公平，人生在世，贫富不均，贵贱不同。你可以有权有势，可以以权谋私，可以仗势欺人；你可以腰缠万贯，可以为富不仁，可以挥金如土。但是，无论你怎么作威作福、横行霸道，总得有个头。什么是头，死就是头。坏人要是不死，天下不都成了坏人的？人总要有个死。人容你天不容，人不灭你天灭你。电视剧《康熙王朝》里有一句歌词：我真想再活他五百年（唱）……我当时就想，你再活五百年，别人还活不活？

郭少泉　说得好，严局长，我看你现在算是开窍了，算是把人世沧桑悟透了。

严　正　（感慨万端）要是早明白一点儿就好了……

郭少泉　我也是……这辈子……唉……

严　正　别的不用说，你那天说我不爱钱，钱像女人一样，谁不爱呢？我能不爱吗？这里面有个选择，你要钱就别要权，要钱就别要女人，你不能什么都占着。什么都占着就是贪，就是黑，就是作，作死。

郭少泉　是这么个理儿。

严　正　难道我不需要钱吗？你知道我只有一个女儿，这个女儿从小患了肾病，越来越严重，早晚得换肾，换肾需要一大笔钱，我到哪儿去弄这笔钱……说到这个女儿，还有更后悔的，当初领导知道我的女儿有病，特批了我一个生育指标，让我再生一个健康的孩子，你猜怎么着？

郭少泉　你没要？

严　正　要了，我老婆都怀孕六个月了……

郭少泉　怎么样？

严　正　我愣是逼着她把孩子打掉了，六个月的孩子已经成了形……是个儿子啊……可是，我的儿子却死在了我的手里……

郭少泉　为什么？为什么要把你的儿子打掉？

严　正　因为……因为那时领导正考虑把我调到区计划生育委员会当副主任，那是个副处级啊……

郭少泉　你要是不把孩子打掉就不能去吗？

严　正　我不是想……以身作则……做个计划生育的表率吗？方菲，对不起，我爱你……我真的爱你……可是我说过，我不能离婚，不能娶你……我不能抛弃我老婆……我对不起我老婆……打掉了孩子，她神经受了刺激，一跟我吵架的时候就闹得昏天黑地，骂我杀死了她的儿子……骂我头上的乌纱帽是用他儿子的命换来的。你说，我能跟她离婚吗？

方　菲　算你还是个人，你只杀了你的儿子，还没把自个儿的良心都杀掉。

严　正　（呜呜地哭起来）方菲……我对不起你啊……我对不起你，对不起我的老婆，更对不起我那没出世的儿子啊……

郭少泉　（受到了震动）严局长，老严，别难过了……你说你对不起方菲，我也一样，我更对不起她……（对方菲）方菲，我知道你恨我……该恨……你送我去美国留学的时候，我跟你发过誓：海枯石烂不变心……可是我还是变了心……我在跟你提出离婚之前，就把自己骂了一万遍了……我没办法啊……我赤手空拳到美国求学的，我是靠刷盘子、运垃圾、背死尸挣钱上学的……在那个金钱万能的社会里，我太知道钱的重要了……不跟那个农场主的女儿结婚，我就不可能有今天的这些财产……方菲……你能原谅我吗？不……我不该向你提出这样无理的请求，我不应该要求你原谅，我自己都不能原谅自己……我只是想……想让你把心里的恨放下来，让你轻松一些，我们要死了，不能把这些恩恩怨怨带到棺材里……方菲……你明白我的话吗……方菲……

方　菲　少泉，你也别太自责了，没必要。

郭少泉　这么说，你能放弃对我的仇恨？

方　菲　我根本没有恨你。

郭少泉　怎么会呢？你怎么会不恨我呢？

方　菲　我恨过，现在不恨了，早就不恨了。

郭少泉　你原谅我了？

方　菲　我不恨你，还有什么原谅不原谅的？

郭少泉　方菲……我的……我的好人啊……方菲，我对不起你啊……（感动得哭了起来）

方　菲　少泉，别这样。我……我也有对不起你的地方……

郭少泉　你？不不，你没有，你没有对不起我的地方……即使你对我有伤害，也都是小伤小害，不伤筋不动骨……也就是擦破了点儿皮儿。我对你的伤害才是大伤害，是内伤，伤在心里了……

方　菲　少泉，你不知道，我对你的伤害也不轻啊，我……我……我欺骗了你……

郭少泉　你欺骗了我？这话从何说起呢？

方　菲　儿子……梦儿……

郭少泉　梦儿怎么了？

方　菲　我们离婚以后，你就把梦儿接到了美国……

郭少泉　是啊，梦儿很好啊，我把他送到了美国最好的学校，明年他就要上大学了……他对你不是也很好吗？

方　菲　我感激你，你一直养着梦儿……还让他受到那么好的教育……

郭少泉　这有什么可感激的？这不是我应该做的吗？

方　菲　不……不……你不应该做……做那么多……

郭少泉　怎么不应该，梦儿不也是我的儿子吗？我是父亲，我有这个义务。

方　菲　不……梦儿是我的儿子……可他……他不是你的儿子……

郭少泉　什么？你说什么？梦儿……

方　菲　对，梦儿……他不是你的儿子……

郭少泉　不是我的儿子？那他是谁的儿子……不不，这不可能，绝对不可能……

方　菲　这是真的，梦儿真的不是你的儿子……

郭少泉　那他是谁的儿子……

方　菲　他……他……

郭少泉　他是谁的儿子？你告诉我。

方　菲　（指严正）是他……

郭少泉　他？

严　正　你在说什么？方菲，你疯了？

方　菲　我没疯，梦儿是你的儿子……他是你的儿子……

严　正　方菲，你别胡说，这不可能。

方　菲　怎么不可能？梦儿就是你的儿子……还……还记得那首诗吗？

严　正　什么诗？

方　菲　（朗诵）我把那颗饱满的痴情的种子，栽种在你我之间那片圣洁的土地上，我们抚育着一个梦的婴儿，盼望着破晓时听到一声惊人的啼唱……

严　正　这是当初我给你写的诗……

方　菲　饱满的痴情的种子……圣洁的土地……梦的婴儿……惊人的啼唱……你（指严正）……还有你（指郭少泉）……现在你们该明白了吧？我的儿子为什么叫梦儿……

严　正　你……你说的是真的？

方　菲　梦儿是你的儿子……

严　正　这么说……我有一个儿子……在美国……一个将要上大学的……非常非常健康的儿子……他是我的……

方　菲　他是你的，梦儿是你的，儿子是你的……

严　正　（惊喜若狂）苍天啊……苍天啊……我有儿子了……我有儿子了……我有一个健康的儿子……有了一个远在美国的儿子……我有一个将要上大学的儿子……我的儿子，我的亲骨肉啊……我的儿子……苍天啊……我的生命就要结束了，可是我的生命有了延续了……苍天啊……（跪倒在地，痛哭）

郭少泉　（如梦初醒）你……你这个臭娘儿们……

方　菲　（神经似的）哈哈哈……

郭少泉　（饿狼般地向方菲扑过去）我……我撕碎了你……

严　正　（急忙护住方菲）你干什么？

郭少泉　我……我要杀了她……杀死这个狠毒的臭娘儿们……

方　菲　你不用杀我，我会死的，我们都会死的……SARS病毒已经侵染进了我们每一个人的身体，我们很快就会死的……结束了，一切都结束了，我临死之前，让你明白一点儿，你应该感谢我……

郭少泉　我死……死也不能饶了你们……王八蛋……你们的儿子……梦儿是你们的儿子……是你们这一对狗男女的儿子……我给你们养了这么多年，当心肝宝贝似的养了这么多年……你们……你们把我当成了活王八，还让我给你们养王八羔子……

严　正　少泉，对不起……我……我也很难过……为你……

郭少泉　滚你妈的……告诉你……从即日起……不，从即时起，我要断绝梦儿的一切经济援助……没有钱，我要让他饿死……他要是不想饿死，就得到饭馆去刷盘子，到郊外去运垃圾，到医院去背死尸……不，他吃不了这些苦，他只能去偷去抢去贩毒……去让黑社会火并，死在荒郊野外……或者被逮捕，蹲一辈子大牢……

方　菲　你以为死了张屠户，我们就吃带毛的猪吗？梦儿你不养我养，我养得起。养不起我还可以把他从美国接回来，让他跟我生活在一起……

郭少泉　可你要死了。

方　菲　我现在就把我的财产都交给梦儿……我可以给我的律师打电话。

郭少泉　不……不行，梦儿是我的儿子，他……他不会要你的钱的，你这个臭娘儿们，你没有权利要梦儿，梦儿是个好孩子……他不会要你的钱的……

方　菲　我说了，梦儿不是你的儿子，你跟梦儿没关系了。

严　正　方菲，别这样……别这样说……这不好……

方　菲　你别管！

郭少泉　（拨通了梦儿的电话）梦儿……我的儿子……好儿子……爸爸在……在国内……儿子……别担心，爸爸不会有事的……不会的……儿子……我告诉你……你是我的儿子……你是我唯一的儿子……你永远是我的儿子……无论是谁……无论跟你说什么……你都不要信……你是我的儿子……再有，无论谁的钱你都不能要……爸爸的钱都给你，足够你花一辈子了，不要接受任何人的钱，也不要相信任何人的话……

方　菲　（冲过来抢电话）梦儿……梦儿……我的儿子……

郭少泉　梦儿……没有……是一个疯女人，不是你妈妈……是一个疯女人……梦儿，把电话挂掉，任何人来电话都不要接，听爸爸的话……快……快挂掉电话……

方　菲　（声嘶力竭地）郭少泉，你浑蛋！还我儿子……还我的儿子……

严　正　（抱着方菲）冷静点儿方菲，你冷静点儿……

〔郭少泉挂上电话。

〔暗转。〕

四

〔第二十一天的早晨。

〔灿烂的阳光从窗口倾泻进来，令人振奋。

〔外面响起了欢快的音乐，还有生机勃勃的人喊、鸡鸣、马嘶、鸟唱……

〔房间里摆上了一盆花，大概是从外面送进来的慰问品。

〔房间里的三个人依然情绪焦灼、低落、烦躁不安……〕

严　正　今天是第几天了？

方　菲　什么第几天？

严　正　我们被隔离多少天了？

方　菲　不知道，管他呢。

严　正　你不是每天都在墙上画道儿吗？

方　菲　早就不画了。

严　正　大概蹲监狱的人就是这样吧？开始的时候总是算计着进来多少天了，还剩多少天，时间一长就麻木了。混一天算一天吧。

方　菲　不过我们还都没有得病。

严　正　难说，或许潜伏期还没到呢。

郭少泉　你们麻木了，我可没麻木。你们一天一天地混，我呢？你们想到我了吗？

方　菲　你怎么了？整天价喝得醉醺醺的，醉生梦死，不是挺好吗？

郭少泉　告诉你们，今天是第二十一天了。

严　正　二十一天了？这么说可以解除隔离了，怎么没有来通知我们？

方　菲　你肯定是记错了。

郭少泉　我记错了？哼，我记错了？能错吗？你知道我这二十一天都过的是什么日子吗？二十一天前，不，确切地说是十八天前，你把一把刀子插进了我的心里。我的心每时每刻都在流血……十八天了，整整十八天了……你这个狠心的女人，你们这一对狗男女……告诉你们，我不会认输的。梦儿是我的，不管他是不是我的种，可他是我的儿子，你们谁也别想从我身边把梦儿夺走……我要用鲜血和生命捍卫我的儿子……

方　菲　你用不着这样慷慨激昂，梦儿大了，十八岁了，有独立自主权了。他跟谁，要由他自己来选择。

郭少泉　他不会选择你的，不会的……梦儿是个有情有义的孩子，是个通情达理的孩子……他不会……不会抛弃我这个父亲的……十八年了，就算他是块生铁，我们也早就牢牢地焊接在一起了，没有人能把我们分开……

严　正　少泉，我很同情你……我说的是真话。

郭少泉　同情个屁！这十八天当中，你不定怎么乐呢，能不乐吗？天上掉下个大儿子……一个非常帅、非常聪明、非常健康的大儿子……自己一分钱都没花，一点儿苦都没受，什么风险都没担，就突然有了这么大的一个儿子……能不乐吗？你乐，你该乐，你可以乐……可是你知道吗？我这心口窝儿可戳着一把刀子呢。你每笑一声，我这心里就冒一滴血。你微笑，我这血就小冒；你大笑，我这血就大冒；你哈哈哈笑个没完，我这血就咕嘟咕嘟往外喷……你还说这十八天像蹲监狱，什么监狱？摊上这么好的事还是监狱，你简直掉进蜜罐子里了，一不留神掉进龙王爷的水晶洞里去了，美得你成了神仙。我才是蹲监狱呢。何止是监狱，简直就是地狱，是炼狱，是阎王殿，刀山上滚，滚得鲜血淋淋；油锅里炸，炸得嘶嘶冒烟；石磨里碾，碾得我粉身碎骨……还有那么多大鬼儿小鬼儿在我周围呐喊狞笑恐吓……我……我这十八天过的是什么日子啊，你们还有点儿人性吗？

严　正　少泉，你听我说，我可以把你心窝儿上的刀子拔掉。

郭少泉　拔出刀子再揉把盐，让我疼得昏死过去是不是？

严　正　少泉，你听我说。这些天……十八天也好，二十一天也好，是我这一生中极不寻常的日子。我从来没这么清闲过，可也从来没有这么剧烈运动过。我说的是身子清闲，脑子却像开足了马力一样奔跑起来……我在回忆，回忆我这大半生……开始是一年一年地回忆，后来是一个月一个月地回忆，再后来是一天一天地回忆，一个钟头一个钟头地回忆，一件事一件事地回忆……我等于让自己重新活了一回，或者说给自己写了一遍回忆录……

郭少泉　你回忆出什么来了？

严　正　我可以非常负责任地说，我回忆出一个重大的历史事实。

郭少泉　什么历史事实？

严　正　梦儿是你的。

郭少泉　梦儿是我的？是我的什么？

严　正　是你的儿子，是你的亲骨肉。

郭少泉　哼，果然是在我的伤口上揉盐，不过我不在乎，剧烈的疼痛我扛过来了，现在什么都能忍受了。

严　正　少泉，我是认真的，我说的是真话。我问你，梦儿今年多大？

郭少泉　十八周岁。

严　正　他是哪一年出生的？

郭少泉　1985 年 3 月 19 日。

严　正　好，请你记住这个日子。就是说，如果梦儿是我的，那么我必须在此前十个月的时候跟方菲上过床才行，十月怀胎嘛，对不对？

郭少泉　对。

严　正　往前推十个月就是 1984 年 5 月，对不对？

郭少泉　对，你想说什么？

严　正　1984 年 5 月……不是说 5 月，从 1984 年 2 月到 1985 年 2 月整整一年的时间我都在云南昭通……

郭少泉　你在那儿干吗？

严　正　讲师团，听说过吗？就是到老少边穷地区去当教师……

郭少泉　有这么回事。

严　正　那一年当中我都在云南，连寒暑假都没回来。如果方菲怀的是我的孩子，只有一种可能。

郭少泉　什么？

严　正　除非这期间她到云南找过我。

郭少泉　她去云南，这可能吗？

严　正　有没有可能，只有靠你自己回忆了。

郭少泉　等等，1984 年 5 月……天呀，我妈就是那一年去世的……我妈是 3 月住的院，6 月去世的。在医院待了三个月零八天……

这期间，方菲一直守在我妈身边……她当时在邮政局上班，丁是丁、卯是卯地工作，连到医院照顾我妈都得下班以后……她不可能请假去云南……这么说……方菲……

方　菲　哈哈哈……

郭少泉　你在骗我？

方　菲　哈哈哈……

郭少泉　你在恶作剧？

方　菲　哈哈哈……

郭少泉　为什么？你为什么要骗我？

方　菲　（严肃起来）我不是骗你。

郭少泉　那是什么？

方　菲　我是在报复你。

郭少泉　报复？

方　菲　自从我被你抛弃以后，我就一直在想，我一定要找机会报复你。这口气我咽不下，我不能让你活得这么心安理得。

郭少泉　这么说，你早就想好了这么折磨我？

方　菲　灵感，完全是灵感，灵机一动。这么多年，我苦思苦想，绞尽脑汁，总是想不出一个报复你的办法。是老天帮了我的忙，是“非典”帮了我的忙。我真没想到，我这辈子还有机会跟你在一起隔离二十一天。这么好的机会，我能放过吗？

郭少泉　你高兴了？

方　菲　看着你每天痛苦的样子，看到你像公猪一样地闹腾，看见你像一头受伤了的狼一样呻吟，我真的高兴，真的很开心。我让你也知道，一个人被伤害以后是什么滋味儿。

郭少泉　你……你这狠心的娘儿们。

方　菲　我狠心？到底谁狠心？你当初抛弃我的时候你想到我的痛苦了

吗？不就是十八天吗？十八年前你就把刀子插进我的心窝儿里了，我用一年报复你一天还不行吗？

郭少泉　梦儿真的是我的儿子？

方　菲　你怎么就不动动脑子呢？小秀发烧了，你怎么也发烧了？

郭少泉　那……那首诗是怎么回事？

方　菲　那首诗确实是严正写给我的，我很珍惜。

郭少泉　那梦儿的名字呢？

方　菲　梦儿的名字也确实是我在怀念严正……只是心里暗暗地怀念罢了，给美好的初恋留一个纪念嘛。

小　秀　（破门而入，兴高采烈）解除隔离了，解除隔离了，你们怎么还不离开……解除隔离了……

严　正　小秀，你怎么来了？

方　菲　你没死？

小　秀　我为什么要死？

郭少泉　你不是得“非典”了吗？

小　秀　得“非典”也不一定死呀，再说，我不是“非典”，我是疑似，早就被解除了……严局长，您快收拾收拾吧，局里正准备给您开欢迎会呢。

严　正　你来接我？

小　秀　是啊，车在下面呢，几个副局长还有办公室刘主任都来了。不让上来，他们在下面等着呢。

严　正　小秀，我记得你已经辞职了。

小　秀　是吗？

严　正　我可没忘，你当初说的每一句话我都没忘。

小　秀　严局长，您大人不记小人过，我错了。

严　正　说得真轻巧，错了。

小　秀　是错了，我当时不是在发烧吗？

严　正　我没糊涂，那些话可是你发烧之前说的。

小　秀　我都是胡说八道。

严　正　胡说八道，你不是发誓，谁要是说半句假话，让他得“非典”吗？

小　秀　严局长，对不起……我……我那不是在非常时期吗？

严　正　你既然辞职了，就不用回来了。

小　秀　严局长，您不让我回来，我去哪儿呀？求求您，原谅我吧。

严　正　不是有郭大老板吗？他不是给你弟弟办了进京户口吗？

小　秀　进京户口办了，可是……我去上户口，人家说“非典”期间不办公……我去给我弟弟联系学校，人家说学校都放假了……严局长，这些事还得求您，您得帮助我……严局长我……我给您跪下了……（跪下）方总，您替我说句话吧，我真的错了，我对不起严局长，也对不起您……给我一个机会吧，我以后做牛做马也要报答您，报答严局长……

方　菲　算了，跟一个孩子这么较真儿，不觉得掉价？

严　正　我原谅她，你没见到当时她怎么猖狂吗？

郭少泉　严局长，一场生生死死都经历过了，你还计较这些吗？

严　正　哦，对了，你得跟我一起走，到我家把你那密码箱拿走。

郭少泉　你要交就交吧，判我个行贿罪，我认了。

严　正　啊……那翠竹园那块地呢？

郭少泉　你批给方菲吧，她比我更需要。

严　正　方菲，你的意见呢？

方　菲　（摇了摇头）……

郭少泉　方菲，我能跟你说句话吗？

方　菲　说什么？

郭少泉　你知道……我已经跟那个女人分手了……

方　菲　你跟我说这些干什么？

郭少泉　我们的梦儿……是个很好的孩子……

方　菲　这我知道，你到底想说什么？

郭少泉　我想回来……回到你的身边……

方　菲　（愣住了，嘴唇嚅动着）……

郭少泉　方菲……

〔方菲抬起头看着他……

〔郭少泉突然将方菲搂在怀里……

〔方菲紧紧地抱着郭少泉，抽泣着……〕

郭少泉　方菲，我们和好吧，一切都过去了，让我们从头开始吧……

方　菲　（猛然推开郭少泉）不不……

郭少泉　方菲，你不同意吗？

方　菲　我……我不知道……

郭少泉　这样吧，我不要你现在就答应我，你考虑考虑可以吗？我等着你，永远……

〔方菲扑在桌子上，呜呜地哭了起来……

〔小秀仍跪在地上……

〔严正上前把小秀拉起来……〕

小　秀　严局长，我向您保证……

严　正　（看着小秀）你真的没得“非典”？

小　秀　没有。

严　正　这么说，我们也没被传染？

小　秀　没有，我不是“非典”，你们怎么会被传染呢？

严　正　听见了吧，小秀不是“非典”，我们都没得“非典”。

郭少泉　是啊，我们都没得“非典”，可是我们都有病。

严　正　有病？

郭少泉　对，有病，还病得不轻，我们都是病人。

严　正　我们是病人？笑话。

郭少泉　一点儿也不可笑。

严　正　如果说我们都是病人，那谁是健康的人？健康的人在哪儿？

郭少泉　健康的人在外面。

〔外面响起了锣鼓声、欢呼声、喧闹声……〕

严　正　外面是怎么回事？

小　秀　医疗队来接我们来了，居民代表来慰问我们来了，市长都来看望我们了，还有新闻记者、村里的乡亲、学校的学生……

严　正　对，少泉，你说得对，我们都有病，健康的人在外面……

小　秀　快走吧……

严　正　方菲，你的东西收拾好了吗？

郭少泉　方菲，坐我的车走吧。

〔方菲没说话，走到窗前，推开了窗户。

〔生机勃勃的喧闹声传了进来……

〔剧终。〕

2003 年 5 月 25 日于通州

·话剧·

少女的晚宴

时间：当代

地点：桑梓轩艺术餐吧

人物：宋金蝉　女　20岁　双蝉拍卖公司董事长

向文豪　男　45岁　驻宋庄的画家

侯景利　男　48岁　宋庄某画廊老板

马凤池　男　43岁　驻宋庄画家

唐玉蝉　女　17岁　宋庄艺术餐吧服务员

〔幕启：桑梓轩艺术餐吧。陈设很简单，最引人注目的算是墙上挂着两张现代派的油画作品，很抽象，在一定程度上反映了宋庄现代画家的艺术追求。

〔桌椅摆在舞台中央，后左侧有一个卫生间，门闭着。

〔舞台右侧是通往外面的门。

〔侯景利接着手机进来了，像许多初涉商场的浅薄商人一样高声大嗓旁若无人自命不凡。〕

侯景利　……你说什么？唐箫今晚从法国回来，几点的飞机……我当然要去接他了……你问我这会儿啊？镇领导请我吃饭……在桑梓轩艺术餐吧……当然高级了，山珍海味，水陆杂陈，中西大餐，窖藏名酒，一个人没有万八千的拿不下来……你甭打听在哪儿，人家不对外，会员制……

〔向文豪夹着包进来，听着侯景利电话里那些没深没浅的话，鄙夷地看了他一眼。亦如小有成就的功名者一样，用故作深沉的姿态证明着高雅，矜持中又处处显露出勃勃野心。他傲慢地环视了一下四周，见一位服务员站在门边，朝她招了招手，又指了指桌上摆着的茶具，示意为他倒水。

〔服务员走过来，小心地为他倒着水。他根本不看服务员，坐下来，拿出 iPad，顾自玩了起来。

〔服务员出去了。〕

侯景利　（一转身看见了向文豪，急忙挂上电话，热情地奔过来，朝向文豪伸出了手）哦，向老师，你好啊，我正在这儿候着你呢……

向文豪　（懒洋洋地伸出手应酬着）侯老板，你可是一直叫我大向的，怎么今儿叫我向老师了？

侯景利　你不是一直叫我侯子吗，怎么也改叫侯老板了？

向文豪　你装还不许我装吗？

〔侯景利哈哈大笑起来，向文豪却浅浅地笑了笑，显得很有身份的样子。

〔服务员又过来给侯景利倒水，并为向文豪把杯里的水加满。〕

侯景利　（抬头看了看服务员，露出了惯有的贫相）你是新来的吧？

服务员　我来一个月了。

侯景利　多大了？

服务员　十七。

侯景利　家是哪儿的？

服务员　我还在读书，利用假期勤工俭学。

侯景利　不错，穷人的孩子早当家，比我那女儿强多了。我闺女比你还大一岁，连自己的内衣胸罩都不会洗。好好服务，干好了我给你小费……

服务员　谢谢。

马凤池　（匆匆进来）好不容易赶个饭局，我说早点儿来，没想到还是落在你们后面了……咦，就咱仨，今儿谁请客？

侯景利　（指了指向文豪）

向文豪　（警惕地）我？凭什么？

侯景利　还说我装，你装得更像，猪鼻子插大葱——装象。

马凤池　大向，听说前两天双蝉拍卖公司拍了你一张画，二十万？

向文豪　（像是受了莫大的侮辱，用鼻子嗤了一下）

侯景利　二十万？你也太小瞧向老师了。

马凤池　那是多少？

侯景利　（伸出一个巴掌）

马凤池　五十万？这能买一套房子了吧？

侯景利　人家向老师已经在宋庄租了地，准备自己盖工作室了。

马凤池　大向，这个双蝉拍卖公司很有实力吧？

向文豪　那当然，别看人家起步晚，很快就会成为艺术品拍卖行的巨擘。

马凤池　能不能把我的画……也向他们举荐举荐，事成之后，我给你两成红利。

向文豪　双蝉拍卖公司可是很挑剔的。

马凤池　别忘了，我们都是从圆明园出来的。

向文豪　那又怎么样？你上个月的三百块钱房租还是跟我借的呢，看在圆明园的分儿上，你甭还了，免了。

侯景利　到底是财大气粗。

服务员　（进来，问）请问你们的人到齐了吗？

向文豪　咦，今天到底是谁请客？

侯景利　一个女孩儿通知我的，大概是镇长的秘书吧。

向文豪　（对马凤池）你呢？谁通知你的？

马凤池　也是一个女孩儿。

〔宋金蝉进来了，一个普普通通的女孩儿，穿着很随意，妆也化得马马虎虎，又拖着一个普通的拉杆箱，像一个刚从外地进京的打工妹，而且是来自山沟里没钱没文化的女孩儿。出乎意料的是，这女孩儿并不怯阵，甚至在场面上还有点儿冲。〕

宋金蝉　三位先生，晚上好。不好意思，我来晚了一步，让你们久等了。（说着，她在三个男人的对面坐下来，向服务员招了招手，接过菜谱，看了看，问）你这儿的龙虾是澳洲的吗？

服务员　昨天刚空运过来的。

宋金蝉　多少钱一斤？

服务员　八百六十元。

宋金蝉　给我选只最大的。

〔正在玩 iPad 的向文豪抬起头来。另外两个男人也惊异地看着宋金蝉点菜。〕

宋金蝉　红鱼子酱是哪儿的？

服务员　俄罗斯进来的，每克五百六十元。

马凤池　一克就五百六十元？比黄金还贵？

宋金蝉　要十克吧。

马凤池　啧啧。

宋金蝉　剩下你再给搭配两个凉菜。

服务员　热菜呢?

宋金蝉　每人一份佛跳墙，一份法式牛排，七分熟。哦，你再给配四个特色菜就行了，要有个鱼，清蒸左口吧。四凉六热，凑十个。

服务员　鱼要多大的?

宋金蝉　你瞧着办吧。众位，喝什么酒，红酒还是白酒?

〔三个被惊呆了的男人互相看了看，谁也没说话。〕

宋金蝉　那就一样来一瓶吧，一瓶 50 年的茅台，一瓶 1996 年的拉斐……

马凤池　（惊诧地）My God!

侯景利　（忍不住了）姑娘，今天到底是谁请客呀?

宋金蝉　我爸爸。

〔向文豪和马凤池同时向外看着。〕

宋金蝉　别看了，我爸爸没在外面。

向文豪　你爸爸是谁?

宋金蝉　是啊，我爸爸是谁?

马凤池　谁是你爸爸?

宋金蝉　谁是我爸爸?

侯景利　姑娘，你点了这么多高档的酒菜，这餐饭少说也要十来万，这……

宋金蝉　没关系，反正我爸爸埋单。

向文豪　你爸爸怎么还不来?

宋金蝉　来了。

马凤池　来了? 在哪儿?

宋金蝉　（诡秘地看三个男人）远在天边……近在……

向文豪　你开玩笑呢吧?

宋金蝉　我没开玩笑。

向文豪　你是说……

宋金蝉　我是说，我的爸爸就在我的眼前。

〔三个男人充满狐疑地互相看着。〕

宋金蝉　别看了，反正你们三个人当中，有一个是我的爸爸。今天我请你们来，就是要从你们三个人当中，把我的爸爸找出来。

侯景利　你是谁？

宋金蝉　我叫宋金蝉。

向文豪　姑娘，你弄错了吧？我们三个人没有姓宋的。

宋金蝉　但是，你们都认识一个姓宋的女人。

向文豪　你这话从何说起？

宋金蝉　二十一年前，你们都在圆明园是不是？

侯景利　是啊……

宋金蝉　圆明园旁边有一个小乡村叫桃花坞，你们还记得吧？

马凤池　当然记得，我们就住在桃花坞。

宋金蝉　桃花坞的村西口有一个篱笆插的桃花小院，小院里有五间土坯房。

向文豪　那是我们的房东家。

宋金蝉　你们的房东姓宋，叫桃花对吧？

向文豪　（有点儿激动地）对啊……你是？

宋金蝉　我是桃花的女儿。

侯景利　（惊诧地）你是桃花的女儿，真的？

马凤池　（仔细打量着宋金蝉）嗯……像，还真有点儿像……

向文豪　你母亲怎么样，她好吗？

宋金蝉　她死了……

〔三个男人惊愕得一时不知道该说什么好。〕

宋金蝉　（沉痛地）一个月前……车祸……是个意外……

侯景利　（难过地）唉……这是怎么说的。

向文豪　（走过来，拍了拍宋金蝉的肩膀，以示安慰）姑娘，别难过……

侯景利　事情处理完了吗？真是不幸。

马凤池　（安慰）金蝉，有什么需要我们帮助的，你说话。

宋金蝉　我要找我的爸爸……

向文豪　我们……会帮助你的。

宋金蝉　（舒缓地）从我记事的时候起，我就一直追问妈妈，我爸爸是谁？他在哪儿？他为什么不回家？是他不要我们了吗？妈妈答应我，到了我二十岁生日的时候就告诉我，算是送给我的生日礼物。我盼着，一天一天地盼着，盼着自己快点儿长大，快点儿到二十岁生日……可是，我等到了二十岁生日，她却没等到……就在我生日的前三天……她走了……

〔三个男人沉默地低下了头。〕

宋金蝉　我整理妈妈的遗物，翻阅着她当年的日记，我希望能从中找到爸爸，找到爸爸的影子，找到寻找爸爸的线索。

向文豪　找到了吗？

宋金蝉　找到了，找到了三个重要的线索，三个重要的“嫌疑人”。

马凤池　你是说……我们三个？

宋金蝉　对，就是你们三个，你们三个当中，肯定有一个人是我的爸爸。我希望你们站出来，自己承认。

〔马凤池看着向文豪。〕

向文豪　（有些慌乱）你看我干吗？我跟桃花没有关系，一点儿关系也没有。

〔马凤池又看着侯景利。〕

侯景利　（也慌乱地）你别看我，我跟桃花更没关系了。

向文豪　（夸张地）哇塞……我的微博已经通过了新浪验证，给我加V了。

马凤池　什么叫加V?

向文豪　你不懂，你out了。

侯景利　有唐箫的消息吗？唐箫在法国举办个人画展大获成功，他今晚就要回来。

向文豪　我的粉丝已经七百五十个了。

宋金蝉　七百五？那不就是三个二百五吗？

马凤池　（看了看自己和另外两个人，自嘲地）嗯，没错，不多不少，正好是三个二百五。

服务员　（进来）请问可以走菜了吗？

宋金蝉　等一下。

〔服务员退了出去。〕

向文豪　姑娘……

宋金蝉　我有名字，我叫宋金蝉。

向文豪　金蝉姑娘，你看……刚才你点的菜谱，能不能改一改？

宋金蝉　改什么？

向文豪　又不是大款请客，没必要这么破费了吧？

宋金蝉　你害怕了？

向文豪　我害怕什么？

宋金蝉　你怕我认了你这个爸爸，就要为这顿饭埋单对不对？是宰得狠了点儿。

向文豪　我不是你的爸爸，不是。

宋金蝉　你要真的是我的爸爸，赖是赖不掉的。

向文豪　你怎么能这么说？你有什么证据？

宋金蝉　证据当然有。

服务员　（又进来）请问这桌可以走菜了吗？

宋金蝉　别问了，什么时候需要走菜，我告诉你。

〔服务员欲言又止，站在了门边上。

〔侯景利的手机响了，他一边接着电话一边朝门口走去。〕

侯景利　……你说什么？唐箫到底是几点的飞机……你帮我确认一下……

宋金蝉　（对低着头玩 iPad 的向文豪）你别玩微博了行不行？

向文豪　我听着呢，你说吧。

宋金蝉　你那时候并不热衷画画，整天价奔走呼号着搞所谓的行为艺术……

向文豪　你怎么说“所谓的行为艺术”？

宋金蝉　在我的想象中，你“行为”肯定是有的，至于艺术嘛，我不敢妄加评论。

向文豪　（用测度的目光看着宋金蝉）你不像个柴火妞儿。

宋金蝉　什么叫柴火妞儿？

向文豪　当年你妈就是个柴火妞儿……别误会，我没有恶意。农村的孩子苦啊，刚会走路就到田里去拾柴火……

宋金蝉　现在我们那儿已经成了高档住宅小区，没地方去拾柴火了。

侯景利　（接完电话回来，插话说）我们在你家住的时候，你家还烧的是土炕，做饭也用的是土灶。

宋金蝉　（对向文豪）你那个行为艺术很出新，找了 2134 个青年男女，脱得赤条条的一丝不挂，在圆明园废墟上叠罗汉……

服务员　啊？男男女女地都摞在一起，像搭积木一样，还一丝不挂？太可怕了。

向文豪　你们有点儿文化好不好？我那不叫叠罗汉，也不叫搭积木，我那叫行为艺术，当时有一个非常响亮的名字："把我们的血肉铸成我们新的长城"。这是国歌里的一句话，你们知道吗？

宋金蝉　我两岁半就会唱国歌，不是在幼儿园学的，是我妈教我的。

马凤池　我还记得，当时向兄为这一大型行为艺术设计的主题是：爱国主义。

向文豪　当然，是纯纯粹粹的爱国主义。我们的副标题是：赤身裸体、赤胆忠心、赤子之情、赤诚相待……

宋金蝉　还有"赤条条来去无牵挂"。

向文豪　那是有人恶意加上去的。

宋金蝉　你为什么选择2134个人呢？

侯景利　是啊，我们当时也问过他，可是他说保密。

马凤池　他说是密码。

宋金蝉　就是这个密码引起了公安部门的注意，怀疑你们别有用心。

向文豪　公安部门当时就让我们取消这个活动。

宋金蝉　可是你们不听劝诫，结果是当地的老百姓不干了，说你们伤风败俗、流氓淫乱，提着水桶、端着水盆来了，把冰凉的水泼在你们身上，让你们这两千多个肉身都冻结在一起，在圆明园废墟上牢牢地铸成一道血肉"长城"……

马凤池　（哈哈大笑着）对对对……两千多人光着屁股在冰水里抱头鼠窜，成了名副其实的浪里白条。

侯景利　他们在冰水里一边逃窜一边唱着歌……

马凤池　后来都摔倒了，肉横遍地，水流成河……壮哉，壮哉啊……

向文豪　你们还有完没完，这件事情你们已经嘲笑我二十年了。

侯景利　说哪儿去了？这哪儿是嘲笑你，这是在追忆你的光辉历史，歌颂你的丰功伟绩。

宋金蝉　经过这次冰水的洗礼之后，别人没事，你那小身子骨儿可就吃不住了。发起了高烧，四十一度二，对吧？

向文豪　我忘了。

宋金蝉　是我妈用一床被子把你裹起来弄回了家，又把大夫请到家里来给你打针吃药输液。可是你一直高烧不退，一个劲儿地说胡话。

向文豪　我说胡话了？

宋金蝉　是我妈日记中这么写的。

向文豪　我说什么了吗？

宋金蝉　你在叫她的名字。

向文豪　叫她的名字？

宋金蝉　一边叫一边唱。（学唱）桃花……桃花，我亲爱的妈妈……

向文豪　妈妈？

宋金蝉　你知道吗？人生下来，第一个呼唤的是妈妈；临死之前，最后一个呼唤的还是妈妈。

向文豪　你说我，那次我病得要死了？

宋金蝉　是我妈妈硬是从死神的魔爪中把你抢出来了，我妈妈对你有再造之恩。

向文豪　这么说，我叫她妈妈还真的叫对了。

宋金蝉　你不感激我妈妈吗？

向文豪　当然感激，没齿不忘。

宋金蝉　除了感激呢？

向文豪　我对你妈妈向来非常敬慕。

宋金蝉　爱情都是从敬慕开始的。

向文豪　（突然发现好像掉进了宋金蝉的陷阱，急忙否认）不不，我跟你妈妈的感情是纯洁的，像是泼在我们身上的冰水一样的纯洁。

宋金蝉　男女之间从来就没有什么纯粹的友情。

向文豪　我……我向着达·芬奇发誓……

宋金蝉　为什么要向达·芬奇发誓?

向文豪　在古今中外所有的画家中，我最崇拜的就是达·芬奇。

宋金蝉　据我所知，你在艺术上并没有继承达·芬奇的衣钵。

向文豪　达·芬奇的艺术追求是高不可及的，他的画里有着极其丰富的内涵。

服务员　（突然插话）没错，我看过《达·芬奇密码》。

宋金蝉　你瞎掺和什么？出去。

〔服务员吐了一下舌头，退了出去。〕

向文豪　（继续刚才的话题）我向着达·芬奇发誓……

宋金蝉　你先别发誓了，刚才那个姑娘提到了《达·芬奇密码》，我想，我已经破解了你的密码。

向文豪　什么密码?

宋金蝉　爱情密码。

向文豪　哪儿来的什么爱情密码?

宋金蝉　2134。

向文豪　什么意思?

宋金蝉　（对另外两个男人）你们觉得呢?

马凤池　（茫然地摊开双手）

侯景利　（摇了摇头）不懂。

宋金蝉　就是我刚才提到的那个问题，为什么他偏要组织 2134 个人呢?

马凤池　是啊，他说过是密码。

宋金蝉　这是爱情密码。

侯景利　什么爱情密码?

宋金蝉　向老师，是不是该由你说明了?

〔向文豪瞪着眼睛看着宋金蝉，一言不发。〕

宋金蝉　你不想揭秘是不是？

侯景利　姑娘……啊，金蝉，这 2134 到底是什么意思？

宋金蝉　（看着向文豪）你要是不愿意揭秘，我可要破译了，你可别怪我不给你留情面。

向文豪　愿闻其详。

宋金蝉　我妈妈的生日是 11 月 22 日，写在一起是 1122。你的生日是 10 月 12 日，写在一起是 1012。1122 加上 1012，不正好是 2134 吗？我说得对吗，向老师？

向文豪　那又怎么样？

宋金蝉　你的生日都跟我妈的生日合在了一起，按照传统的规矩，这叫作合了生辰八字，过了小帖儿，你还否认跟我妈有关系吗？

〔向文豪鄙夷地哼了一声，不理睬宋金蝉，低头玩起了 iPad。〕

马凤池　这难道是真的？

宋金蝉　我说你别玩微博了好不好？回答我的问题。

马凤池　不回答就是默认了。

侯景利　你的父亲找到了，这顿饭有人埋单了，是不是可以走菜了？

服务员　（好像在门外听见了，破门而入）可以走菜了吗？

宋金蝉　（厉声地）等一等！

侯景利　我吃完饭还要去机场接人呢。

宋金蝉　（指向文豪）我要听他亲口告诉我。

向文豪　（抬起头来）告诉你什么？

宋金蝉　告诉我你是我的爸爸。

向文豪　我不是。

侯景利　事实俱在，你还想抵赖？

马凤池　（揶揄地）坦白从宽，抗拒从严。

侯景利　（更加过分地开着玩笑，举着胳膊呼着口号）顽抗到底，死路一条。

马凤池　（把玩笑开到底）坦白从宽，牢底坐穿。

侯景利　（继续演绎着玩笑）点头承认，由你埋单。

〔几个人，包括向文豪、宋金蝉、服务员都一起哈哈大笑起来，顿时气氛轻松了许多。〕

侯景利　可以吃饭了吧？

宋金蝉　饿了？

侯景利　我真的要到机场去接人。

宋金蝉　那好，你回答完我的问题，我们就开饭。

侯景利　我有什么问题？

宋金蝉　你进去过是不是？

侯景利　进去过？去哪儿？

宋金蝉　别装傻，经过那个年代的人都明白我这句话。

侯景利　你说我进过公安局？

宋金蝉　公安局的看守所。

侯景利　什么时候？

宋金蝉　当然是你在圆明园的时候。

侯景利　这我不否认，我从来没有否认过。

宋金蝉　何止是不否认，你还经常把这个当作光荣的历史，吹嘘成自己是思想解放的先锋，受到了“四人帮”余孽的严重迫害。

侯景利　事实就是这样，我没有吹嘘。

宋金蝉　事实是你说对了一半，编造了一半。当年在圆明园的时候，你们都很难。大家连肚子都吃不饱，谁有闲钱买画，画家也跟大多数中国人一样，一挂肠子闲半挂。你侯老板向来就是个聪明人，没有人买你们的画，你就上门服务……

侯景利　是啊，我那会儿给人画像。

宋金蝉　你又仅说对了一半，准确地说，应该是给死人画像。谁家死了人，需要设灵堂了，你就上门，或者对着照片，或者直接对着死人，画一幅肖像画，挂在灵堂上。这在当时可是个美差，好吃好喝好待承，还有谢仪。

马凤池　不错，那会儿他经常从死人的家里带回些残羹剩饭给我们吃。

侯景利　怎么是残羹剩饭，都是我见了好东西自己舍不得吃，偷偷给你们带回来的。

宋金蝉　说得好，偷偷带回来的。你还把人家灵堂前的小香炉偷偷地带回来一个，有这回事吧？

侯景利　那是有人陷害我，欲加之罪，何患无辞？我当时喝多了，有人把那小香炉放在我的画箱里了。

宋金蝉　是吗？那可是一只宣德炉，谁这么大方啊？当时具有收藏意识的人还不多，也都没有你识货，要是放在现在，那只宣德炉值几百万，得判你多少年？你被派出所抓进去之后，我妈为了救你，求人家失主。人家失主不答应，我妈就给人家哭丧。你知道我妈是个坚强的人，自己的亲爹死了都没哭。可她却为了救你，跪在人家的灵堂前哭天喊地，把嗓子都哭出了血，昏倒在人家的灵堂前。前来吊丧的亲戚朋友都纳闷，这是谁呀，怎么跟老太太这么有情义……

向文豪　从那以后，我才知道你妈那么有表演天分，她这辈子没当演员算是亏大发了。

马凤池　没错，一个普普通通的哭丧，经过你妈进行艺术加工，变成了一种精彩的表演形式。

向文豪　真可谓是亦哭亦唱、如泣如诉、声情并茂、抑扬顿挫。

马凤池　惊天地，泣鬼神，动人心魄。

向文豪　（学哭丧）天塌啦地陷啦我的亲娘啊……

马凤池　（学哭丧）海枯了河干了我的亲娘啊……

向文豪　（学哭丧）奈何桥上儿喊娘肝肠寸断……

马凤池　（学哭丧）望乡台上娘望儿泪水涟涟……

侯景利　（恼怒地）行了，这好玩吗？你们这是在笑话我，还是笑话桃花？

向文豪　我们没笑话你，更不会笑话桃花，这是回忆我们经历的峥嵘岁月。

马凤池　我们在帮助你回忆桃花对你的一片真情。

侯景利　桃花就跟我一个人好吗？难道跟你们不好吗？

宋金蝉　你这话是什么意思？听着好像我妈多不正经似的，脚踩三只船，那成什么了？

侯景利　不不，我说的，是指纯洁的友谊，是指朴实的感情，是人之常情。

宋金蝉　但是，你们当中肯定有一个人跟我妈的感情非同寻常。

侯景利　那是……啊，也许吧……

宋金蝉　是你吗？

侯景利　不不，不是，肯定不是我。

宋金蝉　我妈为了救你，连脸都不要了，你不感激她吗？

侯景利　我当然感激她，非常感激。

宋金蝉　仅仅是感激吗？

侯景利　感激不是爱情，你不能因为这件事，就误认为我是你爸爸。

宋金蝉　感激不是爱情，那爱情是什么？

侯景利　爱情是需要追求的。

宋金蝉　（沉吟了一下，仰起头朗诵起来）

迎来了与生俱来的祈盼

我的心却让我踌躇不前
我必须洗净我满身的污浊
我必须备下我足够的虔诚
如果我不能交给你一个圣洁的我
我宁愿躲在对面的高山上朝拜
让你的光环永远照耀着我的魂灵
用我的祈祷永远护卫着你的安宁……

向文豪　这是谁写的诗，还挺动人。

宋金蝉　（从衣袋里掏出了一张发黄的纸，抖动在侯景利面前）这是我妈妈的日记本里保存的一页诗稿，侯老板，这是你的笔迹吧？

侯景利　（接过那份诗稿，仔细看着）时间太长了，记不清了。

宋金蝉　你不会否认这是你写的吧？上面可签着你的大名呢。

侯景利　我为什么要否认呢？我们都年轻过，都有过浪漫的过去。

宋金蝉　既然你承认这首诗是写给我妈妈的，这算不算是追求爱情呢？

侯景利　我承认，我追求过你妈妈。

宋金蝉　后来呢？

侯景利　后来？后来……当然是你妈妈拒绝了我。

宋金蝉　你可有说一半编一半的毛病。

侯景利　信不信由你，反正我跟你妈妈没有关系，一点儿关系都没有，更不可能是你的爸爸。

宋金蝉　那么，谁是我的爸爸呢？

侯景利　我怎么会知道？

宋金蝉　（转向马凤池）马老师，你知道吗？

马凤池　（慌张地）我？难道你还怀疑我？

宋金蝉　不怀疑你就不会请你来赴宴了。

马凤池　我可没有给你妈写过诗。

宋金蝉　可是你给我妈送过礼物。

马凤池　什么礼物？

宋金蝉　三斤半毛线。

马凤池　毛线？

宋金蝉　马海毛，当年可是最时髦、最稀罕、最值钱的毛线，五彩混纺，还夹着金线。

马凤池　能不能给我点儿提示？

宋金蝉　难道你们男人都这么健忘吗？爱情是一件非常美好、非常神圣的事情，对着月亮海誓山盟，指着心窝子私订终身，声泪俱下地苦求苦恋，这种感情是刻在骨头缝里的，是融化在热血里的，是要带进焚尸炉里的。难道这些也能忘记吗？如果这些都能忘记，还有什么值得记住的呢？如果这些都不珍惜，男人……你们男人……你们男人说的话，写的诗，做的事……还怎么让我们女人相信？如果男人统统信不过了，这个世界上还有爱情吗？如果这个世界上连爱情都不存在了，人类……难道还不该毁灭吗？

马凤池　（有所触动地）刚才你提毛线的事……我好像有点儿印象。

宋金蝉　我问你，在现在的宋庄的画家中，你混得算是好的，还是一般的，或者是比较差的？

马凤池　甭比较……我应该算是最差的。

宋金蝉　此话怎讲？

马凤池　知道方力钧、岳敏君吗？

宋金蝉　略有耳闻。

马凤池　他们是宋庄几千个画家中的金字塔。

侯景利　现在又杀出了一匹黑马——唐箫。

马凤池　他们的作品，把全世界的收藏家都吸引来了。一张画，动辄几十万、几百万、上千万……

宋金蝉　我问的是你，你说他们干什么？

马凤池　我？我……整个破鞋一只，一只破鞋，提得起来吗？我辛辛苦苦画的画，到街头上去摆摊儿，开价才八十块，不要说工夫钱，够我的材料费吗？实不瞒你说，我常常连方便面都吃不上。上个月的房租还是跟大向借的……哦，对了，大向，刚才你可说不要了，你不会反悔吧？

向文豪　你哭了半天穷，算是我扶贫了。

马凤池　唉，早知道多借点儿呀。

侯景利　瞧你这点儿出息。

宋金蝉　听说你的画很有功夫，也很有追求，栗宪庭老师都给你写过评论。

马凤池　那又怎么样？收藏市场媚俗，不识货，有眼无珠……

侯景利　哎哎，怎么说话呢？

马凤池　可惜栗宪庭老师那么抬举我了。

宋金蝉　当年在圆明园的时候，你可是混得最好的。最先有的自行车，最早用的煤气炉，银行里还有存款。

马凤池　那是我给人家工厂画广告挣了点儿钱。

向文豪　没错，我们在圆明园都刻苦钻研艺术，你却不务正业，到处给人家画广告。

马凤池　那是为了生存，不得已而为之。鲁迅先生说过，一是要生存；二是要发展。你连命都保不住，还发展什么？再说了，我那会儿画广告挣了钱，你们也没少沾光，我常常买一大兜子排骨，煮了一大锅，不等煮烂，就被你们像饿狼一样抢光了。

宋金蝉　你买了自行车，可是你不会骑。我妈为了给你拉画广告的业务，整天价骑着自行车带着你到处去跑。你舍不下脸来求人家，我妈却厚着脸皮去敲人家办公室的门，常常遭白眼受呵斥……有一回，一个小老板正跟女秘书起腻，我妈闯进去了，让人家连打带骂地赶出来，衣服都撕破了……

马凤池　你妈确实为我受了不少委屈。

宋金蝉　有一次你给一家毛线厂画广告，人家给了你三斤半毛线。

马凤池　对对，是有这么回事，我想起来了。我记得我把那毛线给了你妈。

宋金蝉　你给了我妈不假，可是我妈却给你打了一件毛衣，大翻领的，元宝针金麦穗纹的，对吧？

向文豪　你连这个都知道？

马凤池　这谁都知道，那件毛衣我穿了十几年。

向文豪　我可以证明，秋冬春三季都不下身，老母猪去赶集，家里外头一层皮。

侯景利　到宋庄以后还穿了好几年，我记得人家给他介绍一个对象，他就是穿着那件毛衣去相亲的。人家姑娘夸那件毛衣好，他得意忘形，把跟你妈的事都说了，人家姑娘没听完就走了。这不是缺心眼儿吗？

宋金蝉　你把跟我妈的什么事告诉那姑娘了？

马凤池　我跟你妈什么事都没有，我能告诉人家什么？

宋金蝉　那为什么把人家气跑了？

马凤池　你别听他们胡吣，他俩的话你也信？狗嘴里能吐出象牙来吗？

侯景利　大向（象）的嘴里还不是象牙？

马凤池　他这只象是吃屎的。

宋金蝉　那你告诉我，为什么那个姑娘离开了你？

马凤池　她嫌我穷，开口就问，有房吗？我说没有。又问，有车吗？我说没有。再问，有存款吗？我说没有。她说，你一问三没有，拿什么娶媳妇？我说，我有一支画笔。她说，你就搂着画笔睡吧，让你的画笔给你生儿育女吧。你说，这姑娘说话损不损？

宋金蝉　这么说，你也不承认跟我妈有关系？

马凤池　我跟你妈是纯粹的友谊，是干干净净正正经经清清白白的关系。说实在的，我承认我喜欢过你妈，她骑着自行车带着我到处跑，多少次……有多少次我都想从后面抱住她的腰，可是……我……我他妈的有那贼心没那贼胆呀。

宋金蝉　这么说，你们都不承认是我的爸爸？

向文豪　不是不承认，我们确实不是你的爸爸。

宋金蝉　你们以为我是什么？是野兽是魔鬼是画皮是白骨精是强盗是小偷是女土匪吗？我有那么可怕吗？你们看看我，好好看看我。我不聋不瞎不瘸不拐不麻脸不兔唇不歪头不呆不傻不神经，长得还过得去吧？我当你们的女儿不会给你们丢脸吧？你们还带得出去吧？我又不是刚出娘胎的孩子，不让你们接屎接尿喂水喂奶哄哭哄睡穿衣服提鞋盖被子接送幼儿园，我不吃累你们呀，白送上门来的一个女儿，多好的事呀！你们为什么不要我？为什么？

〔三个男人都低着头，向文豪依然玩着他的iPad。

〔宋金蝉挨个打量着每一个男人，三个男人都躲闪着宋金蝉的目光。

〔宋金蝉若有所悟地点了点头。〕

我懂了，我明白了，我不怪你们。你们有你们的苦衷，你们各有各的难处。向老师，听说你的夫人是管文化的处长，对吗？你的老岳父也是一位职位不低的官员，对吧？

向文豪　这跟你有关系吗？

宋金蝉　当然有关系了。你是位艺术家，艺术家重的是自己的名气；你的夫人，还有你夫人的父亲，都是官员，官员爱惜自己的名声。名气让人兢兢业业，名声让人小心谨慎。据说，你是一位出了名的“妻管严”，每天晚上回家之前，你都要把手机上的短信和通话信息删除掉，生怕让你的夫人发现蛛丝马迹。你是不是有什么短处让你的夫人抓住了？听说你跟一个女弟子到外面开房，被你夫人抓了个现行，有这回事吧？

向文豪　这些都是绯闻。

宋金蝉　为什么这绯闻单单出在你的身上呢？

向文豪　名人都有绯闻。

宋金蝉　是啊，有权的有钱的有名的，连绯闻都垄断了。我们草根百姓，连绯闻的权利都不配有。

马凤池　这话说得对，我想自己闹点儿绯闻都闹不起来，我曾经说跟一个小有名气的女演员上过床，人家根本不信，可那是真的。

宋金蝉　侯老板，三个人当中，你算是最有钱的了吧？

侯景利　空架子，都是徒有虚名。

宋金蝉　我知道你的老婆给你生了个女儿，可是你还想要个儿子，计划生育不允许了，你就在外面包了个二奶，给你生了个儿子。现在你是一儿一女，满意了吧？

〔侯景利看了看宋金蝉，想说什么，又闭上了嘴。〕

宋金蝉　你不会说这也是绯闻吧？我可是有实实在在的证据的。

侯景利　你是在威胁我吗？

宋金蝉　你放心，我不会做这种贼心烂肺的事，我说的话做的事都有阳光月光灯光照着的。

侯景利　那你想说什么？

宋金蝉　我是想说，你的麻烦够多的了。前不久，你那个儿子的母亲跟你摊牌了，她可以不要妻子的名分，但是要分你一半的财产，现在你已经焦头烂额了，对吧？

侯景利　没那么严重。

马凤池　这些连我都不知道，你是怎么打探出来的？

宋金蝉　（对马凤池）说句难听的，如果不是我请你到这儿来，今天晚上怎么打发自己的肚子你都未必知道，我这不是嘲笑你吧？

〔马凤池窘迫地挠了挠脑袋，自嘲地笑了。〕

宋金蝉　是的，在来之前，我是把你们三个人的老底儿都摸清楚了，但是我没有想到你们会这样，我估计错了。向老师，你真的不能认我，你的绯闻已经让你在妻子面前失去了诚信和自由，你要是突然再带一个二十岁的女儿回家，那还不闹翻了天？侯老板，你恐怕也不敢认我，你已经有了一个女儿，你那私生的儿子要分你一半财产，你要是再多我这么一个女儿，真的让您自身难保了。马老师，你肯定也不愿意要我，你连自己都养不活，哪还能再顾及别人呢？一个怕我破坏他的家庭，一个怕我分割他的财产，一个怕我成为他的累赘。你们都有理由不要我，可是，我……我怎么办？我……多么希望有个爸爸啊……小时候，看到邻居家的女孩儿骑在爸爸的脖子上，挓挲着两只小手欢呼着，就像登着梯子上了天一样的高兴。她的爸爸，肩着脖子上的女儿，踩着大秧歌的锣鼓点扭着：锵锵嘁锵嘁，锵锵嘁锵嘁……把我羡慕得嗓子眼发痒，一个劲儿地咽唾沫，把脸都憋红了。有一天，我看见那个邻居在院子里吸烟，跑过去仰着脸看着他，好想骑在他的脖子上体验一下上天的感觉。他的女儿跑出来，一把将我推开，搂着他的大腿说：这是我爸爸……他看了我一眼，却摸着他女儿的脑袋笑了。我至今记得他的笑模样，那真像傍晚天边外的一缕灿烂的霞光……这是爸爸的笑容，可这笑容不属于我，我只有妈妈的微笑……现在，妈妈的笑容也消失了，我成了一个在黑夜里缩在墙角的孤儿……（仰望天空，哭着）妈妈，你怎么说走就走了呢？你答应过我的，在我二十岁生日的时候要还给我一个爸爸……你答应过的……（嘶叫哭喊）妈妈，你……你怎么说话不算数啊……

〔掩面，乐起。

〔三个男人被打动了，分别走向宋金蝉。〕

向文豪　孩子，别难过，我们会帮助你的。

侯景利　这样吧金蝉，你如果想留下来，我帮助你安排工作。

宋金蝉　我是要工作，我只能靠自己了。

侯景利　你能做什么？当保姆行吗？

宋金蝉　（摇了摇头）我不想当保姆。

侯景利　那你会足疗按摩吗？哦，会不会都没关系，三天就能出师，附近有一家足疗店，我跟那个女老板很熟，你可以先到她那儿干着，一个月能挣两三千呢。

宋金蝉　我闻不得男人的臭脚丫子味儿。

侯景利　你可以不做足疗，只做按摩。

宋金蝉　我怕痒，有人一碰我我就想笑。

侯景利　不是男人摸你，是你摸男人。

宋金蝉　我摸男人？那乌烟瘴气的地方，有老实男人吗？我摸他，他能不摸我吗？

侯景利　看来你还门儿清……那，做保洁怎么样？

宋金蝉　什么保洁？

侯景利　擦玻璃。

宋金蝉　我有恐高症。

侯景利　干这也不行，干那也不行，你到底想干什么？

宋金蝉　我不是来找工作的。

侯景利　那你来干什么？

宋金蝉　我说过，我是来找爸爸的。可是……你们都不要我找爸爸。

〔一直在旁边看着的服务员走过来。〕

服务员　姐姐，你不是想找爸爸吗？

宋金蝉　是的。

服务员　就从这三个人当中找？

宋金蝉　是的。

服务员　这就很简单了。

宋金蝉　怎么简单？

服务员　拉着这三个男人去做 DNA 检测，这是最科学的办法，连法律都承认的。

马凤池　（首先火了）凭什么？凭什么让我们去检测？

服务员　因为你很有可能是这姑娘的爸爸。

马凤池　证据呢？我要的是证据。

服务员　检测出来，证据自然就有了。

马凤池　没有当事人同意，不会有人强迫检测的。

服务员　你不同意，就证明你心里有鬼。

马凤池　这里有你什么事呀？去去去……

宋金蝉　小妹妹，我实话告诉你说吧，就算他们同意，我也不会做 DNA 检测的。

服务员　为什么？难道你心里没底？

宋金蝉　说实在的，我找他们三个人，不仅仅是为了自己找到爸爸，更重要的是为了我妈妈。

服务员　你妈妈不是死了吗？

宋金蝉　妈妈是不在了，想起妈妈我就想流泪。在我的世界里，只有我和妈妈，从来没有另外一个人。我常常想，是谁跟妈妈的结合让我来到了这个世界上？那个人爱过我的妈妈吗？如果爱过，为什么又离开了妈妈？他去了哪儿？妈妈为了把我养大，日夜操劳，含辛茹苦，他为什么不帮妈妈一把？他还记不记得妈妈？他知道不知道世界上还有我这么一个女儿？这一切都是谜，像浩瀚的星空一样充满着无穷的奥秘。我多么希望能破解这个谜，寻找到一个属于我的无限美妙的世界：这个世界里充满了爱，充满了亲情，充满了浪漫的回忆和含泪的笑声。DNA检测是科学，可是我怕这冷冰冰的科学会把脆弱的亲情毁掉……我不愿意，也不能这样做，哪怕我只有一个虚幻的世界，也比绝望和虚无要好得多。小妹妹，你说我这想法对吗？

服务员　姐姐，你……太可怜了。我有爸爸，有一个我自认为是天底下最好的爸爸。我体会不到没有爸爸的感觉，我也不知道一个女孩儿想爸爸能想得这么撕心裂肺。我真想把我的爸爸让给你……不不，我不让……我真想让你也像我一样，拥有一个天底下最好的爸爸……

宋金蝉　别说傻话了，我的妹妹。给他们上菜吧。

服务员　上菜。

宋金蝉　先把冷菜上上来，把酒打开，让他们先喝着。（对三个男人）不好意思，我方便一下。

〔宋金蝉拉着那个塑料拉杆箱进了卫生间。

〔服务员很麻利地将凉菜端上来，又把那瓶茅台酒打开，分别倒进三个男人面前的杯子里。

〔三个男人一时有点儿不知所措。〕

侯景利　这……这怎么办？

向文豪　（翻看着 iPad）哇塞，真让我嫉妒。

侯景利　你嫉妒什么？

向文豪　我嫉妒唐箫。

马凤池　唐箫怎么了？

向文豪　唐箫在法国举办画展的所有作品，都被一家私人博物馆收藏了，你知道人家出价多少？

侯景利　多少？

向文豪　（伸出三个指头）

马凤池　三千万？

向文豪　三个亿，还是欧元。

侯景利　啊，折成人民币就是三十个亿。

马凤池　啊……

向文豪　你们知道一个亿是多少吗？

马凤池　一个亿就是一个亿啊，一万个一万嘛。

向文豪　告诉你们，如果把一个亿的钱都换成一元一张的，让你数，平均一秒钟数一张，一天数十个小时，一天都不能休息，这样要数九年多。三个亿，光让你数，就要数二十七年。这还是欧元，换成人民币，我靠……得数二百七十年。

侯景利　这么说，唐箫下半生什么都不用干了，光坐在床上数钱就行了。

向文豪　我说，咱们长点儿出息好不好？再说那是人家唐箫的钱，又不是咱们的钱。

马凤池　画饼不能充饥，咱们还是先吃饭吧，我可饿了。

侯景利　真没想到桃花过得这么惨。

向文豪　桃花的孩子……我们得帮她。

侯景利　怎么帮她？给她点儿钱？可是救急救不了穷，救穷救不了命啊。

马凤池　没错，这孩子……我看也跟她妈一样，心比天高，命比纸薄。

向文豪　我提议，让我们端起这杯酒，祭奠一下桃花吧，让桃花的在天之灵得到安息……

〔三个男人端起酒杯，宋金蝉从卫生间出来了。

〔三个男人像石柱一样被定住了，眼睛里的惊愕告诉他们，天使突然降临了。

〔宋金蝉完全换了另外一个人：身上的服装华贵、得体，衬出了她美丽成熟的身段，清雅、清纯，又颇具艺术气韵，脸上的妆也是重新化过的，青春勃勃，光彩照人。

〔宋金蝉缓缓地走到三个男人的面前，将手里的名片恭敬地递上。〕

向文豪　（看着名片）什么？你是双蝉拍卖公司总经理？

宋金蝉　是的。

侯景利　这么说……这双蝉拍卖公司是你家的？

马凤池　你妈妈是董事长？

宋金蝉　不，我妈妈也是总经理，我是继承我妈妈的职位。

向文豪　我有一幅画，前不久在贵公司拍卖的。

宋金蝉　我知道，你那幅画叫作《圆明园的记忆》。

向文豪　没错。

宋金蝉　最后落槌价是五十四万元。

马凤池　哇塞……

侯景利　金蝉姑娘……啊，不，宋总……我们画廊今后有许多项目能跟贵公司合作的，我会给你全力支持的。

宋金蝉　（冷冷地应酬着）谢谢。

马凤池　这么说，我的画也可以拿到你们公司去拍卖了？

宋金蝉　（说着官话）愿意效劳。

向文豪　来来来，我们敬宋总一杯，一起敬宋总……

〔三个男人端起酒杯，站在宋金蝉面前。

〔宋金蝉坐着没动，微笑着看着站在面前的三个男人。

〔三个男人又不知所措了。〕

宋金蝉　（突然站起来，端起酒杯）你们敬我酒，总得有个说辞吧，为什么呀？

向文豪　祝宋总生意兴隆。

侯景利　祝我们合作成功。

马凤池　希望宋总多多关照。

宋金蝉　你们都错了。

向文豪　错了？什么错了？

宋金蝉　你们忘了今天我来干什么了？

侯景利　你……还想找爸爸？

宋金蝉　我找到了吗？

向文豪　你还想在我们三个人当中找？

宋金蝉　我有别的选择吗？

马凤池　嗯，宋总这件事我们应该严肃认真地对待，不能敷衍了事。

向文豪　哦……我愿意配合调查，提供一切情况。

侯景利　我保证实话实说，绝不隐瞒。

宋金蝉　这么说，你们都能认真帮助我？

向文豪　绝对认真，百分之百。

宋金蝉　这么说，刚才你们没有认真？

向文豪　（尴尬地）刚才……刚才太突然了，有些事情恐怕一时想不起来。

侯景利　是啊，我们认真回忆，不漏掉每一个细节。

宋金蝉　你们怎么对我的态度突然变了？就因为刚才我是宋金蝉，现在变成了宋总了吗？

向文豪　哪里话，我们毕竟是桃花的朋友嘛，并且还很有可能是你的父亲。我说的只是其中的一个。

服务员　（对宋金蝉）如果这三个男人都争着做你的父亲，那真的要做DNA 检测了。

宋金蝉　你以为我妈妈有可能同时跟这三个男人上床？

服务员　对不起……我说错了。

侯景利　去去去，别瞎掺和了。

〔服务员瞪了侯景利一眼，出去了。〕

向文豪　宋总，刚才你提到，当年我在圆明园组织 2134 个人搞行为艺术，确有此事。

宋金蝉　这不需要你承认，当时的报纸上都刊登了，你也否定不了。

向文豪　我不是想否定这件事，也不是说这件事情本身。

宋金蝉　那你想说什么？

向文豪　我是想说，你破译的密码完全正确，那确实是一个爱情密码。

宋金蝉　这么说，你爱过我妈妈？

向文豪　爱过，刻骨铭心地爱过。

宋金蝉　我妈妈爱你吗？

向文豪　爱。

宋金蝉　也是刻骨铭心？

向文豪　甚至有过之。

宋金蝉　我妈妈的日记里并没有这样说。

向文豪　我有证据。

宋金蝉　证据，什么证据？

向文豪　等一下。

〔向文豪说着，拿起自己的 iPad，手指在屏幕上急速地滑动着，像是在寻找着什么。〕

侯景利　（对马凤池）他能有什么证据呀？

马凤池　瞎掰，咱们在圆明园那会儿，有电脑吗？

侯景利　就是。

向文豪　……找到了。

〔向文豪急忙举着 iPad 来到宋金蝉面前，侯景利和马凤池也急忙凑过去。〕

向文豪　宋总，你看看……看看，这是谁？

〔iPad 里出现了一个年轻女子的裸体素描。

〔几个人都愣住了。〕

马凤池　My God！这不是……宋总吗？怎么回事？你们此前就见过面，你还给她画了素描？

向文豪　你再仔细看看，这是宋总吗？

侯景利　这不是宋总，这是宋总的妈妈。

马凤池　桃花？

向文豪　对，是桃花。

〔宋金蝉接过 iPad，仔细看着，慢慢地陷入了回忆当中。〕

宋金蝉　这是你吗，妈妈？在我的记忆里，你不是这样的。一年到头，一天到晚，你总是一身疲惫，满脸愁容。你身上的衣服，总是沾着泥巴，结着汗碱；你的头发虽然又黑又浓，可总是乱蓬蓬的，挂着树叶和草屑；你的手上，不是老茧就是血泡，还有伤口和干裂，贴满了橡皮膏；你的眼角早早地挂满了皱纹，早早地失去了清澈和光泽……这真的是你吗，妈妈？你原来也这样年轻过，你的腰身这样的纤细，你的胸部这样的饱满，你的臀部这样的丰腴，你的皮肤这样的光洁，你的目光这样的火辣……妈妈，这是你吗？

向文豪　你的妈妈很美，确实很美，像现在的你。在这个世界上，我是第一个给你妈妈画裸体的人，恐怕也是最后一个。这张画我一直保存着，完全属于我自己的，从来没有拿出去展览，更没有卖掉，给多少钱都不卖。

宋金蝉　你想说明什么？

向文豪　孩子……我的孩子……

宋金蝉　你叫我孩子？

向文豪　我……是你的父亲。

宋金蝉　你不是说，你跟我妈妈一点儿关系都没有吗？这可是你刚刚说过的。

向文豪　我承认……我有私心。

宋金蝉　什么私心？

向文豪　哦……正像你所说的，我担心……认了你会影响我的家庭……

宋金蝉　现在不担心了？

向文豪　是你的真诚打动了我，唤醒了我做父亲的良知，唤醒了一个男人的责任感。

宋金蝉　（冷笑了一下）呵呵，了不起。

向文豪　孩子，这些年来我对不起你……也对不起你的妈妈……以后，我要好好补偿给你……孩子，你可以恨我，可以鄙视我，可我毕竟是你的父亲。

宋金蝉　你不是……你不是我的父亲。

向文豪　我是你的父亲，孩子，别赌气好吗？

宋金蝉　我没有赌气，我看过我妈妈的日记。她确实给你当过模特儿。这在当时已经是一件非常了不起的事情了，人们刚刚从“十年浩劫”中挣扎出来，思想观念还不能跟上世界的潮流，根本就不把模特儿当作一种正当的职业，甚至认为是黄色的、淫秽的、肮脏的，受到社会普遍的歧视。可是美术界又需要模特儿，不要说没有人光明正大地做模特儿，就是有人偷偷摸摸地去做，也要花很高的价钱聘请。你当时没有钱，找不到模特儿，是妈妈成全了你。妈妈是向艺术献身的，并没有向你献身。

侯景利　（对向文豪）没错，桃花只给你做过这么一次模特儿，后来她再也不做模特儿了，你应该知道为什么吧？

向文豪　为什么？

侯景利　桃花跟我亲口说过，人们之所以不愿意做模特儿，不仅仅是国人的观念落后，是我们画家不高尚。

向文豪　这……什么意思？

侯景利　你肯定在桃花面前做了不高尚的事情，她才得出了这么个结论。你不但把自己玷污了，把画家的名声也搞坏了，桃花能爱上你吗？你能是金蝉的父亲吗？

向文豪　那你说，桃花爱上了谁？谁是金蝉的父亲？

侯景利　我。

向文豪　你？

侯景利　是我。

向文豪　大言不惭，恬不知耻，臭不要脸……

侯景利　我说你是用尿褯子擦的嘴吧，怎么满嘴臭气？

向文豪　哼……

马凤池　你说你是金蝉的父亲，你有什么证据？

侯景利　当然有了。你们刚才不是提起过桃花去给人家哭丧吗？你们知道吗？我跟桃花还一起哭过丧。

马凤池　他没说谎，我可以证明。我亲眼看见的，他和桃花双双跪在人家的灵堂前，哭得惟妙惟肖，死去活来，俨然是一对孝子贤孙。

向文豪　（学哭丧）天塌啦地陷啦我的亲娘啊……

马凤池　（学哭丧）海枯了河干了我的亲娘啊……

向文豪　（学哭丧）奈何桥上儿喊娘肝肠寸断……

马凤池　（学哭丧）望乡台上娘望儿泪水涟涟……

侯景利　你说，我们当时容易吗？我跟桃花是共过患难的。

向文豪　哼，你还有脸提这事？

侯景利　怎么了？

向文豪　桃花哭丧，是为了救你。你呢？是为了赚钱。人可以赚钱，但是不能什么钱都赚，君子爱财，取之有道。可你呢？见钱眼开，钱串子脑袋，专门往钱眼儿里钻。刚才我说你臭不要脸有些过分，我可以向你道歉，可是我说你恬不知耻却恰如其分。

侯景利　哭丧也是一种劳动，也是一种付出。

向文豪　你付出的是什么？

侯景利　嗓子、眼泪……还有……把膝盖都跪烂了……

向文豪　你付出的是一个艺术家的斯文，是做人的尊严。

侯景利　那也是生活所迫，桃花家的五间土坯房，已经歪歪扭扭、朽烂不堪了，她需要钱，需要把房子修一修。否则，她的房子塌了，我们也没地方住了。

宋金蝉　你们赚到钱了吗？

侯景利　当然赚到了，你猜多少？八百块。现在你听着这八百块没什么，当时这可是天文数字，相当于现在的八万，恐怕比八万还值钱……

宋金蝉　可是我家的房子最终还是坍塌了，这也是我妈日记里记载的。

马凤池　那是因为那八百块钱根本就没有用作修房子，而是他拿着去广州倒腾服装。

侯景利　我是想用那笔钱做资本，再多赚一点儿钱，把桃花家的房子变成一劳永逸的砖瓦房。你不是说我是天生的钱串子脑袋吗？这叫商业头脑、经营意识。

宋金蝉　是的，我妈非常钦佩你的商业头脑。

侯景利　我用那笔钱到广州进了一批喇叭裤，金蝉，知道喇叭裤吗？

宋金蝉　见到过。

侯景利　等你见到的时候，喇叭裤已经过时了，我卖喇叭裤的时候，那可是开了时尚之先河。

马凤池　言之不谬，我亲眼看见过你在西单首都电影院门前卖过喇叭裤。（学侯景利吆喝着）哎，停一停啊站一站，走一走啊看一看：喇叭裤喇叭裤，一条十块，两条十九，三条二十七……巴黎的时尚，纽约的摩登，广州刚开始，港澳正流行，引领世界新潮流，时装艺术最高峰……走过路过千万不要错过，穿过试过一辈子没白活过……

向文豪　看见了吧，太能忽悠。

宋金蝉　这么好的东西，你又这么能忽悠，赚到不少钱吧？

侯景利　本来是可以赚到不少钱的，只要把那批货出了手，你家的房子早就变成砖瓦房了。可是命不济，进货的时候忘了看皇历了。什么都想到了，就是没想到上面会清除精神污染……

宋金蝉　这跟你卖喇叭裤有什么关系？

侯景利　你不懂，我们这代人经历的许多事情你们年轻人根本没法懂。有段时间，喇叭裤、蛤蟆镜、披肩发……都成了资产阶级糜烂的生活方式，都成了批判打击取消的对象……你想，在那种形势下，谁还敢穿喇叭裤啊？全砸在自己手里了，第一次做生意就赔了个底儿掉。唉，悔啊恨啊，我当时要是进西装裤就好了……

宋金蝉　这么说，你跟我妈共的患难，是以失败而告结束了？

侯景利　不，我们的生意虽然失败了，可是我跟你妈的感情并没有失败，并且更加深入地发展了，否则也不会有你出现在这个世界上。

宋金蝉　你的意思是说，你是我的父亲？

侯景利　当然了，这是毋庸置疑的，这是千真万确的，这是无可辩驳的。

马凤池　据我所知，你那次生意并不像你所说的那样赔个底儿掉，多多少少还是赚了些钱。

侯景利　这是你的猜测。

马凤池　不是猜测。你那批喇叭裤是四块钱一条从广州进的对吧？

侯景利　时间长了，我记不清了，应该是吧。

马凤池　那次清除精神污染运动，虽然来势汹汹，可持续的时间并不长。而且那次运动发展得也不平衡，北京搞得很厉害，哈尔滨就没事，哈尔滨的年轻人照样穿喇叭裤。你那批货在北京卖不动了，就卖给哈尔滨的一个女老板了。有这事吧？

侯景利　我是跳楼价把货甩出去了，总得把来往路费赚回来吧？

马凤池　你跳楼也是从一楼往下跳的，四块钱进的货，六块钱甩出去的，除去来往路费，你还是有赚头儿。

侯景利　你听谁说的，当时的喇叭裤都臭街了，六块钱谁要？

马凤池　知道买你喇叭裤的那个女老板是谁吗？

侯景利　我记不清了。

马凤池　我记得清清楚楚，因为那个女老板不是别人，是我的表姐。

侯景利　什么？你表姐……这么说，你跟你表姐当时就把我算计了？

马凤池　我们没有算计你，也没有让你吃亏，我算了一下，你那笔生意，至少赚了四五百块，可是你却跟桃花说赔光了……

侯景利　你这是污蔑，这怎么可能呢？我怎么会欺骗桃花呢？我是那样的人吗？

向文豪　那你说你是什么样的人？

侯景利　我是什么样的人桃花最清楚。

向文豪　那是桃花大度，没跟你计较，你以为她真的相信了你的鬼话？亏心吧你。

侯景利　金蝉，你可千万不要相信他们的话，他们是在挑拨，是羡慕嫉妒恨，我理解他们，虽然是小人之举，也在情理之中。

向文豪　你说谁是小人？

侯景利　恶意中伤，难道是君子所为？

宋金蝉　先生们，我对你们这种无聊的辩论不感兴趣，我也不会介入你们之间的恩怨是非，我需要的是找到我的爸爸。

马凤池　假的就是假的，伪装应该剥去。

侯景利　你说谁是假的？

马凤池　你，还有你——向文豪，你们都是假的。

向文豪　你凭什么说我们是假的？

马凤池　因为真的只有一个。

侯景利　谁？

马凤池　我。

向文豪　哼……大言不惭，恬不知耻，臭不要脸。

马凤池　领教过，谢谢重复。

侯景利　不是重复，是加重。

马凤池　照单全收，行了吧？

宋金蝉　能不能简单一点儿？

侯景利　（看了看手表）是啊，请你简单一点儿，一会儿我还要到机场接人呢。

马凤池　你们俩人说的，都是你们在圆明园的时候跟桃花的交往。别忘了，在金蝉出生之前，我们就在圆明园待不下去了。那时候我们真的是热血沸腾的青年艺术家，想在圆明园废墟上建造起现代艺术的殿堂。可是没有人理解我们，没有人支持我们……何止是不理解不支持呢？到后来圆明园驱逐我们，我们无家可归了。大向，你当时去了哪儿？

向文豪　我回老家了，陕西蒲城。

马凤池　你呢，侯子？

侯景利　我到深圳去了。

马凤池　是的，只有我来到了宋庄，是跟方力钧、岳敏君、栗宪庭等最早来到宋庄的。你俩都是我们站住了脚跟以后才来的。在我们走投无路的时候，是宋庄的人民收留了我们，保护了我们，支持了我们，并且为我们搭建了一个打造百年以后文化遗产的艺术平台……

向文豪　说实际的。

马凤池　我说的就是实际的。你们知道吗？桃花跟我一起来到宋庄的……

向文豪　吹牛吧，我怎么没听说过？

马凤池　我们在陈大妈家租了套房子，过起了世外桃源般的田园生活。我们花很少的钱改造了那个小院，使那个小院变得更加自然，更加古朴，更加实用。窗前搭起了柴锅小灶，葡萄架下支起了我的画架。每天我在葡萄架下作画，桃花在那小灶上摊咯吱、炸咯吱，炸好以后就骑着自行车到通州城里去卖。这是我一生中最幸福、最甜蜜、最浪漫的时光，是一去不复返的不可拷贝的宝贵经历，是人生价值最完美的体现……

向文豪　咱不抒情行吗？

马凤池　情不自禁……情不自禁啊。

侯景利　哈哈。

马凤池　你笑什么？

侯景利　可笑，可笑至极。

马凤池　这有什么可笑的？

向文豪　你给自己编造了一个美丽的梦境。

侯景利　后来呢？

马凤池　后来便可想而知了。

向文豪　你跟桃花相爱了，结合了，并且有了爱情的结晶，是吗？

马凤池　你们应该祝贺我。

侯景利　祝贺你什么？

马凤池　祝贺我跟桃花的爱情，祝贺我有了一个这么优秀的女儿，祝贺我们今天父女团聚……

〔向文豪和侯景利狂笑着：“哈哈……”〕

马凤池　笑吧，笑吧，看谁能笑到最后。

宋金蝉　马老师……

马凤池　孩子，你应该叫我爸爸。

宋金蝉　如果你真的是我爸爸，什么时候叫你都不晚。

马凤池　难道你也有怀疑吗？

宋金蝉　我是疑问。

马凤池　什么疑问？

宋金蝉　有些事情我想不明白。

马凤池　唔。

宋金蝉　也不是不明白，是不理解。不仅仅是对你不理解，也不仅仅是对我妈不理解，而是对你们这一代人不理解。包括向老师和侯老板。

向文豪　哦？我们是有代沟，不过我们可以沟通啊。

侯景利　我们要向年青一代学习的。

宋金蝉　你们那一代人为什么那么残忍？

向文豪　这……是，你说得对，我们赶上了一个残忍的时代……

宋金蝉　我不是说你们对别人残忍，我是说你们对自己残忍。

向文豪　对自己残忍？怎么残忍了？

宋金蝉　爱情是神圣的，你们渴望爱情对吧？

向文豪　当然，谁不渴望爱情呢？

宋金蝉　性是美好的，你们渴望性对吧？

向文豪　当然，谁不渴望……

宋金蝉　可是……为什么当爱情来临的时候你们不敢表达呢？为什么当性到来的时候你们又顽强地抗拒它呢？这个问题我想请马老师回答。

马凤池　我……我回答什么？

宋金蝉　你跟我妈妈在陈大妈家一起生活，同吃同住对吧？

马凤池　当然。

宋金蝉　你们住在一个房间里，睡在一个土炕上，青春年少，血气方刚，干柴烈火，欲火中烧，你们不难受吗？

马凤池　难受也得忍。

宋金蝉　忍得住吗？

马凤池　忍不住也要忍，发乎于情，止乎于礼。

宋金蝉　我真佩服你们的毅力，要不是我看了妈妈的日记，我都怀疑你们有病。

马凤池　你妈妈的日记怎么说？

宋金蝉　我妈妈说，你们战胜了诱惑的魔鬼，实现了道德的自我完善，把熊熊燃烧的欲火升华为伟大的艺术。

马凤池　那时候我们崇拜弗洛伊德，艺术与梦一样，都是被压抑的性欲的满足。

宋金蝉　据说，那是你创作最旺盛的时期。

马凤池　因为我们成功地压抑了性欲，把全部热情投入到艺术创作中了。

宋金蝉　你们成功地压抑了性欲，也就成功地压制了我。

马凤池　唔……

宋金蝉　你跟我妈住在一个土炕上，却整夜穿着衣服，分别躺在两个被窝儿里，实在压抑不住了，便把手握在了一起。

马凤池　那是你妈妈……她太传统、太守旧、太固执……

宋金蝉　你们连性都没有，能有我吗？所以，你不是我的爸爸。

马凤池　这……

宋金蝉　这可都是你承认的。

侯景利　掉坑儿里了吧？

马凤池　（强辩着）开始的时候是没有……还有后来呢？

宋金蝉　后来……我妈妈为什么离开了你呢？

马凤池　她遇上了一个人……

宋金池　什么人？

马凤池　不知道。

宋金蝉　你怎么会不知道？

马凤池　这个谜一直缠绕着我。

宋金蝉　为什么说是个谜？

马凤池　那是我们同居的最后一个晚上，我实在忍受不住了，便强迫她……撕开了她的衣服……她突然哭了起来，哭得惊天动地……我问她怎么了，她一直不说。越不说我越奇怪，逼问她……直到天亮的时候她才告诉我，她已经把自己给了别人……我一下子蒙了，这怎么可能呢？我们天天睡一条土炕上，被窝儿挨着被窝儿，手拉着手，她却把自己给了别人，这可能吗？给谁了？怎么给的？我逼问她，她就是不告诉我。我急了，使劲摇晃着她的身子，把她从炕上拎起来，命令她告诉我。她就是不开口，我咆哮起来，我实在压抑不住自己了……我……我……

宋金蝉　你怎么样了？

马凤池　我打了她，狠狠地打了她。一边疯狂地朝她身上拳打脚踢，一边暴怒地骂她……骂她是婊子，是骚货，是臭娘儿们……她像一摊泥一样堆在地上，任我打，任我骂……气都不吭一声……

侯景利　你疯了，你真的疯了。

马凤池　我是疯了……

宋金蝉　后来呢？

马凤池　后来……她走了，离开了我，永远离开了我……

〔马凤池的故事出乎意料，向文豪、侯景利沉默了。

〔宋金蝉也沉默了。〕

马凤池　（有顷）金蝉……对不起。

宋金蝉　我没有指责你。

马凤池　这些年来，我一直想着你妈妈，一直想跟她再见一面，不为别的，就为了向她说一句对不起。我不应该打她，不应该骂她，她一定恨死了我……

〔宋金蝉起身走动着，长长地叹息着。〕

马凤池　你妈妈一直没有给我这个机会，她到底还是把对我的恨带到上帝那里去了……

向文豪　我……不知道你们还有这么一段。

马凤池　这是我办的最浑蛋、最无耻、最不可饶恕的一件事，我一生都会忏悔……

〔侯景利的手机响了。〕

侯景利　喂……车到了……（看了看表）不急，有二十分钟就能到机场……啊……是的……

服务员　（进来到宋金蝉的身边）能跟你们商量点儿事吗？

宋金蝉　什么事？

服务员　我要下班了，换个服务员为你们服务行吗？

向文豪　我们的饭还没吃，你怎么能下班呢？

服务员　我跟老板说了，给你们换个有经验的服务员。

向文豪　这么说，是你不愿意为我们服务了？

服务员　不，我有点儿事，需要先走一下。

向文豪　什么事比为“上帝”服务更重要？

服务员　我要到机场去接人。

侯景利　哦，你也要到机场接人？你可以搭我的车走。

服务员　谢谢您，不用了，我安排好车了。

宋金蝉　（从兜儿里掏出银行卡）这样吧，你先把这桌的单买了。

服务员　（接过卡）有密码吗？

宋金蝉　有。

服务员　请等一下。（出门）

向文豪　让你埋单，真不好意思。

宋金蝉　本来该是我爸爸买的，谁让我没找到爸爸呢？

向文豪　（安慰的口气）别着急，你爸爸会找到的。

宋金蝉　我着急，非常急，我急着找到我的爸爸。

向文豪　有什么事吗？

宋金蝉　妈妈生前就一直想把双蝉拍卖公司搬到宋庄来，可是这件事我不会办，也没有时间办，我只请了一个月的假，现在已经超假了。

马凤池　你在哪儿工作？跟谁请假？

宋金蝉　我在圣彼得堡列宾美术学院读书。

〔三个男人都震惊了。〕

向文豪　啊，你考上列宾美术学院啦？

宋金蝉　我是列宾美术学院雕塑系三年级的学生，毕业以后还要报考研究生。

马凤池　哦……

宋金蝉　所以我必须尽快找到我的爸爸，我要把双蝉拍卖公司交给他，这样我才能回学校踏踏实实地读书。

侯景利　（无奈地摇着头，意味深长地）可惜啊……

〔服务员拿着刷卡器进来，到了宋金蝉身边，弯下腰让宋金蝉输着密码。

〔宋金蝉输着密码，突然一个吊坠垂在了她眼前。

〔宋金蝉一下子愣住了，她呆呆地看着那吊坠，原来是从服务员脖子上垂落下来的。

〔宋金蝉一把抓住那吊坠。〕

宋金蝉　这是什么？

服务员　一只蝉。

宋金蝉　蝉。

服务员　玉蝉。

宋金蝉　让我看看好吗？

〔服务员直起身，把玉蝉摘下来，递在宋金蝉的手里。

〔宋金蝉仔仔细细地看着，脸上的表情越来越惊异，越来越困惑。〕

服务员　有什么不对吗？

宋金蝉　你哪儿来的？

服务员　我爸爸给我的。

宋金蝉　你爸爸？

服务员　我刚一出生，爸爸就把这玉蝉挂在我脖子上了。

〔宋金蝉从自己的脖子上摘下一个吊坠，是一只金蝉。

〔宋金蝉把两只蝉放在自己的手心里，递到服务员的眼前。〕

宋金蝉　你看看，像不像？

〔服务员拿起那只金蝉看着，又翻过来看，突然抬起头来，呆呆地看着宋金蝉，眼睛里含满了泪水。

〔宋金蝉也呆呆地看着服务员。〕

服务员　你叫金蝉对吗？

宋金蝉　是啊，你叫什么？

服务员　我叫玉蝉，唐玉蝉。

宋金蝉　玉蝉？唐玉蝉？

服务员　我很小的时候，爸爸就跟我说过，我有一个姐姐，叫金蝉。

宋金蝉　可是我……我并不姓唐啊！

服务员　爸爸说，你不姓唐，但是你脖子上一定挂着一只蝉，一只跟我的玉蝉一模一样、大小相同的金蝉。

宋金蝉　金蝉……我的是金蝉。

服务员　我刚才看了，你的金蝉后面也刻着一个英文字母。

宋金蝉　是英文字母“T”。

服务员　那是爸爸的姓，“唐”的第一个字母。

宋金蝉　这么说……

服务员　不用说了，我爸爸就是你爸爸，我们是亲姐妹。

宋金蝉　你爸爸是谁？

服务员　唐箫。

侯景利　什么什么？你爸爸是唐箫？

服务员　他是叫唐箫。

向文豪　画家唐箫？

服务员　是的。

向风池　就是最近在法国办个人画展的唐箫？

服务员　是的。

侯景利　就是今天晚上从法国飞回来的唐箫？

服务员　我到机场就是要去接爸爸。姐姐，我们一起去吧，一起去接爸爸。

宋金蝉　爸爸……

服务员　爸爸，我们的爸爸……

〔这巨大的变故，把宋金蝉打蒙了，她呆愣着，捂着脸哭了起来，突然朝外面跑去。

〔三个男人沉默着，像失去了魂魄一样发呆。

〔剧终。〕

2011 年 7 月 26 日于沈阳

·话剧·

红 河 谷

时间：当代

地点：北方的一个古老的小山村

人物：方梦达　山姑　棉棉　周宝良　周小旺　疯老爷子

草妞儿　胖丫儿

一

〔崇山峻岭，峡谷幽深，远山蓊郁，近水奔泻。

〔红河谷呈现着原始的自然风貌，笼罩着一种古老而神秘的气氛。

〔草妞儿的歌声，土气中融合着一尘未染的稚气，令人心灵震颤。歌声由远及近——人们说你就要离开家乡，要离开爱你的姑娘，为什么不带她与你同去，为什么把她留在村庄上……

〔山顶上，一棵耸入云端的大杨树：树冠硕大，铺天盖地；树叶哗啦啦响成一片，如湍流奔泻，似车马疾驰；气势磅礴恢宏，令身居其下的人感到自身的渺小。

〔山姑的幻影自大杨树下幻出。

〔方梦达、棉棉处于大杨树左右两边。〕

方梦达　（激动地）大杨树，我的大杨树，你长得好快啊！遮住了红河谷的天，盖住了红河谷的山，像一个真正的男子汉守护着可怜的山姑……

山　姑　冬天，它给我挡风；夏天，它为我遮雨。白天，我和它一起在彩云里唱歌；夜晚，我在它这结结实实的怀抱里安眠。

方梦达　二十年了，整整二十年了。当初，我跟你一块儿栽下它的时候，它还是棵跟你那么高的小树苗儿。

山　姑　你还记得它？

方梦达　我常常在梦里见到它。

棉　棉　妈妈，妈妈，我要走了，我来跟您告别……

方梦达　山姑，山姑，我回来了……

山　姑　你回来干啥？

方梦达　我想你呀，山姑！

山　姑　山姑，山姑，我是你的山姑。可你……你却走得那么绝情。

棉　棉　妈妈，不是女儿非要离开您。这些年，疯老爷子带着我和妹妹，天天都来看望您。您下面的这些树，都是疯老爷子带着我和草妞儿栽下的。您看，一片又一片，一山又一山，连成了这么大的树林子。现在，我要走了，我要带着妹妹离开这穷山沟，去看看外面的大世界……

方梦达　山姑，二十年来，我到过许多地方，也经历了许多事情，可我一直没忘记你，没忘记红河谷，没忘记我们一起栽下的这棵大杨树……

山　姑　可你连封信都没有写过。

方梦达　我……我怕……怕你恨我。我觉得对不起红河谷，对不起乡亲，更对不起你……

棉　棉　妈妈，妈妈，您为啥不理我？我是棉棉，我是您的苦命的女儿棉棉呀！我知道您……一个人在这儿孤单单不好受。您活着的时候，不也是孤单单的吗？您心里想着一个男人，却嫁给了另一个男人。您跟那个男人生下了我和妹妹，却撒开手走了。那个男人，那个让我们叫他爸爸的男人，却跟着另一个女人跑了，我和妹妹也变成孤单单的了。是疯老爷子把我们接回了红河谷，像亲爷爷一样把我们养大了。在这穷山沟里，我没法孝敬您，也没法孝敬疯老爷子。妈妈，我要走了，我要带着妹妹出去，找一条新的活路。妈妈……

〔棉棉跪在大杨树下，磕了一个头，默默地起身离去。〕

山　姑　她漂亮吗？

方梦达　你问的是……

山　姑　你老婆。

方梦达　她已经不是我老婆了。

山　姑　她走了？

方梦达　嫁给了一个日本人。

山　姑　你还爱她？

方梦达　不，我爱的是你！

〔山姑的幻影隐去。

〔方梦达依然站在那棵大杨树下。

〔疯老爷子——衣衫褴褛，疯疯癫癫，却精神矍铄。他总是扛着或握着一把镩树用的树铲，像是一件护身的武器。他像大山里的一块奇形怪状的石头，上面长满了苔藓。历尽雨雪风霜而不变形，山水冲刷而不挪窝儿。在红河谷，他默默无闻又与世无争。可是如果要是把他从秤盘上撤下去，红河谷便失去了分量。〕

疯老爷子　红河谷，红河谷，十万八千二百五，要是河水变了色儿，还得从头往回数……

方 梦 达　疯老爷子，您是疯老爷子？您……还硬朗吧？

疯老爷子　耗子搬家了。

方 梦 达　什么？

疯老爷子　你瞧，这大耗子，满山的大耗子，咕咚咕咚往山上逃，折腾了一宿……

方 梦 达　疯老爷子，您在说什么呀？

疯老爷子　日本鬼子在山上建了炼铅厂……

方 梦 达　那是过去的事了。

疯老爷子　你瞧，大烟囱呼呼冒黑烟，烧人肉的味儿。

方 梦 达　疯老爷子，日本人的炼铅厂早就没了。

疯老爷子　红河谷的水变色了，满河流的都是血，黑红黑红的，腥臭腥臭的。红河谷要出事了……要出事了……

方 梦 达　嗨，疯老爷子，您还记得我吗？我是方梦达。

疯老爷子　方梦达？你是方梦达？

方 梦 达　是啊，您还认识我吧？

疯老爷子　红河谷要出事了……

方 梦 达　红河谷要出事了？

〔远处，传来了棉棉撕裂人心的叫喊：“妈妈——妈妈……”〕

方 梦 达　疯老爷子，这是谁？是谁在喊？

疯老爷子　耗子搬家了，你瞧这些大耗子……

方 梦 达　疯老爷子，您快告诉我，到底出了什么事儿？

疯老爷子　哈哈……耗子搬家了，红河谷要出事了……你瞧这些大耗子，哈哈哈……（下）

二

〔胖丫儿——一个土里土气的山丫头，穿着带补丁的花衣裳，扎着垂肩小辫儿，夹着一个小花包袱。胖丫儿急匆匆地走上来，后面紧跟着一个像山泉一般清纯、小杨树一般鲜嫩的小姑娘，她叫草妞儿。〕

草妞儿　胖丫儿姐，等等，我姐姐还没出来呢！

胖丫儿　快点儿吧，再磨蹭就赶不上车了。（突然发现路边的方梦达）哎，同志，你是从城里来吗？那回城的汽车走了吗？

方梦达　你们是红河谷的吗？

草妞儿　是啊，你是谁？

方梦达　你们进城干什么？

草妞儿　（有点儿自豪地）去当打工妹！

方梦达　（对草妞儿）你这么小就去打工？

胖丫儿　她属羊的，到年就十一岁了。

方梦达　你怎么不上学？

草妞儿　（不满地）你是我爹还是我妈，你管得着吗？

方梦达　嗬，这小妞儿还挺厉害，我今儿还就要管一管。你是谁家的孩子？

〔棉棉那撕裂人心的呼救声渐近："妈妈——妈妈……"〕

草妞儿　不好了，是我姐，她让周小旺盯上了。

胖丫儿　那咱快跑吧！

草妞儿　（哭喊着）别……别扔下我姐……妈妈、疯老爷子，快救救姐姐，快救救姐姐吧……

〔一片混乱的追赶声：“棉棉，棉棉，你站住！”“快追上她，别让她跑了……”〕

草妞儿 姐姐，快，往这边跑！

〔棉棉逃命似的跑出来。突然，她发现了方梦达，方梦达也看见了她，两个人都惊愣了。

〔停顿。〕

棉　棉 妈妈，这是怎么了？

方梦达 山姑?!

棉　棉 （痴痴地望着方梦达）妈妈，妈妈……

草妞儿 （突然上前拉住发呆的方梦达）叔叔，快救救我姐姐……

〔周小旺带几个山民追上来。这也是个与众不同的小伙子：聪明，坦诚，义气，在蓬勃向上的劲头中又显示着一种走死路、认死理、一根筋的性格。〕

方梦达 （上前拦住要抢棉棉的山民）你们要干什么？

山民甲 你算幺算六，闪开闪开！

方梦达 青天白日的，你们竟敢抢人？

山民乙 人家在追老婆，你管得着吗？

方梦达 她是谁的老婆？

山民丙 （一指）周小旺的。

方梦达 你叫周小旺？你爸爸是谁？

周小旺 （支吾且不服地）干……干啥？

山民甲 真他妈有眼不认得大头蒜，这可是俺村周书记的大少爷。

方梦达 哪个周书记？

山民乙 你别他妈狗拿耗子多管闲事！

方梦达 （转向棉棉）姑娘，到底是怎么回事？

棉　棉 我要出去打工，他不让我走。

方梦达　他是你男人吗？

棉　棉　我没嫁给他。

山民甲　可你收了人家的彩礼！

棉　棉　（对周小旺）我打工挣了钱还你。

周小旺　（央求地）棉棉，你……别走。

山民乙　你走了，把你妹妹也带走了，你们姐俩要是肉包子打狗一去不回头，人家找谁要钱去？

方梦达　姑娘，你答应嫁给他了？

棉　棉　我娘有病住院的时候，欠了他的钱。

方梦达　（对周小旺）她欠你多少钱？

山民乙　三千块呢！

方梦达　欠债还钱，怎能逼着人家嫁人呢？

山民甲　哥们儿，别听他山哨，快把棉棉带走！

方梦达　住手！干吗呀你们？不就三千块钱吗？老子出了！（从衣兜儿里掏出一沓钱，塞给周小旺）点点吧。

周小旺　（不知所措地）不……我……我没跟她要钱。

山民甲　你趁是不是？想当二道贩子是不是？告诉你，你他妈出多少钱，人家不卖老婆！（对众山民）哥们儿，上！

〔众山民扑上来，要向方梦达动手。

〔方梦达将双手在胸前一抱，做出一副迎战的姿势。〕

方梦达　好啊，想练出个公母是不是？是双股套还是三股套，要不要单鞭儿？我先说说规矩，用拳头打人是汉子，用爪子抓脸是娘儿们，用脚踢是驴，用牙咬是狗。打输了可以抱着脑袋蹲在地上认㞞，打掉了牙不许往人家脸上喷血，要想报仇捞本重新练，得等月亮爬上张飞泉。听明白了吗？

〔方梦达的这番话，众皆大惊。

〔棉棉愕然地看着方梦达。〕

山民甲　你到底是谁？你怎么知道我们红河谷的规矩？

方梦达　你们红河谷的规矩？回家问问你爹，这规矩当初是谁定的？告诉你们，我打架的时候，你们还不知道在谁的腿肚子里转筋呢！

山民甲　红河谷没有不动手先认㞞的，是骡子是马遛遛再说！

方梦达　那好，咋个练法？

山民甲　我先跟你单挑鞭儿。

方梦达　我让你一只胳膊一条腿。

山民甲　留神把牛皮吹炸了，来吧！

〔山民甲捋起袖子欲朝方梦达扑去。

〔周宝良匆匆上，从远处喝住儿子。〕

周宝良　小旺，你们胡闹什么？把红河谷折腾得鸡飞狗跳墙，还有点儿王法没有？

方梦达　（兴奋地）宝良……周宝良！

周宝良　你是……梦达，方梦达！哎呀，真想不到，怎么会是你啊？

方梦达　（指周小旺）这是你的少爷？

周宝良　让你笑话了。浑小子，浑蛋一屁股泥。小旺，快过来见见方叔叔。

周小旺　（不动）……

周宝良　混账，你知道这是谁？

草妞儿　（突然跑过来）你就是方梦达？

方梦达　我是方梦达。

草妞儿　在红河谷插过队？

方梦达　没错。

草妞儿　当过知青的英雄？

方梦达　不是英雄，是铁心务农的典型。

草妞儿　还当过红河谷的党支部书记？

方梦达　当过，可没当好。

草妞儿　那……你……你跟我妈妈？

方梦达　你妈妈？

草妞儿　我……我能叫你爸爸吗？

方梦达　别，叔叔可以有好多，爸爸只能有一个。你是谁？

草妞儿　我妈妈死了，我爸爸跑了，是疯老爷子把我跟姐姐接回了红河谷，我没了妈妈，也没了爸爸……

方梦达　你……到底是谁的孩子？

草妞儿　我妈是山姑。

方梦达　山姑？那她（指棉棉）？

草妞儿　她是我姐姐。

方梦达　（注视着棉棉）山姑?!

草妞儿　我本应该是你的孩子……我知道，你爱妈妈，妈妈也爱你，要是你跟妈妈结了婚，我就真的是你的孩子了……

棉　棉　草妞儿，别说了！

〔乐起　〕

棉　棉　妈妈，妈妈，您看见他了吗？他回来了，他是为您回来的。这些年，您不是一直在盼着他吗？他的胸多宽，他的肩膀多结实，他堂堂正正地站在这儿，像您跟他一起栽下的那棵大杨树，枝繁叶茂，顶天立地；他的眼睛，像红河谷的清泉，那里面……那里面暖洋洋的，藏着一个太阳，把我的心都烫热了……他是个真正的男人，妈妈应该有这样的男人。您要是有了这样的男人，您的女儿就有了依靠。可是，他来了，您却走了。妈呀，您的命为什么这么薄啊！

方梦达　（忍着泪水抬起头，望着那棵大杨树）山姑，山姑，这是你吗？不，不是你，她是你的女儿，她叫棉棉。可这明明是你，是你啊！那像蓝天一样纯净的眼睛是你的，那像月牙儿一样弯弯的眉毛是你的，那像春风一样温柔的嘴唇也是你的，还有，那像小白杨一样挺拔的腰身，那像大理石一样光洁的肌肤，包括她抿着嘴角那倔强的神态，是你的，都是你的。山姑，你没有死，你给红河谷又留下了一个你。山姑，山姑，我的山姑啊……

三

〔夜晚。

〔大杨树下，山姑的幻影注视着两个人的交谈。

〔方梦达和周宝良相约而至。

〔周宝良端着一壶酒，为方梦达斟了满满的一杯。〕

周宝良　梦达，不是我非逼着棉棉嫁给周小旺不可，我也知道强扭的瓜不甜。可我那孽障，牛脖子，一根筋，认准棉棉就是他的老婆。

方梦达　我倒是觉得这两个孩子挺般配的，就是你那小旺呀，跟当初你一样，技术上有问题。

周宝良　技术上有问题？

方梦达　他还不知道该怎么谈恋爱。

周宝良　嗨，山里人祖祖辈辈都是说媳妇靠媒婆，眼下刚时兴大姑娘小伙子打连连儿，哪儿会像你们城里人那么黏黏糊糊的。

方梦达　没想到，山姑后来的婚姻那么惨。

周宝良　我说这都是命，你信不信命？没的怨。

山　姑　我怕……我怕……我好怕呀！

周宝良　梦达，你到底回来干啥？能不能给我漏个底儿？

方梦达　折腾。

周宝良　啥？折腾？

方梦达　我欠红河谷一笔债，这笔债不还上，我一辈子都不安生。

周宝良　你是说欠山姑的情？

方梦达　那笔债永远还不上了。

周宝良　那你指的是啥？

方梦达　你还记得当年咱一块儿折腾吗？我是党支部书记，你是大队长，山姑是妇联主任……

周宝良　那年头也不知怎么了，上面一个指示，下面就热血沸腾。不折腾个天翻地覆慨而慷，这身上就五脊六兽地较劲，跟吃了烟袋油子似的。

方梦达　咱打着红旗上山，脱光膀子拉大锯，叫着号子抡板斧。整搂粗的大树，嘎嘣嘎嘣地往下倒，满山遍野都是倒下的树，像战场上的死尸……

〔幻现出惊天动地的伐木声响：叮叮当当的砍伐声，树干断裂的惊魂声，大树倒下的震撼声以及狂热的喊叫声：拉大树喽——顺山倒喽——两边闪喽——往后靠喽……〕

方梦达　几千亩林子，就这样毁了大半。

周宝良　毁林是为了造田，林子毁了，田也没造成。可那是潮流啊！

方梦达　疯老爷子为了护树，举着树铲跟咱拼命，你命令民兵把他五花大绑捆起来，游街批斗，打他一个“破坏学大寨”。

山　姑　我怕……我怕……我怕极了！

方梦达　造孽啊！

周宝良　眼下，这片林子又长起来了。

方梦达　可是，这片林子还得砍。

山　姑　还要砍？你疯了？

方梦达　是疯了，穷疯了。

周宝良　你说谁穷？

方梦达　红河谷的乡亲们穷。改革开放十来年了，红河谷还是老样子，这几天，我挨家挨户地转了转，还有那么多家住着土坯房，还有那么多人吃着野菜，还有那么多孩子念不起书……我从北京来，你知道北京郊区的农民过的是什么日子？你见过屋子里带厕所带洗澡间的小洋楼吗？你睡过一躺下就颤颤悠悠的席梦思吗？你知道坐在屋子里怎么打程控电话、怎么往国外发传真吗？你看过25英寸的大彩电吗？你坐过无级变速的小轿车吗？你知道坐着飞机到新、马、泰转一圈儿是什么滋味吗？

周宝良　梦达，你怎么还跟当年一个样呀？

方梦达　这不好吗？

山　姑　我怕……这太可怕了。

周宝良　这么说，你是来扶贫的？

方梦达　就算是吧。

周宝良　是政府派你来的？

方梦达　是我自己要来的。

周宝良　你能让红河谷……也过上像你说的那种好日子？

方梦达　我能，你也能。

周宝良　我能啥？能住小洋楼，坐小卧车，看大彩电？

方梦达　我保证。

周宝良　你有啥办法？

方梦达　你还记得，当年日本人为了造枪炮子弹，在后山开了个炼铅厂吗？

周宝良　1958年大炼钢铁，咱红河谷没钢铁可炼，就炼铅充数。把房柁拆下来当柴烧，折腾了半年多，只炼出了几块铅饼子。

方梦达　那是因为土法上马，不懂科学。

周宝良　你现在有招儿了？

方梦达　我从广西聘了两个师傅。

周宝良　可建炼铅厂得要钱。

方梦达　我有钱。

周宝良　政府给你的？

方梦达　是我自己的。

周宝良　你把自个儿的钱往红河谷的无底洞里扔？

方梦达　我说过，我欠红河谷一笔债。

周宝良　来，梦达，就冲这，我得敬你一杯！

〔两个人颇动感情地碰了碰杯，一饮而尽。〕

周宝良　（感慨地）山姑要是活着，能知道你这片心，该多好？

山　姑　我怕……我怕……我好怕啊！

四

〔红河谷街头。

〔众乡亲听着周宝良煽动性的演说。

〔远处，山顶上的大杨树哗啦啦地欢呼着，似乎在为周宝良的演说鼓掌。

〔一种沉重压抑的气氛和周宝良那激情澎湃的演说极不协调。〕

周宝良　乡亲们，红河谷的父老乡亲们！还记得当年咱红河谷那个铁心务农的知识青年吗？还记得带领咱们学大寨、开山造田的那个党支部书记吗？还记得跟山姑爱得死去活来，又被山姑赶走的那个方梦达吗？眼下人家发了，发大发了。什么？大款，当然是大款嘛。大款跟大款还不一样嘛，有的人有俩骚钱儿就不认得北了，跟他亲爹说话都啦啦啦地学“老广”。人家方梦达发了可没忘记咱红河谷。他又回来了，腰里揣着嘎嘎响的票子回来的。啥？借你点儿？疥比大疮还痒痒呢。你们谁也别眼红，方梦达不是来搞救济的，是来扶贫的。啥叫扶贫？就是来帮助咱们摘掉穷帽子嘛。穷帽子咋摘？得干，不能躺在炕上等着新媳妇往被窝里钻，没那么美的事嘛。咱别癞狗扶不上墙，累死扶狗的。人家方梦达拿自个儿的钱，要投资建一个炼铅厂。只要这炼铅厂建起来，咱红河谷就能一打挺儿从穷窝儿里蹦出来。你就等着瞧嘛，到时候咱红河谷哗啦哗啦流的不是水，是票子。谁说世界上没有救世主，在咱红河谷，方梦达就是救世主，就是财神爷嘛。周咧子，你不是为盖房上山开石头累得咯了血吗？甭着急，你那房子方梦达包了，不是三间石头房，是三层小洋楼；狗剩儿妈，你不是为给儿子划拉媳妇连酱油都舍不得吃吗？甭那么抠抠搜搜的，捡鸡毛凑不成掸子，等咱的炼铅厂开了炉，新媳妇在你家门口排长队，把大门关上，从水沟眼往里钻；孙老根，你甭笑，你那几亩地是咋种的？你扶犁，她拉套，拿自个儿的娘儿们当驴使嘛，到时候给你买个小四轮拖拉机，让你狗骑兔子蹦蹦跳……啥时候，急不如快，明儿一起早就扛着家伙上山，先砍树，再修路，路通了才能往山里运机器，有了机器才能建工厂嘛……

山　姑　这些话你听着挺舒服是不是？

方梦达　我只是觉得有点儿似曾相识。

山　姑　骑虎难下了？

方梦达　只要不淹死，就顶着水往前凫吧。

山　姑　还像当年一样，你在前边打着旗儿，他在后边给你煽风点火？

方梦达　就差你这实打实冲锋陷阵的了。

山　姑　我累了，该歇歇了。

周宝良　（继续演说着）顺便再说一句，这回砍树，为的是咱红河谷脱贫致富，是改革开放的需要，要搬开几块绊脚石，啥绊脚石呢？有几家的坟得挪挪窝儿，特别是在大杨树底下那些坟头……

山　姑　（对方梦达）听见没有，我得挪挪窝儿了。

方梦达　山姑，请你相信我，我是为了红河谷，为了红河谷的乡亲们都过上好日子，也是为了你，为了我欠下你的永远还不上的相思债。这些年，我走南闯北，四处漂泊，像丢了魂似的没头没脑地乱撞。我总觉得有个声音在喊我，这声音搅得我一时一刻都不得安宁。我寻着这个声音来了，来到了红河谷。可不知为什么，我来到这片土地上，心里就像大杨树一样地哗啦啦地扇动起来，发躁，躁得浑身犟劲，总想干点儿什么。我本来不想打扰你，不想破坏这里的一切，更不想砍倒我们俩亲手栽下的这棵大杨树。可是……山姑，还是听宝良的吧，帮帮我，帮帮我们吧！

五

〔周小旺背着行李走出来，正遇见大杨树下的方梦达，欲躲闪，未及。〕

方梦达　（打量了一下他身上的行李）你这是……要走？

周小旺　……

方梦达　是赌气走呢，还是出去闯世界？

周小旺　……

方梦达　自个儿跟自个儿较劲，志气不小啊！英雄好当，后悔药难吃。告诉你，当初我就是这么一跺脚离开红河谷的。人走得了，心走得了吗？到时候，你这两只脚就不听你的话了。这不，二十年过去了，山不转水转，我还是又转回来了。棉棉是个好姑娘，你挺爱她是不是？

周小旺　……

方梦达　这有什么不好意思的？你也是个中学生，据说还是个高才生，高考的时候只差几分，有这回事吧？

周小旺　（点了点头）……

方梦达　就是说，在咱红河谷，你可算是个大知识分子了，读了那么多的书，恐怕也接受了不少新思想、新观念吧，怎么连自己的爱情都不敢承认？

周小旺　咱山沟里……不兴这个。

方梦达　我知道，咱这儿祖祖辈辈兴的是父母之命、媒妁之言。年轻人不能按照自己的意愿谈情说爱，光等着别人拉去配对儿，这规矩是不是该破破了？

周小旺　我不知道……该怎么办。

方梦达　爱情这玩意儿，像捉迷藏，要想找到它，还真得动动脑筋。该浪漫的时候得浪漫一点儿，该温柔的时候得温柔一点儿，当然，该服软儿的时候也得服一点儿软儿，男人膝下有黄金嘛。

〔方梦达说完，冲周小旺意味深长地笑了笑，顾自走了。

〔周小旺被方梦达的几句话震动了。他犹豫不决地沉思着。棉棉走过来，周小旺蓦然发现了她……〕

周小旺　（情不自禁地）棉棉……

〔棉棉对周小旺依然余怨未消，见到他转身欲走。〕

周小旺　（急切地）棉棉，你……等等。

棉　棉　有事吗？

周小旺　没……没事……

棉　棉　没事你叫我干吗？

周小旺　（把方梦达还他的钱掏出来）棉棉……这钱……你拿着吧。

棉　棉　这是我还你的债。

周小旺　这钱我不要……我不要钱。

棉　棉　你不要钱要啥？

周小旺　（咕咚跪在棉棉面前）棉棉……

棉　棉　（猝不及防地）你……你这是干啥？

周小旺　棉棉，我对不起你，你……饶了我吧！

棉　棉　你在胡说个啥？我怎个你啦？

周小旺　不，不……你没……没怎个我。

棉　棉　那你为啥向我求饶？

周小旺　不……不是求饶……

棉　棉　不是求饶你这是干啥？快起来！让人家看见，这叫啥？

周小旺　你要是不答应我，我就不起来！

棉　棉　你让我答应你啥？

周小旺　你……当我的老婆……嫁给我吧！

棉　棉　啥？你还要抢我？

周小旺　不，棉棉，我……我要追求你。

棉　棉　啥？追求我？有这样追求的吗？

周小旺　过去我错了，今后……我要尊重你。

棉　棉　（气怒地）你都拿我不当人了，还尊重个屁！

周小旺　棉棉，我错了，你……你骂我两句，打我两下吧……

棉　棉　啥？你说啥？你让我骂你？让我打你？这到底是咋啦？忘了你带着人来抢我啦？你那蛮横劲儿厉害劲儿哪儿去了？怎么变成稀泥软蛋了？

周小旺　棉棉，我……我要……征服你。

棉　棉　嘻嘻……还要征服我，用啥征服？你以为姑娘喜欢你这样的吗？你瞧瞧你自个儿，还有点儿男人的样吗？

周小旺　男人啥样儿？

棉　棉　好男人多的是，你咋就不学学？告诉你，男人凭的不是玩胳膊根儿，也不是耍赖皮，男人得凭真本事！

周小旺　我以后听你的，也凭真本事还不行吗？

棉　棉　你以为真本事一说就有了？真本事是学出来的，练出来的，闯世界闯出来的。

周小旺　棉棉，我是真心实意向你来认错的。

棉　棉　我不记恨你了还不行？

周小旺　你得答应嫁给我！

棉　棉　天底下没这么便宜的事。

周小旺　那我就跪着不起来！

棉　棉　愿意跪你就跪，我可没那闲工夫陪你。（说着朝回走去）

周小旺　（被激怒了，霍地站起来）棉棉，你站住！你有啥了不起？你把我当啥了？是窝囊废癞皮狗吗？我也是个男人，是个堂堂正正有脸面有血性的男人！你不就是嫌我粗、嫌我没文化、嫌我没本事吗？谁也不是从娘肠子里爬出来就是好男人的。你等着，你好好地等着，别拿武大郎不当神仙，早晚有一天，我会光光亮亮地站在你面前！

〔周小旺说完，将手里的钱往上一扔，扬长而去。

〔满天的纸币像落叶一样飘飞着。

〔棉棉呆望着周小旺远去的背影。

〔棉棉弯下腰，一张一张拾着地上的钱……

〔惊天动地的伐木声，棉棉一张惊愕的脸……〕

六

〔大杨树下。一场灭顶之灾到来之前的恐怖。

〔阴风怒号，大杨树的响声如鬼神哭泣，整个森林都在仓皇地呼救，群山峡谷振荡着可怕的回声。

〔草妞儿声嘶力竭地叫喊：“杀人啦！杀人啦！疯老爷子要杀人啦！”

〔疯老爷子挥着树铲冲了上来。

〔草妞儿背着书包，在后面追赶着呼叫着：“疯老爷子，疯老爷子，您可不能胡来呀！”〕

疯老爷子　（暴怒地）别叫我疯老爷子，你们才是疯子呢！你们是疯丫头，疯小子，疯娘儿们，疯浑蛋！你们穷疯了，穷疯了就砍树。你们谁敢砍树，我就砍你们的脑袋……

草 妞 儿　疯老爷子，不，老爷子，您没听我爸爸说吗，砍树是为了建工厂，等工厂建起来，咱红河谷就有好日子过了……

疯老爷子　别说了，他不是你爸爸！

草 妞 儿　他是我爸爸，我就叫他爸爸！

疯老爷子　他是土匪，杀人犯！

草 妞 儿　杀人犯？他杀谁了？

疯老爷子　他杀了我的孩子！

草 妞 儿　您的孩子？

疯老爷子　这满山上的树，都是我的孩子。是我一口水一口水把它们养活的，一把肥一把肥把它们喂大的……孩子，我的孩子……

〔方梦达、周宝良、棉棉及众山民上。

〔疯老爷子紧握树铲，瞪着两只眼睛，愤怒地面对着众人。

〔草妞儿急忙跑过来，拦住方梦达。〕

草 妞 儿　爸，您别……别跟疯老爷子……（低声地）他疯了，要杀人。

方 梦 达　（替草妞儿把肩上的书包弄好）草妞儿，快上学去吧，这里没你的事了。

草 妞 儿　疯老爷子，他……

方 梦 达　快去上学吧，要迟到了。

草 妞 儿　（不放心地）爸……您可要小心。（看着众人慢慢退下）

方 梦 达　（和气地）疯老爷子，您这是干啥呀？

疯老爷子　（举着树铲拦住）站住！告诉你们，谁敢动我的树，谁敢扒山姑的坟，先问问我这树铲答应不答应！

方 梦 达　疯老爷子，您先别发火，咱商量商量还不行？

疯老爷子　没啥好商量的，你们给我走，快离开这儿！

周 宝 良　（耐心地）疯老爷子，您这么大岁数了，也该享享清福了，我都给您安置好了，等工厂盖起来，您看看传达室，接接电话，按月给您开工资，这不是棵铁杆庄稼嘛。

疯老爷子　你甭给我糖球嘣，我活这么大了，知道肉包子也能毒死人。

周 宝 良　（嘲讽地）您这原则性儿还挺强，不疯呀！

疯老爷子　我压根儿也没疯，疯的是你，是方梦达，是你爹，是日本鬼子……

周 宝 良　照您这么说，我们不是都成汉奸了吗？

疯老爷子　比汉奸还可恶！当初，日本鬼子修炼铅厂的时候，砍了我三千四百五十八棵树；1958 年大炼钢铁的时候，你爹是党支部书记，砍的树是七千二百六十三棵半；剩下那半棵树后来又长出个歪脖子，挨饿那年，你妈为了省下几个糠窝头给你吃，在那棵歪脖儿树上吊死了。你没忘吧？

周宝良　您……您提这揪心的事儿干吗？

疯老爷子　方梦达，我问你，你跟周宝良，还有山姑，开山造田学大寨的时候，砍了我多少棵树，知道吗？

方梦达　（老实地）不知道，当时没数。

疯老爷子　你们没数我数了，一共是四万九千七百三十二棵，把红河谷一大半的林子都剃成了和尚头。

周宝良　疯老爷子，您听我说……

疯老爷子　我不听，你不就会说靠山吃山、靠水吃水吗？不假，可吃山得养山，吃水得养水。两头人养，中间养人，就是吃爹吃妈，爹妈老了你还得养着呢。你们这些挖绝户坟的，光知道砍树，咋就不惦记着种树呢；你们这些红河谷的败家子，光知道吃山吃水，咋就不惦记着养山养水呢？

周宝良　（依然耐着性子）疯老爷子，我得跟您说清楚，这砍树扒坟建工厂，可是村民大会通过的，眼下改革开放是大趋势……

疯老爷子　甭拿大趋势小趋势地唬我，你不就会五花大绑捆我吗？这回你要是再批斗我，我就拼一个够本，拼两个赚一个，用我这老棺材瓤子跟你们换命，值！

周宝良　疯老爷子，您想怎么着？耍光棍是不是？咱可不吃这一套，眼下可有法了。知道不知道啥叫人心似铁官法如炉。您这么大岁数了，可别找不自在的！

疯老爷子　好啊，姓周的，你拍唬我，你行，当官的都会玩这一套，咱见过。你不是把横话说出来了吗？谁要是屙出屎来坐回去，谁他妈不是爷们！你不是想办我吗？还甭往大狱里送，麻烦。今儿就在这儿磕了，你要是砍树扒坟，就先把我灭了；要是让我活着，就是你找不自在了。（送过那把大树铲）我这把树铲，跟着我一辈子了，整天价铲枝削杈，还从没尝过荤腥，你就用它，把我的脑袋砍下来，来呀，有种的你就来啊！

周宝良　（恼羞成怒）你还叫起阵来，来呀！（掏出口哨吹起来）注意，全体民兵集合！

方梦达　（急忙制止）宝良，你冷静点儿！（又转向疯老爷子）疯老爷子，您也消消气。

疯老爷子　姓方的，你俩还别红脸白脸地唱着，这断子绝孙的主意就是你带来的。我今儿还就冲你说了，集合民兵干啥？我就这么一条老命，比杀只小鸡子还省事。（举过树铲）给，姓周的㞞了，他下不了手，你来！

棉　棉　（怕事情闹大，忙冲到方梦达的前面）疯老爷子，您……

疯老爷子　棉棉，你来干啥？你也跟他们搅和在一块儿了？

棉　棉　疯老爷子，刚才村里开了大会……

疯老爷子　甭跟我说这个，我问你，你也同意砍树扒坟？

棉　棉　全村的人都同意。

疯老爷子　我问的是你！

棉　棉　我……我也同意。

疯老爷子　你同意啥？

棉　棉　同意建工厂，让红河谷的人都过上好日子。

疯老爷子　我问的是砍树扒坟。

棉　棉　要建工厂，这树就得砍，这坟也得扒。

疯老爷子　你知道这树是谁的吗？

棉　　棉　咱集体的。

疯老爷子　这坟呢?

棉　　棉　是我妈的……

疯老爷子　你还记得有个妈?

棉　　棉　疯老爷子，我……我爱妈妈，我……我永远忘不了她。

疯老爷子　那我问你，你还记得你妈临死时说的话吗?

棉　　棉　（沉痛地）妈妈说，这棵大杨树，是她和方梦达亲手栽下的，她……死了以后，要把她……埋在这棵大杨树下……

疯老爷子　为啥?

棉　　棉　妈妈说，学大寨的时候，她把那片林子砍了，是……是犯了罪……她让我跟草妞儿替她赎罪，她要在那棵大杨树下看着我们，跟着您把那片林子重新种上……

疯老爷子　没忘呀?

棉　　棉　疯老爷子，我没忘。妈妈的话我一句都没有忘，这些年来，我和草妞儿，不是一直跟着您在这山上种树吗?

疯老爷子　那你中了啥邪?

棉　　棉　……

疯老爷子　我问你这会儿，中的是啥邪?

棉　　棉　疯老爷子，咱红河谷……

疯老爷子　你别说了，我明白了，我啥都明白了。你……你跟你妈一个样!

棉　　棉　我妈?我妈咋啦?

疯老爷子　知道你妈当年为啥要砍树吗?

棉　　棉　那……那是形势……

疯老爷子　形势?啥形势?啥形势都是人造出来的!你妈就是中了邪，中了那个姓方的邪!喝了迷魂汤，鬼迷心窍，迷得连自个儿是谁都忘了。你是不是也喝了他的迷魂汤？你是不是也让他迷住了？

棉　　棉　（坚决地）疯老爷子，您爱说啥说啥，反正红河谷要改革，这工厂得建，这树得砍，这坟得扒！

疯老爷子　谁？谁敢？这树谁敢动一块皮？这坟谁敢动一把土？

〔棉棉转身回去，拿来一把大板斧。〕

方梦达　（欲制止地）棉棉……

棉　　棉　（骤然停住了）……

方梦达　天呀，这是怎么回事？怎么又回到了二十年前，二十年前的悲剧难道还要重演一次吗？历史的车轮真的能够往回转吗？山姑，山姑，这是你吗？是你。那我呢？我也是我。是我和你把那片林子砍了，是我和你又栽下了这棵大杨树，今天，还是我和你……不，不是你了，你已经走了，你已经把自己的血肉身躯都融进了这棵大杨树里……可她……她是你留在人世间的你——棉棉，棉棉……

棉　　棉　你害怕了？

方梦达　不，你说过，开弓没有回头箭。

棉　　棉　你动摇了？

方梦达　不，你说过，不伤筋动骨就摘不掉穷帽子。

棉　　棉　那你闪在一边，瞧我的！

方梦达　不，山姑，山姑……

棉　　棉　我是棉棉！

方梦达　啊……棉棉，棉棉……

〔棉棉不理睬，径直朝大杨树冲去。

〔疯老爷子挺着树铲迎上来。

〔棉棉咕咚一下跪在了大杨树前。〕

棉　　棉　（哭着央求着）妈妈，对不起了，求求您了……妈妈——

疯老爷子　（呼天号地般地）山姑，你睁开眼瞧瞧吧，这就是你的闺女！这就是红河谷，红河谷啊……

〔骤然一声霹雳，电闪雷鸣。

〔叮叮当当的砍伐声，树干断裂的惊魂声，大树倒下的震撼声，疯老爷子悲怆的呼号声以及狂热的喊叫声：拉大树喽——顺山倒喽——两边闪喽——往后靠喽——〕

七

〔在惊天动地、惊魂动魄的砍伐声中，暗转。

〔棉棉垂手站在山顶上，手中的板斧轻轻滑落。

〔方梦达回忆着山姑当年赶他走时的情景。〕

山　　姑　梦达，你走吧。

方 梦 达　你也赶我走？

山　　姑　这红河谷，你待不下去了。

方 梦 达　可我这样走了算什么？三年前，我在接任党支部书记的时候，向贫下中农许过愿，苦干三年，把红河谷建成大寨式的社会主义新农村。让家家住上不漏雨的房子，人人穿上不带补丁的衣裳，平均口粮达到四百斤，每个日值实现一块三。这个“三四一三”的口号，叫嚷得连省里都知道了。我现在拍拍屁股走了，对上对下，对红河谷的父老乡亲怎么交代？

山　　姑　你也不要太想不开，县里领导说了，咱的动机还是好的嘛。砍了那片林子，原本可以建成千亩“大寨田”，谁想到　场大雨，把咱三年的血汗都冲成了烂泥巴，还冲塌了那么多土坯房，也难怪乡亲们不说好听的。

方梦达　不能光怨天灾，人祸比天灾还厉害。要是有那片林子挡着山洪，不会造成这么大的灾害。想到这些，我这心里就像蝎子蜇了一样的疼……

山　姑　梦达，你还是走吧。

方梦达　不，乡亲们遭了灾，有那么多人没房子住，有那么多人缺吃的少穿的，还有，秋后的口粮怎么办？我不跟大伙儿一块儿搞生产自救，当逃兵，算什么玩意儿呀？

山　姑　梦达，我实话告诉你吧，遭了灾，社员们把这笔账都算在你身上了，有些人恨不得剥了你的皮……

方梦达　我辞职行不行？

山　姑　墙倒众人推，破鼓乱人捶。你瞧见那些被管制的“黑五类”了吧？你要是没了官，比他们还不如。整天价挨人瞪，受人骂，让人家戳脊梁骨，那种日子一天你都受不了……

方梦达　我要是不辞职呢？

山　姑　公社冯主任的意思你还没听出来吗？辞职，就是让你体面地下台，你要是给脸不张兜，他就会把你一撸到底，还会落个为民做主，铁面无私。他要保住自个儿的乌纱帽，你就得当替罪羊。

方梦达　照你这么说，我就没路可走了。

山　姑　从哪儿来的，还回哪儿吧，那里才是你的广阔天地。

方梦达　我走了，你怎么办？

山　姑　是亲三分向，是火热成灰。我是土生土长的红河谷人，谁也不能把我咋样！

方梦达　这个我懂，我说你，咱俩……咱俩怎么办？

山　姑　山里的女人认命，嫁鸡随鸡，嫁狗随狗，嫁块石头也得怀里搂，跟谁过都能吃饭、睡觉、生孩子。

方梦达　那爱情呢？

山　姑　爱情？哈哈，你在红河谷打听打听，有几个人知道世界上还有“爱情”这两个字？

方梦达　读过书的年轻人总知道吧？

山　姑　不错，他们也许知道，知道了也像看天上的大雁，春天仰着脖子瞧着它飞来了，秋天又眼巴巴地瞧着它飞走了，它从来就没在这里落过脚、搭过窝儿。

方梦达　那么你呢？我们之间……这难道不是爱情？

山　姑　跟山里祖祖辈辈的女人比，我知足了，我捡到了几根大雁的羽毛，你让我尝到了爱的滋味……（走近方梦达，一往情深地）梦达，我知足了，我真的知足了……

方梦达　（痛苦地冲动着）山姑……我……我爱你。

〔两个人拥抱在一起，狂吻着。〕

山　姑　梦达，你知道我在想啥吗？

方梦达　想啥？

山　姑　我的心交给你了，早就交给你了，一辈子都是你的了……

方梦达　这我知道……

山　姑　这辈子，你是我爱的第一个男人……

方梦达　我也是，我从来没爱过别的女人，你是我的初恋。

山　姑　我要给你……把我这干干净净的女儿身给你……给了你，它就不值钱了，以后再嫁给谁，我都不后悔了……

方梦达　（受到了震动，一下把山姑推开）你……你这是干什么？你把我当成了什么人？

山　姑　（惊异而困惑地）梦达，你……你不要我？

方梦达　要，我就要你一辈子；要不，就一次也不要！

山　姑　你……你真的这么绝情？

方梦达　（受辱般地吼叫着）这不是绝情，这是人格，人格！你懂吗？

（方梦达义无反顾地走了）

山　姑　（迷茫地看着方梦达的背影，忽然醒悟了，发恨地叫骂着）方梦达，你浑蛋！

〔方梦达站住了。

〔山姑的幻影隐去。

〔站在方梦达面前的是棉棉。〕

棉　棉　你也赶我走？

方梦达　这红河谷，你待不下去了。

棉　棉　我……我不明白。

方梦达　你扒了自己母亲的坟，这在红河谷人的眼睛里，是天大的不孝。唾沫多了淹死人，说什么的都有。

棉　棉　我不怕，做都做了，我还怕啥？

方梦达　棉棉，你是个争气要强好脸面的姑娘，整天价挨人瞪，受人骂，让人家戳脊骨，那种日子一天你都受不了。

棉　棉　你让我到哪儿去？

方梦达　你原来不就是想跟胖丫儿一起出去当打工妹吗？我有一个朋友，是北京一家大宾馆的总经理，我跟他联系好了，你可以到那里去当服务员，也见见世面。

棉　棉　我走了，你咋办？

方梦达　建工厂，你把路铲平了，剩下的事就让我做吧。

棉　棉　我说的不是这个。

方梦达　那……那是什么？

棉　棉　我不顾跟疯老爷子翻脸，不顾乡亲们把我看成妖魔鬼怪，带头砍了大杨树，扒了母亲的坟，我这样做，你知道是为了啥吗？

方梦达　为了让红河谷早日富起来。

棉　棉　对，还有呢？

方梦达　为了让你、草妞儿、疯老爷子，还有乡亲们都过上好日子。

棉　棉　不错，还有呢？

方梦达　还有？还有……还有什么呢？

棉　棉　要是只为了这么一点点儿，我就不这么干了。

方梦达　还有……比这更大的？

棉　棉　是大，对我来说，比天还大，比命还大！

方梦达　那……那是什么呢？

棉　棉　你还不明白吗？你非得让我用那把板斧，把身子劈开，掏出心来给你瞧瞧？

〔山姑的幻影复出。

〔方梦达看见了山姑，惊悸了一下，不由得向后退去。

〔棉棉依然恋火中烧。〕

方梦达　棉棉……你、你说什么呢？

棉　棉　（大胆地逼近）说你呢！我这样做，都是为了你！

方梦达　为了我？

棉　棉　自打我第一天见到你，我就知道，这一辈子，我离不开你了。可你，你一点儿都不知道我的心……

方梦达　（大受震动地）棉棉……

棉　棉　（突然扑到方梦达的怀里）我……我哪儿也不去，别让我离开你……

方梦达　（惊慌无主地）棉棉，我……我的好……好棉棉……

〔两个人亲吻。

〔山姑的幻影惊愕地看着。〕

八

〔夜，星月无光，阴魂游荡。

〔倒下的树木，像横陈着千具未寒的尸体；惨白的树桩，像一片断裂的白骨。

〔惊魂动魄的砍伐声犹如在耳，其间还夹杂着疯老爷子的令人毛骨悚然的谶语：耗子搬家了，大耗子，满山的大耗子，咕咚咕咚往山上逃……大烟囱呼呼冒黑烟，烧人肉的味儿……红河谷水变黑了，腥臭腥臭的，满河流的都是人血……

〔方梦达在惊恐万状中进退维谷。

〔棉棉和山姑交替地看着他。〕

方梦达　天呀，我这是怎么了？我都干了些什么呀？大杨树呢？那棵遮盖着红河谷的大杨树呢？那棵整天价哗啦啦唱歌的大杨树呢？倒了，咔嚓一声，黑压压地砸了下来，就像塌了半边天；摔在地上，轰隆隆的地动山摇……倒了，跟天一般高的大杨树就这么倒了。疯老爷子扑上去，死死地抱着它哭天号地，几个小伙子都拉不开他……大杨树倒了，它再也不会唱歌了，连哭都不会了……那么一大片林子也倒了，横七竖八的，满山都是树的尸骨。风吹树叶沙啦啦响，像是在低声地哭泣，像是痛苦地呻吟，又像是在苦苦地哀求我手下留情……疯老爷子说我是杀人犯，我真的觉得，我这手……我这手上沾满了鲜血，绿色的血……

山　姑　你的手在发抖？

方梦达　我的心也在发抖，我怕。

山　姑　你怕啥？

方梦达　不知道，我也不知道我怕的是什么。

山　姑　当初你就是这个样子。

方梦达　你批评我这是小知识分子的革命不彻底性，是被汹涌澎湃的革命洪流吓破了胆。

山　姑　那些话是书上说的。

方梦达　可那次砍树是你带的头。

山　姑　这次是我女儿。

方梦达　你带头砍树是因为听了书上的话。

山　姑　我女儿呢？她是为了啥？

方梦达　她……她……她是为了我。

山　姑　这是报应，我们娘俩都欠你的，上辈子欠你的。

方梦达　山姑……山姑，你为什么这样看着我？你的目光一向是温柔的、多情的，就像红河谷里的泉水，像山坡上的杜鹃花……可现在……现在你的目光为什么这样冷，冻得我心里发抖……山姑，山姑，你这是怎么了？你对我不满意了吗？你恨我了吗？你……

〔山姑的幻影隐去。

〔棉棉渐向前。〕

方梦达　山姑，我明白了……是棉棉，是因为棉棉……棉棉是你的女儿，她不该爱我……不，她还年轻，她不懂事，怨我，我不该接受她的爱……我不该占有你们两代人的感情，你们娘俩不欠我的，是我欠你们娘俩的……可是，棉棉……棉棉真是个好姑娘，她真的爱我啊！她的心……她的心我知道，就像当年的你……那是一团火，烧得我……烧得我……天啊，我这是说了些什么呀？我应该怎么办啊？

〔棉棉望着方梦达，慢慢地退去。

〔周宝良提着一壶酒走上来，看见了棉棉离开的身影，若有所思。

〔方梦达坐在一块大石头上……

〔周宝良坐在了他的对面，斟了一碗酒，递给他。〕

周宝良　来，梦达，把这杯酒喝下去。

方梦达　（自嘲地）酒壮㞞人胆是不是？

周宝良　你不㞞，我向来没把你当㞞人，可就是……

方梦达　就是什么？

周宝良　临门一脚欠功夫。当初山姑就批评过你，不能事先是条汉子，事后又成了娘儿们嘛。

方梦达　可这事情闹得太大了。

周宝良　舍不得孩子套不着狼。

方梦达　我真怕弄个鸡飞蛋打。

周宝良　不会，绝对不会！

方梦达　你有把握？

周宝良　当然有把握了，百分之一百二的把握！

方梦达　说说你的理由。

周宝良　还用说，这不是明摆着吗？咱这两次砍树，虽说都是革命行动，可却有本质的不同嘛。

方梦达　什么本质？

周宝良　上次砍树，是形势的需要，靠的是政治热情，不能说错，至少不能说全错。可就是养活孩子让猫叼去了，白忙活一场，没效益嘛。这回不同了，这回是改革的需要，靠的是科学，讲的是经济效益嘛。别听眼下有人说三道四的，光听蝲蝲蛄叫就甭种地了。那些年老百姓被蒙怕了，尽给人家一串一串地吹肥皂泡，看着是眼前花，伸手一抓就破。庄稼人嘛，最讲的就是实际，佛爷不灵他们都不烧香。大把的票子往他们眼前一拍，你就是娶小老婆小秘，只要是没勾搭他家的大姑娘小媳妇，他们也会把你当成真佛拜。信不信随你，来，先喝了这杯酒。

方梦达　（接过酒杯，释然且无奈地）宝良啊，我算服你了。有句俗话：车到山前必有路；我再加一句：没路就找周宝良！

周宝良　没错，兄弟你就大胆地朝前走吧！

方梦达　我也琢磨了，事到如今，也只能硬着头皮往前走了，别无选择。

周宝良　还是那句老话：道路是曲折的，前途是光明的。

方梦达　来，为我们光明的前途干杯！

周宝良　干杯！哈哈哈……

九

〔三年以后。一个金色的傍晚。

〔炼铅厂那巨大的烟囱代替了那棵耸入云霄的大杨树，烟囱上那呼呼冒出的黑烟也似乎湮没了杨树叶那哗啦啦的歌唱。

〔一片新农村魔幻般地出现在红河谷：青砖红瓦，而或还有几幢两层或三层的小洋楼；屋顶或楼顶上竖着电视天线；有鸡啼，也有鸟鸣，但最突出的还是摩托车的嘣嘣响和汽车的喇叭声……红河谷过上了一种从温饱到小康的新生活。

〔棉棉家，虽然还是当年那简陋的知青小院，却已经粉刷一新。院子里还安上了自来水。

〔正是仲夏季节，棉棉也穿上了时髦的连衣裙，显得更加美丽动人，充满了青春的生机。

〔疯老爷子失去了几年前的精神，他依然衣衫褴褛，坐在一块大石头上默默发呆。

〔草妞儿端着一个脸盆，脸盆里放着毛巾、香皂、洗发液之类的物品，边走边唱。〕

草妞儿　天上的银河九道弯，红河谷一溜十八泉：第一道是牡丹泉，牡丹花开泉两边；第二道是鲤鱼泉，龙门上的鲤鱼跳得欢；第三道是玫瑰泉，清泠泠的泉水香又甜；第四道是跑马泉，踢踢踏踏的马蹄出了山；第五道是豆腐泉，做出的豆腐白又鲜；第六道是仙女泉，能洗出山里女儿的好容颜……

〔草妞儿的身影在吟唱中远去。

〔棉棉兴奋地跑出来。〕

棉　　棉　疯老爷子，您快来呀，电视里正演咱红河谷呢！

疯老爷子　（沉默不语）……

棉　　棉　那里面还有我和草妞儿呢！

疯老爷子　（依然沉默不语）……

棉　　棉　疯老爷子，您咋啦，干吗又不说话啦？

疯老爷子　（还是无动于衷）……

棉　　棉　（不满地）疯老爷子，您也太别扭了。我用我挣的钱给您买衣裳您不穿，买了电视您也不瞧，买鱼买肉您都不吃，您……想让我咋着呀？我妈死了以后，是您……

疯老爷子　不许提你妈！

棉　　棉　好好好，您可以不说话，也可以不理我，现在您老了，总得让我照顾您吧？

疯老爷子　你要是真有那份孝心，就别到那坑人的工厂挣那坑人的钱。

棉　　棉　那工厂咋啦？全村人都靠那工厂富起来了，咋坑人啦？这钱咋啦？不是钱吗？

疯老爷子　脏！

棉　　棉　脏？

疯老爷子　有毒！

棉　　棉　有毒？

疯老爷子　有血！

棉　　棉　有血？

疯老爷子　那钱上有血！

棉　　棉　我瞧您是真的疯了。

疯老爷子　（发起火来）我疯了，是疯了，嫌我疯滚蛋！拿着你的新衣裳，抱着你的电视，还有你的钱，给我滚！剩下我和草妞儿，不靠你们那坑人的工厂，照样有饭吃，照样饿不死！

棉　　棉　您不瞧就不瞧，您发火干吗呀？（棉棉复转身进屋）

〔草妞儿欢蹦乱跳地回来了：她刚刚洗完澡，披散着头发，穿着短裤短褂，赤脚趿拉山村人从没见过的塑料拖鞋；她手里端着的脸盆里，又多了两件刚洗好的衣服。〕

草 妞 儿　（边走边唱）第六道是仙女泉，能洗出山里女儿的好容颜；第七道是珍珠泉，水珠儿飞溅圆又圆……

疯老爷子　（没好气地）草妞儿，干啥去了？

草 妞 儿　我到仙女泉洗澡去了。

疯老爷子　（气怒地）谁让你去的？

草 妞 儿　您不是说，女孩子在仙女泉里洗澡，皮儿越洗越白，肉儿越洗越嫩，眼睛越洗越亮，头发越洗越黑吗？

疯老爷子　那是啥年月的事了？你没瞧瞧，这会儿仙女泉里还有水吗？

草 妞 儿　有啊，水还不少呢！

疯老爷子　那是水吗？那是血，又腥又臭的人血！

草妞儿　我没闻见那水里有啥味儿啊！

疯老爷子　那是因为你年轻，鼻子聋。

草妞儿　（边走边嘟囔）真是老榆木疙瘩不开窍……

疯老爷子　草妞儿，你说谁呢？

草妞儿　嘻嘻，我说……我说我姐呢，嘻嘻……

棉棉　（端着菜笺儿出来）说我啥呢？

草妞儿　嘻嘻，没说……啥也没说，嘻嘻……

疯老爷子　哼……（扛着树铲下）

〔棉棉在自来水龙头下洗着菜。

〔草妞儿拿出个小板凳，在石桌旁打开书包，准备做作业。〕

草妞儿　姐，咱爸进城到底干啥去了？

棉棉　不是告诉你了吗，炼铅厂要扩建，订设备去了。

草妞儿　不是说三天就回来吗？可今儿都第四天了。

棉棉　忙呗，事儿多呗。

草妞儿　咱爸也没跟你打个电话？

棉棉　别瞎吃萝卜辣操心了，快写你的作业吧。

〔草妞儿低头写着作业。

〔棉棉心神不定地张望着。〕

草妞儿　姐，你瞧啥呢？

棉棉　（慌乱地）啊……没……没瞧啥。

草妞儿　姐，你说咱爸是不是最可爱的人？

棉棉　你胡说个啥？

草妞儿　这是老师让我们写的作文。（草妞儿举着作文本凑到棉棉的跟前）姐，我念给你听听——我的爸爸是个非常魁梧、非常英俊的男子汉，我和姐姐靠在他的怀里，就像靠在那棵大杨树上，他的胸膛又宽阔又温暖——姐，我这样写行吗？

棉　棉　（心烦意乱地）你爱咋写咋写，我不管。

草妞儿　姐，当初咱妈要是跟咱爸结了婚该多好，肯定她就不会得病，不会死了……

棉　棉　快写作业吧，别胡扯了。

草妞儿　姐，你说咱爸是更喜欢你，还是更喜欢我？

棉　棉　你还有完没完？

草妞儿　姐，咱爸啥时候回来呀？我想咱爸了，你呢，你想不想咱爸？

棉　棉　别爸爸爸的，烦不烦人呀？

草妞儿　咋啦？他不是咱爸吗？

棉　棉　不是！

草妞儿　就是！他就是咱爸！

棉　棉　是你爸不是我爸！

草妞儿　是我爸就是你爸，咱俩是亲姐妹！

棉　棉　今后不许你再叫他爸！

草妞儿　我就叫，爸爸爸爸爸爸……

〔草妞儿冲着棉棉的脸任性地叫喊着。

〔啪的一声，棉棉的巴掌打在了草妞儿的脸上。

〔草妞儿惊呆了……

〔棉棉也惊呆了……〕

草妞儿　你……你打我？

棉　棉　草妞儿……

草妞儿　（万分委屈地哭叫着跑下）妈妈，妈妈……

〔棉棉痛悔万分又慌乱无主。

〔山姑的幻影出现。〕

山　姑　棉棉，还记得我死的时候托付你的话吗？

棉　棉　妈妈，您别说了，我……我没忘。

山　姑　没忘，就给妈说说。

棉　棉　您把我和妹妹叫到您的床前，您……您……

山　姑　我让草妞儿给你磕了个头，叫了你一声“妈”……

棉　棉　不……不……

山　姑　那头是草妞儿替妈妈给你磕的……

棉　棉　不，妈妈……我……我也跪下了，我把妹妹紧紧地搂在怀里，紧紧地……妹妹哭，我也哭……

山　姑　你说，不管多苦多难——

棉　棉　我一定把妹妹拉扯成人……

山　姑　不管多苦多难——

棉　棉　我一定不让妹妹受半点儿委屈……

山　姑　不管多苦多难——

棉　棉　我一定不让妹妹离开我……

山　姑　草妞儿是个没妈的苦命的孩子，她只有你这么一个亲人。可是你不该……不该打她呀！

棉　棉　不，妈妈……不是我……不是我打的……不，是我……是我打的……

山　姑　我知道，你没想打她。

棉　棉　妈妈，您告诉我，我这是咋啦？我这心里跟长了草似的，乱糟糟的……

山　姑　棉棉，跟妈说实话，你……真的爱上他了？

棉　棉　妈妈，我管不住自个儿，我的魂儿都拴在他的身上了。他离开我一会儿，我的心都在半空中悬着，没着没落的……

山　姑　没出息的东西！

棉　棉　妈妈，您……您生气了？

山　姑　你怎么跟妈当年一个样啊？男人……男人就那么值得女人要死要活地去爱吗？

棉　棉　妈妈，他……他不是一个普通的男人……我爱他，胜过爱您，胜过爱妹妹，胜过爱我自个儿……

山　姑　他确实不是一个普通的男人，当年妈妈为了他，啥都豁出去了，也啥都忍下了……

棉　棉　妈妈，我……我对不起您啊，妈妈……（咕咚跪下）

〔山姑的幻影逝去。〕

十

〔周宝良匆匆走着，一副很焦灼很不耐烦的样子。

〔周小旺紧追着他，一副不达到目的不罢休的样子。

〔三年不见，周小旺果然混得很像样儿了：牛仔裤、旅游鞋、夹克衫，手里拿着一个很漂亮的笔记本。胸前的白校徽和满口很现代的语言显示出了他的学历和知识水平的提高。然而从他的性格中依然可以看到当年的倔强、认死理和“一根筋”。他理直气壮地跟在父亲后面争辩着，一副“天将降大任于斯”的气概和责任感。〕

周宝良　我说你还有完没有啊？不就这点儿破事吗？至于这么翻过来掉过去地倒粪吗？我不是告诉你了吗，好好念你的书，这事用不着你管！

周小旺　这事我非管不可，您别忘了，我是学环境保护的，你们这样肆无忌惮地破坏环境，我不能装聋作哑。

周宝良　别以为你念完《百家姓》就是圣人了，真想当圣人，就跟人家方梦达学学，为老百姓做点儿修善积德的事。

周小旺　什么？你们这也算是修善积德？你们这是在造孽，在犯罪！你们要是继续这样下去，红河谷就毁在你们手里了。这是关系到红河谷的生死存亡、关系到红河谷子孙后代的大事！

周宝良　别抡大帽子吓唬人，要是讲上挂下联上纲上线这一套儿，你老子不外行，那都是当年我们玩剩下的了。管啥？高呼革命口号当不了饭吃，啥是大事？吃饭问题是头等大事。这严重那严重，有比饿死人更严重的吗？

周小旺　饿死了吗？

周宝良　真要饿死了，我们这些当官的就完蛋了。

周小旺　你们要是把环境破坏了，完蛋的就不仅仅是你们当官的了。

周宝良　那你想怎么办？

周小旺　我要让您和方梦达立即拆除炼铅厂。

周宝良　不行！你以为红河谷的老百姓会支持你吗？你知道，这几年炼铅厂给红河谷带来了多大的好处吗？别的不说，人人都填饱了肚子，穿上了不打补丁的衣裳，家家都盖起了新房，谁家的存折上没有个万八千的？你一回来就要砍红河谷的摇钱树，老百姓能饶得了你吗？

周小旺　我要告诉老百姓，红河谷已经被污染了，再这样下去，会断子绝孙的！

周宝良　甭说得那么邪乎，没用。你说刀子能杀人，可不捅在谁的身上，谁也觉不出疼来。

周小旺　我要让老百姓知道，这比刀子杀人还厉害，杀人不见血！

周宝良　小子，听爹一句话吧，别觉着一撇一捺像个人儿似的，写不好就会变成 X（叉）。

周小旺　跟您说不明白，我找方梦达讲理去，好歹他是个念书的。

十一

〔阳光明媚，莺歌燕舞，生机无限。

〔草妞儿和疯老爷子一起，在给小树苗浇水。〕

疯老爷子　草妞儿，你来，你快来瞧。这小树苗长得多发实呀，一个个小嘴儿咧得瓢儿似的，真可人疼。

草 妞 儿　疯老爷子……啊，不，老爷子。

疯老爷子　叫吧，就叫我疯老爷子吧，我是疯。

草 妞 儿　您不是说您不疯吗？

疯老爷子　是疯，有时候疯，一阵明白一阵糊涂的。

草 妞 儿　那您这会儿明白吗？

疯老爷子　我觉乎着，这会儿还没疯。

草 妞 儿　那趁您这会儿明白，我问您个问题吧。

疯老爷子　问啥？

草 妞 儿　您说，咱河里的水碧绿碧绿的，可为啥叫红河谷呢？

疯老爷子　我爷爷听他爷爷说，早先这儿叫清河谷，不知从哪朝哪代起，人们就改嘴叫红河谷了……这不，改坏了，水一天比一天红……（喃喃地）红河谷，红河谷，十万八千二百五，要是河水变了色，还得从头往回数……

草 妞 儿　疯老爷子，您又糊涂了吧？

疯老爷子　天上到银河九道弯，红河谷一溜十八泉……

草 妞 儿　疯老爷子，这是第几道泉呀？

疯老爷子　这是第八道泉。

草 妞 儿　（接唱）第八道是月亮泉，有时圆来有时弯。

疯老爷子　第九道是张飞泉，丈八蛇矛刺破天……

草 妞 儿　第十道是阴阳泉，半年有水半年干……

疯老爷子　十一道是鸳鸯泉，小夫妻说话在枕边……

草 妞 儿　疯老爷子，小夫妻在枕边说的是啥话呀？

疯老爷子　他们说的是呀——从前有座山，山里有个庙，庙里有个小和尚，小和尚爱上了小草妞儿……

草 妞 儿　（佯作生气地）我不理您了。

疯老爷子　对对对，不是小和尚爱上了小草妞儿，是小草妞儿爱上了小和尚，行不行呀？

草 妞 儿　我真的不理您了。

〔草妞儿提着水桶朝前走，忽然身子晃动了几下，摔倒了。

〔疯老爷子急忙跑过来。〕

疯老爷子　草妞儿，草妞儿，咋啦，你这是咋啦？

草 妞 儿　（强挣扎着）没事儿，没事儿的。

疯老爷子　咋没事儿？没磕没绊的，你咋就摔倒了？

草 妞 儿　这些天，我也不知道咋的了，身上总没劲儿，软塌塌的老想睡觉……

疯老爷子　累了，孩子，你这是累了，歇歇吧，来，歇歇……

〔疯老爷子把草妞儿抱起来，靠在了山坡上。

〔草妞儿躺在疯老爷子的怀里，想睡觉，又睁开了眼，望着远处的山头。〕

疯老爷子　睡吧，草妞儿，睡一会儿就好了。来，就在这月亮泉上睡一会儿吧。

草 妞 儿　疯老爷子，山顶上，最高的那道泉，叫啥呀？

疯老爷子　妈妈泉。

草 妞 儿　是因为我妈妈的坟迁到了那儿，才叫妈妈泉的吗？

疯老爷子　不，自古以来那儿就叫妈妈泉。

草 妞 儿　为啥叫妈妈泉呢？

疯老爷子　妈妈泉里流出的不是泉水，是奶水。咱红河谷的人都是喝妈妈泉的奶水长大的。

草 妞 儿　它是咱大伙儿的妈妈，对吗？

疯老爷子　对，它是咱红河谷祖祖辈辈的妈妈，红河谷的人都是它的儿女。

草 妞 儿　疯老爷子，妈妈泉后面是啥呀？

疯老爷子　是山。

草 妞 儿　那山后面呢？

疯老爷子　还是山。

草 妞 儿　再后面呢？

疯老爷子　再后面也是山。

草 妞 儿　那北京在哪儿？

疯老爷子　北京在山外边。

草 妞 儿　那大海在哪儿？

疯老爷子　大海在天边上。

草 妞 儿　站在妈妈泉上，能看见北京、看见大海吗？

疯老爷子　能。

草 妞 儿　真的能？

疯老爷子　真的能。

草 妞 儿　那您带我上妈妈泉，看北京、看大海吧。

疯老爷子　好，我带你去，我一准儿带你去。

草 妞 儿　啥时带我去？

疯老爷子　等秋天采药的时候。

草 妞 儿　啥时候是秋天呀？

疯老爷子　快了，快了。

草 妞 儿　我困了，我的眼皮好沉好沉的……

疯老爷子　睡吧，孩子，睡一会儿吧，你瞧，老爷儿（指太阳）多好啊，天儿多暖和啊，月亮泉的水多清亮啊，一点儿都没被弄脏，睡吧。风不吹，树不摇，小鸟不飞也不叫，我的草妞儿要睡觉……

草 妞 儿　（喃喃地）疯老爷子，我……我见到妈妈了。

疯老爷子　你是在做梦。

草 妞 儿　可是我没……没睡着。

疯老爷子　睡吧，睡吧，睡着了就能见到妈妈了。

草 妞 儿　妈妈……妈妈……妈妈……

十二

〔棉棉在前面走着，步履匆匆。

〔周小旺在后面追着，神色焦灼。〕

周 小 旺　棉棉，棉棉，你为什么总躲着我？难道我们就不能好好谈谈吗？

棉　　棉　有必要吗？该说的话我们三年以前都说过了。

周 小 旺　你怎么知道我还说三年以前的那些话？

棉　　棉　你还有什么话？

周 小 旺　（紧张且激动地）棉棉，我有一肚子的话要对你说。你知道，三年了……这些话像开了锅似的翻腾着，把我的心烫得生疼。见不到你，我就站在学校的操场上，面对着红河谷、面对着满天的星星叨咕着，你听得见吗？你听不见。我明明知道你听不见，可我还是说起来没完没了，像疯老爷子那样。我也曾给你写过信，这你知道。可是你……你连一封信都没给我回……

棉　棉　我很忙。

周小旺　这就是理由？

棉　棉　你不是也很忙吗？

周小旺　我？你说我忙？

棉　棉　你回来一个多星期了吧？

周小旺　是的。

棉　棉　收获不小吧？

周小旺　你……你这是什么意思？

棉　棉　你回来以后就访贫问苦、扎根串联、东拉西扯、上蹿下跳，到处煽风点火，搜集材料，你到底想干什么？

周小旺　你把我说成了阴谋家？告诉你，我干的可是堂堂正正的事情，为的是咱红河谷的老百姓……

棉　棉　所有的阴谋家都说为的是老百姓，他不这么糊弄老百姓，老百姓能跟他跑吗？

周小旺　棉棉，你真的以为我在耍阴谋？

棉　棉　你为什么鼓动群众拆毁炼铅厂？

周小旺　那是因为炼铅厂污染了红河谷。

棉　棉　不对，你是要通过炼铅厂搞垮方梦达！

周小旺　我就那么卑鄙？

棉　棉　我问你，你为啥那么恨方梦达？方梦达怎么了？要不是方梦达，红河谷能过上不愁吃、不愁穿、腰里揣着票子、家里藏着存折的好日子吗？

周小旺　棉棉，我真为你难过。别的人鼠目寸光还可以理解，你怎么也让这些眼前利益迷住了心窍呢？你睁开眼看看，咱红河谷里流的还是水吗？疯老爷子说得好，黑红黑红的，腥臭腥臭的，那里面流的都是人血！你不知道环境污染会损害人的健康吗？

棉　棉　就算这好日子是用健康换来的，我觉得也值。要是住透风的房子，穿着漏肉的衣裳，天天吃糠咽菜，一挂肠子闲半挂，你光有健康的身子骨管啥？病不死也得冻死饿死穷死！

周小旺　棉棉，你提到了死，这让我心里发抖。我最担心的就是这个，我真怕有一天，死神会降临在咱红河谷。你知道，环境污染是能要人的命的！我问你，草妞儿是不是病了？

棉　棉　你问这干啥？

周小旺　你是不是带着草妞儿到县医院看病了？

棉　棉　你在跟踪我？

周小旺　能把化验单给我看看吗？

棉　棉　你让我给你凑材料？

周小旺　棉棉，你别再这么固执了，就算我求你了，行吗？

棉　棉　这不是我个人的事，这是全村几百口人的饭碗子、命根子。你知道不知道，这个炼铅厂建起来有多难。为了它，我亲手扒了妈妈的坟，我亲手砍了妈妈和方梦达栽下的那棵大杨树。在红河谷，我为这落下了无情无义不仁不孝狠心女人的罪名。走在大街上，男人戳我的脊梁骨，女人向我撇拉嘴，连三岁的孩子都追在背后骂我。要不是我心里有那么一点儿奔头，要不是我厚着脸皮顶着水往前凫，我早就让唾沫星子淹死了。后来，等炼铅厂给大伙儿带来了好日子，人们又夸我，感谢我，把我说成是大功臣。眼下你上嘴皮一碰下嘴皮，一句话就要拆炼铅厂，就算我答应你、方梦达答应你、你爹答应你，老百姓能答应你吗？别看我当年砍得了那棵大杨树，你今天不一定砍得了红河谷这棵摇钱树。

周小旺　这我知道，老百姓要的是看得见、摸得着的实惠。要让农民做出一些牺牲，哪怕为了他们自己切身的利益做出那么一点点儿牺牲，都不是一件容易事。你得帮我，棉棉……

棉　棉　对不起，我办不到……

〔方梦达背着旅行包回来了，见到棉棉和周小旺在一起，有点儿尴尬。

〔棉棉首先发现了他。〕

棉　棉　梦达……

方梦达　小旺，听你爹说你回来了。

周小旺　是呀，我等你好几天了。

棉　棉　事情办得怎么样?

方梦达　我把引进新设备的合同签了。

周小旺　你们还要扩大炼铅厂?

方梦达　现在形势不错，这几天你爸爸又接到了一批新的订单。

周小旺　方……老方，咱得谈谈了，无论如何我得跟你谈谈了。

方梦达　现在?

周小旺　你别说你很忙，谁不忙呀?到火烧眉毛的时候了，就算是我等得了，红河谷也等不了了。

方梦达　那好吧。(从文件包里拿出一份文件)棉棉，你回公司，把这份文件盖上章，给对方发个传真。

棉　棉　你是要把我支开对不对?

周小旺　棉棉，你还是回避一下吧，对不起了。

棉　棉　为啥?你们两个男人是不是要在背后谈论我?

周小旺　不，我们谈工作。

棉　棉　谈工作有啥要背着我的?我偏要听听。

周小旺　我这是为了老方好，给他点儿面子……他可是你心目中的偶像噢。

方梦达　你要是这么说，还是让棉棉留下吧，我这个偶像要是这么容易打碎，肯定也是冒牌货。顺便让棉棉见识见识吧。

周小旺　老方，我不是在说气话，这是我经过了深思熟虑才得出来的结论。

方梦达　我听着呢。

周小旺　我给你写了那么多的信，你收到了没有？

方梦达　收到了。

棉　棉　怎么，你们一直在通信？

周小旺　收到了，为什么你一封信都不敢给我写？

方梦达　我写了。

周小旺　我一封信都没有收到。

方梦达　因为我没有寄出去。

周小旺　你……

方梦达　我想，这个问题我是能够解决的。

周小旺　什么时候解决？等红河谷的山都变秃了，水都变黑了，人都死绝了再解决？老方，你知道你现在干的是什么吗？

方梦达　我在开发红河谷。

周小旺　不对，你是在践踏红河谷、糟蹋红河谷，你是一个凶残贪婪的掠夺者！你不但在掠夺红河谷的现在，还在掠夺红河谷的祖先和红河谷的后辈儿孙！

方梦达　这么说我成了日本鬼子了？

周小旺　比日本鬼子还可怕。日本鬼子凶相毕露，迷糊不了人。可你呢，打着改革开放的旗号，喊着共同富裕的口号，而且也确实给老百姓带来了一点儿小恩小惠。日本鬼子掠夺红河谷，激起的是人民的反抗；你掠夺红河谷，却有那么多人跟着跑，包括你棉棉，还有我爹，不都是死心塌地地给你当左膀右臂吗？

棉　棉　小旺，说话可得要把心眼摆正，方梦达这样做，是为的啥？他在大城市里过得好好的，为啥要到咱这穷山沟来？他把自己几百万的资产都扔在咱红河谷了，还不是为了帮助咱父老乡亲脱贫致富？

周小旺　棉棉，你可真天真，天真得非常可爱。方梦达是傻瓜吗？不错，他是在红河谷投了资，可他得到的，要比投进来的多得多。

棉　棉　他得到啥了？至今不还是两手空空吗？

周小旺　棉棉，你来，你过来，我告诉你他得到的是什么。（拉棉棉离方梦达远一点儿）你看看，在这高高的山顶上，在这金色的晚霞中，站在你面前的是谁？他还是个人吗？

棉　棉　你……

周小旺　别生气，我这不是诬蔑他。你看看，他头顶蓝天，脚踏高山，无比高大，无比威严，让我们须仰视才见。他的脚下群山垂首，他的周围花团锦簇，你再看他的头顶上，是一圈儿金灿灿的光环，像月亮一样的迷人，像太阳一样的耀眼。棉棉，他不是人，他不再是人了，他变成了一个神！他是红河谷的财神爷，是红河谷的救世主，是红河谷的大恩人！人们尊敬他，崇拜他，感谢他，像对待活神仙一样地供着他。而他自己呢？也理所当然地扮演起了救世主的角色。你看，他笑了，笑得多慈善，多迷人。这是一种居高临下的微笑，这是一种普度众生的微笑，这是一种自己的欲望和野心得到了满足的微笑……我说得不错吧，方先生？

方梦达　说得不错，很有诗意，继续说下去。

周小旺　别忘了，一将成名万骨枯。你知道，在你这尊神圣的雕像下面是什么吗？是大自然的呻吟，是红河谷的废墟，是父老乡亲们的健康和生命！你要是能够认识到这一点，还那么理直气壮、心安理得吗？

方梦达　小旺，我不得不承认，你说得很精彩，也很深刻，这大学没白上。

周小旺　别冷嘲热讽，说点儿实质的。

方梦达　说点儿实质的，我倒要问问你，你这一大套高谈阔论，跟疯老爷子的絮絮叨叨有什么区别呢？

周小旺　你的意思是我也疯了？

方梦达　在医学上，这叫妄想型神经病。

周小旺　那么草妞儿呢？草妞儿得的也是神经病吗？

方梦达　草妞儿？草妞儿怎么了？（对棉棉）草妞儿病了吗？

棉　棉　我带她到县医院做了检查。

方梦达　医生怎么说？

棉　棉　化验结果明天才能出来。

方梦达　（急了）还等明天干什么？马上把她送到医院去！

〔远处，传来疯老爷子悲怆恐怖的呼唤：草妞儿——草妞儿……

〔三个人惊愕了，呆如泥塑。

〔疯老爷子的呼唤：草妞儿——草妞儿……〕

十三

〔草妞儿义无反顾地跑上来。

〔在这陌生而又新奇的地方她感到有些恐慌。

〔草妞儿在寻觅着、呼唤着："妈妈——妈妈……"

〔山姑亲切地呼喊着："草妞儿——我的孩子……"

〔草妞儿终于听到了妈妈的呼唤，狂奔过去……〕

草妞儿　妈妈——妈妈……

山　　姑　草妞儿——我的孩子……

〔草妞儿扑到妈妈的怀里。

〔山姑紧紧地搂着草妞儿。

〔疯老爷子不顾一切地冲了上来。〕

疯老爷子　草妞儿——草妞儿……

〔草妞儿回首望着疯老爷子。〕

疯老爷子　草妞儿，草妞儿，跟我回家，跟我回家……

草妞儿　不，我要妈妈……

〔山姑用身子挡住草妞儿。〕

山　　姑　疯老爷子，您……回去吧。

疯老爷子　（咕咚跪在山姑面前，哀求着）山姑，把草妞儿还给我，让她跟我回家吧……

山　　姑　疯老爷子，您回去吧，我把草妞儿留下了。

疯老爷子　山姑，我没把草妞儿带好，我……我对不起你啊！

山　　姑　疯老爷子，您回去吧，回去吧……

〔方梦达、棉棉、周小旺、周宝良等冲了上来，齐声呼唤着：“草妞儿——草妞儿……”

〔山姑带着草妞儿隐去。

〔舞台中央站着孤零零的疯老爷子。

〔方梦达、棉棉、周小旺、周宝良在远处祈望着，呆如泥塑。

〔沉静。

〔歌声骤起。童音清唱，是草妞儿的声音：走过来坐在我的身旁，不要离别得这样匆忙，要记住红河谷你的故乡，还有那热爱你的姑娘……〕

疯老爷子　草妞儿死了，草妞儿死了，草妞儿到底是咋死的？（问方梦达）是谁？是谁害死了草妞儿？

〔方梦达低下了头。〕

疯老爷子　（问周宝良）是谁？是谁害死了草妞儿？

〔周宝良朝后躲闪着。〕

疯老爷子　（问棉棉）你说，是谁？是谁害死了草妞儿？

〔棉棉跪在地上哭叫着。〕

棉　　棉　草妞儿，草妞儿，姐姐对不起你啊……

周 小 旺　棉棉，别人都说不知道，你应该最清楚，草妞儿……草妞儿她可是你的亲妹妹啊！

棉　　棉　（捧着脸哭起来）草妞儿……

周 小 旺　（慷慨激昂地登在了高坡上）乡亲们，红河谷的父老兄弟姐妹们，草妞儿死了，红河谷出了人命了，人命关天啊！疯老爷子一直在问，草妞儿是怎么死的，是谁害死了草妞儿？没有人回答，没有人敢站出来承担责任。但是，乌云遮不住太阳，真理的光芒是掩盖不住的。现在，我要极其负责地告诉大家，害死草妞儿的罪魁祸首不是别的，就是这个炼铅厂！

〔一片议论纷纷的声音：这可能吗……炼铅厂咋啦……没炼铅厂红河谷富得起来吗……又是瞧着人家吃肉眼红了吧……

〔在乱纷纷的议论中，方梦达认真地听着周小旺的发言。〕

周 小 旺　乡亲们，听我说，请听我说。我这不是在危言耸听，我讲的是科学，是事实，是一个非常可怕的血的事实！不错，炼铅厂是让咱红河谷富起来了，家家都住上了新房子，有的还住上了带洗澡间的小洋楼；男人穿上了西装，女人穿上了裙子；好多人家都有了电视，还是彩色的……可是乡亲们，你们知道这些都是用什么换来的吗？是健康，是生命，是死亡！草妞儿死了，她死于铅中毒。现在，死了的是草妞儿一个人，可是中毒的有多少人你们知道吗？你们都检查检查自己，现在就查，都谁得了这样的病：牙龈出血，浑身没劲儿，眼睛里像揉进了沙子，大把大把地掉头发，还有……女同志月经不正常。

〔纷纷的议论声复起：……是呀，我的牙就老出血，我爹还说是肉吃多了，火太大呢……我的头发快掉光了……我就浑身没劲儿，老想睡觉……我都仨月没倒霉（来月经）了……我来起了没完没了……〕

周宝良　（冲周小旺喊）小旺，你给我闭嘴！不许你在这儿胡说八道！

〔方梦达制止住了周宝良。〕

周小旺　（没理睬父亲，继续演讲）乡亲们，请大家想一想，我们都怕过穷日子，都想发家致富，可是我们发家致富的目的又是为了什么呢？如果富日子不是让我们提高生活质量，而是损害我们的健康、让我们得病、让我们死亡，这样的富日子我们能要吗？这不是渴了就让我们喝毒酒，解了渴就要了命吗？在咱红河谷，只有一个人最明白，那就是疯老爷子。可是我们大家却说他是疯子。乡亲们，清醒清醒吧！

周宝良　（忍无可忍地）小旺，你给我下来，你先给我一边清醒清醒去！

〔方梦达再一次制止住周宝良。〕

周小旺　（越发热血沸腾）乡亲们，如果我们再这样下去，继续让炼铅厂污染着红河谷，那么死的就不是一个草妞儿，死亡将降临在我们每个人的头上！乡亲们，我提议：立即关闭炼铅厂，保卫红河谷，保卫我们的家园！乡亲们，跟我走！

〔周小旺挥着手，率先朝炼铅厂奔去。

〔周宝良当机立断，吹响了口哨。〕

周 宝 良　全体民兵集合，保护炼铅厂！快！快！谁敢破坏工厂，就把他捆起来法办！

〔周宝良指挥着跑下。〕

方 梦 达　（追下）宝良，你沉住气！

〔棉棉看了看跑去的众人，又回头看了看草妞儿的遗体，犹豫着。

〔疯老爷子朝她挥了挥手。

〔棉棉踌躇地退下。

〔山坡上一片寂静，只剩下了疯老爷子和草妞儿。

〔疯老爷子又将草妞儿抱在了怀里。〕

疯老爷子　（声泪俱下地）草妞儿，草妞儿，你真的走了？你真的就这样走了？把你的眼睛睁开，再瞧瞧我，瞧瞧疯老爷子。再跟疯老爷子说句话儿，你要是不愿意理我，就噘起小嘴儿，跟疯老爷子怄怄气也行，可你别……别这样地走啊！草妞儿，草妞儿，还记得吗？疯老爷子答应过你，到秋天采药的时候，我带你上妈妈泉，到妈妈泉上去瞧瞧你妈妈……你问我，站在妈妈泉上，能不能瞧见北京，能不能瞧见大海，我说能。疯老爷子骗你了吗？疯老爷子没骗你。只要你喝上一口妈妈泉的奶水，闭上眼睛，心里想啥就能瞧见啥。可草妞儿啊，你还没喝上妈妈泉的奶水，你的眼睛不能这么早就闭上啊！这么早就闭上眼，你就啥都瞧不见了，啥都瞧不见了……草妞儿啊，草妞儿，我的苦命的孩子，山洼洼里长出的小树苗儿，刚吐出嫩叶叶儿，刚结出花骨朵儿，鲜鲜灵灵的嫩叶叶儿，鲜鲜灵灵的花骨朵儿，你不该这么早就死啊！苍天啊，你不该这么狠心，不该这么歹毒啊！把我的草妞儿还给我！还给我！还给我——草妞儿……

十四

〔月明星稀。一个美丽的夜晚。

〔万籁俱静，山后面传来疯老爷子那撕裂人心的呼唤：草妞儿——回来，回来——草妞儿……

〔几声单调的蛙鸣像是应和着疯老爷子的呼唤。

〔站在棉棉面前的是方梦达。〕

方梦达　棉棉，把那化验单交出去吧。

棉　棉　（惊愕地）交给谁？

方梦达　交给周小旺。

棉　棉　你？你咋啦？周小旺要是把这件事捅上去，咱这炼铅厂还保得住吗？

方梦达　棉棉，事到如今，我不能再揣着明白装糊涂了。草妞儿死的那天，周小旺讲的那些话，一直在我的耳边响着，一字一句像刀子一样戳着我的心，刀刀都戳得我心里冒血，我受不了了，我的心不允许我再这样做了……

棉　棉　炼铅厂要是关了，红河谷怎么办？

方梦达　我不知道。这些天，我也一直在问自己，可是……我心里乱，乱透了，像长满了万根草，怎么也理不出个头绪来……

棉　棉　这么说，你怕了？

方梦达　我怕了。

棉　棉　你顶不住了？

方梦达　我不想顶了。

棉　棉　你呀，你呀，你让我说你啥呢？

方梦达　你想说什么我知道，当年你妈妈就那样说过我。

棉　棉　（若有所思地）妈妈……

方梦达　棉棉，这件事你也再想想吧。

棉　棉　我已经想好了。

方梦达　想好了？

棉　棉　（痛下决心地）梦达，你走吧。

方梦达　（棉棉的这句话使他立即想起了当年的山姑）你……你也要赶我走？

棉　棉　你不能在红河谷待下去了。

方梦达　我走了，你怎么办？

棉　棉　树是我带头砍的，妈妈的坟是我带头扒的，死的是我妹妹，天塌了有地接着，你放心，我顶得住！

方梦达　（万般无奈地）棉棉……

〔方梦达陷入了无法抉择的两难境地。

〔山后面传来了疯老爷子的呼唤：草妞儿——回来，回来——草妞儿……〕

方梦达　棉棉，你能跟我走吗？

棉　棉　不……

方梦达　你不想跟我在一起？

棉　棉　想，非常想。我一直梦想着有这么一天，能跟着你离开红河谷，到山外面去见见大世界……可现在，我觉得我应该留在红河谷，这里有妈妈，有妹妹，有疯老爷子，有跟我贴骨着肉的父老乡亲，只有这儿才是我真正的家园……

〔周小旺默默地走来。

〔三人相视无语。〕

方梦达　（突然做出决定）棉棉，你应该跟小旺好好谈谈。（随后离去）

周小旺　（安慰着）棉棉，你别太想不开。

棉　棉　化验单我会给你的。

周小旺　这已经不重要了。

〔棉棉把一沓发旧的人民币递给周小旺。〕

棉　棉　小旺，这是三年前你扔在我家院子里的那三千块钱。你走了以后，我把它捡起来了，一张都没少。

周小旺　这就是你对我的回答？

棉　棉　小旺，别犯死心眼儿了，你现在是大学生了，好姑娘多得是，我……我实在是配不上你。

周小旺　我现在是大学生了，还记得吗？我为什么要去上大学？

棉　棉　为了学本事、长出息。

周小旺　还有呢？

棉　棉　为了……为了跟我赌口气。

周小旺　为了让你看得起我！

棉　棉　小旺，对不起。瞧着你变了，长了出息，我高兴，真的挺高兴。

周小旺　那你为什么还要拒绝我？

棉　棉　我……我的心……已经……给了别人。

周小旺　棉棉，你应该给我时间，允许我等待。时间……时间能改变一切……

棉　棉　……

〔远处，传来疯老爷子的呼唤声：草妞儿……回来……〕

十五

〔周宝良与方梦达对坐良久。

〔周宝良倒了一杯酒，递给方梦达。〕

方梦达　又来给我壮胆？

周宝良　不，这回是为你送行。

方梦达　我真的在红河谷待不下去了？

周宝良　棉棉的话是对的。

方梦达　为了把我保护起来？

周宝良　你走了，剩下的都是土生土长的红河谷人了，农民，谁也不能把我们咋样。

方梦达　宝良……

周宝良　别说了，啥话都别说了。你给红河谷带来了好日子，你是红河谷的财神爷、大恩人、大救星！来，我代表红河谷的父老乡亲敬你一杯。

方梦达　这杯酒我不能喝。

周宝良　为啥？

〔方梦达举着酒杯，朝远处的妈妈泉望去。

〔山后面，传来了疯老爷子的呼唤：草妞儿——回来，回来——草妞儿……

〔周宝良隐去。

〔山姑的幻影出现在方梦达面前。〕

方梦达　山姑，山姑，我要走了。

山　姑　你后悔了？

方梦达　不，我不后悔。我这半辈子，差不多什么都经历过了，爱过，恨过，穷过，苦过。在红河谷当过党支部书记，在北京城当过国营大厂的厂长……

山　姑　后来，你咋又不干了呢？

方梦达　那个厂没搞好，我本来想搞合资，合资没搞成，来谈合资的那个日本鬼子倒把我的老婆搞走了……

山　姑　不是调你去当副局长吗？

方梦达　是第七副局长。我不愿意当那聋子的耳朵，下海了。我有了钱，好多好多的钱，连我自己都不相信会有那么多钱。我在花天酒地里混过，也曾挥金如土地活作过。有一次跟一个台湾的“款爷”比摔XO，居然把他摔趴下了。那天晚上，我回去后自己扇了自己俩嘴巴。我这是干吗呀？发哪门子疯呀？这英雄吗？这男人吗？我插队的那个红河谷，穷得连肚子都填不饱，我摔一瓶XO，他们能买七八头牛。我终于明白了，我有了钱，却把自己丢了……

山　姑　你到这儿来寻找自己？

方梦达　我这一生中最好的年华是在这儿度过的，这里有我的青春、我的初恋、我的爱，还有我贴骨着肉的父老兄弟姐妹，我要把这些都找同来……

山　姑　你找到了吗？

方梦达　也许找到了，也许没有，也许失去了更多。

山　姑　别这么说。

方 梦 达　我污染了红河谷，害死了草妞儿……我到红河谷是来还债的，没想到欠下了更大的债……

山　　姑　红河谷是不会忘记你的。

方 梦 达　我也忘不了红河谷。

〔方梦达倾听着，天边响起了草妞儿那撼动人心的清唱：走过来坐在我的身旁，不要离别得这样匆忙，要记住红河谷你的故乡，还有那热爱你的姑娘……

〔疯老爷子真的疯了，他疯疯癫癫地走上来："草妞儿，来，快来，你爸爸要走了，咱去送送你爸爸……"

〔方梦达看着疯老爷子，慢慢地向后退去……

〔胖丫儿突然回来了，三年不见，几乎没有人能认出她了：浓妆艳抹，奇装异服，珠光宝气，一看就知道在外面没做什么正经事。但她自己却感觉非常好、非常高贵，尤其是对依旧衣衫褴褛的疯老爷子，她更需俯视才见。〕

胖 丫 儿　疯老爷子，您怎么还穿这身破衣服呀？合着我走了三年，咱红河谷一点儿变化都没有？真是的，您真应该出去开开眼界。您要是出去转那么一遭儿，立马就会觉得这辈子白活……

疯老爷子　（两眼直瞪瞪地看着胖丫儿）草妞儿，草妞儿，你爸爸要走了……

胖 丫 儿　疯老爷子，您真疯到这份儿上了，我哪儿是草妞儿呀？我是胖丫儿呀！胖丫儿您还记得吧？原先老跟棉棉、草妞儿一块儿玩的……

〔村里传出了召集开会的喊声：乡亲们，注意了，马上去开会……〕

胖 丫 儿　你们这儿怎么还兴开会呀？到俺们城里头，都不知道开会这词当什么讲了，真土得没治了……

〔召集开会的喊声继续着：乡亲们，赶快集合，马上开会啦……

〔周宝良占据了舞台中央，又开始了慷慨激昂的讲演。〕

周宝良　乡亲们，父老乡亲们，咱红河谷的改革开放又进入了一个新的阶段，乡党委要求我们，要在全县第一个实现“亿元村”。这是信任咱、瞧得起咱，把咱当成了改革开放的主力军嘛。咱不能牵着不走，打着倒退儿，咱得争口气嘛。这气咋争呢？要实现“亿元村”，就得大干快上，就得扩建新厂！咱红河谷，最近在思想上有些混乱，这也是正常的，因为死了人嘛。草妞儿是个非常可爱的孩子，对于她的死，我们都很悲痛。但是我们也要懂得，要奋斗就会有牺牲嘛。改革开放是一场革命，要革命就得付出代价嘛。和整个大好形势相比，成绩还是最主要的，是九个指头和一个指头的关系嘛。总而言之，统而言之，一句话：新厂还是要建的！深化改革嘛。啥时建？还是那句话：趁热打铁，急不如快，明儿一早，建筑队就开进月亮泉……当然了，环境保护问题也是非常重要的，治理污染问题也要引起我们高度的重视，两条腿走路嘛。在这个问题上，大家可以集思广益嘛，有神主意的出神主意，有鬼主意的出鬼主意，没神没鬼的，出个馊主意傻主意我们也欢迎嘛。啊？欢迎，欢迎嘛……

〔灯光渐暗。

〔周宝良的身影隐去，只听到他滔滔不绝地慷慨陈词。

〔强烈的光环中，棉棉扛着一棵小杨树苗登上了高山顶。

〔方梦达拿着铁锹来到了棉棉面前。

〔两个人共同栽种着小杨树……

〔周宝良演讲的声音继续着……

〔随着周宝良最后说出的“欢迎”，灯光大亮，演员上来谢场。

〔幕徐徐落。〕

1995 年 9 月　初稿

1995 年 11 月　二稿

1996 年 3 月　三稿

·话剧·

并非游戏

人物：马局长　50余岁　某局局长

马菲菲　24岁　马局长的女儿

谢春梅　27岁　马局长的未婚妻

徐　伟　30岁　谢春梅的前夫

〔幕启。

〔马局长家。客厅宽绰，布置俭朴。左侧有一楼梯通楼上卧室。马局长穿着围裙，在收拾着房间，神色兴奋。〕

马菲菲　（唱着歌进了家门）夏天夏天悄悄过去留下小秘密，压心底压心底不能告诉你……

马局长　菲菲，有什么秘密呀不能告诉我？

马菲菲　（奇怪地打量着父亲）爸，您这是……

马局长　哦，我今天休个星期天。

马菲菲　看来，不光是我一个人有秘密了。

马局长　（坦率地）你说得对。

马菲菲　告诉我，你们是怎么认识的？

马局长　自己找上门的。

马菲菲　是她，还是您？

马局长　当然是她了。

马菲菲　嗬，您这魅力还不小啊！

马局长　你爸爸还不老嘛。

马菲菲　她很漂亮，对吗？

马局长　这个问题不应该问当事人。

马菲菲　那倒是，情人眼里出西施嘛。

马局长　她要当你的继母了。

马菲菲　她多大？可以问问吗？

马局长　对不起……

马菲菲　对不起什么？

马局长　她……只比你大三岁。

马菲菲　比我大三岁？您让我管一个只比我大三岁的丫头片子叫妈？就算我张得开嘴，她有脸答应吗？

马局长　菲菲，这个问题我想过了。你叫她什么都行，高兴的话也可以直呼其名。不过，你要是出嫁了，你的丈夫必须管她叫妈。

马菲菲　这是为什么？说不定我要嫁的人比她还要大。

马局长　那我不管，你们得维护做父母的尊严。在这个家里，至少得有一个人承认她的长辈地位。要不，你们有了孩子怎么办？管我叫姥爷，管她叫阿姨？这不乱套了吗？

马菲菲　她今天就要来相亲？

马局长　应该叫约会。

马菲菲　到咱家来约会？

马局长　顺便也让你们认识一下。

马菲菲　爸爸，我妈死了二十年了，我一直让您给我找个妈……

马局长　你那会儿小，我怕后妈给你气受……

马菲菲　现在我大了，不需要后妈了，您该为自己找个人了。爸爸，只要您爱她，只要您高兴……

马局长　谢谢，菲菲，谢谢你这样理解我……

马菲菲　（接过父亲的拖把）爸爸，我来吧，您上楼去换换衣服。

〔马局长上楼。

〔门铃响。马菲菲开门。

〔徐伟捧着一束鲜花进来。徐伟左手的中指上缠着纱布。

〔徐伟递过鲜花，欲吻马菲菲，马菲菲闪开。〕

马菲菲　我爸爸在家呢。

徐　伟　你没跟你爸爸说今天我要来？

马菲菲　今天你不能来。

徐　伟　我这不来了吗？

马菲菲　来了就来了吧，算你赶上了。

徐　伟　你把屋子收拾得这么体面，不是为了迎接我吗？

马菲菲　迎接你妈。

徐　伟　迎接我妈？他们亲家要见面？

马菲菲　是我爸给你娶的妈。

徐　伟　菲菲，你说的是什么呀？

马菲菲　一会儿你就知道了。

徐　伟　（去接马菲菲的拖把）菲菲，我来帮你拖地。

马菲菲　（发现了徐伟手指上的纱布）徐伟，你的手怎么了？

徐　伟　（佯装忽然想起，打开自己的背包，从里面拿出一本装帧精美的书）菲菲，我送你一样东西。

马菲菲　这是什么？

徐　伟　这是一本诗集，是专门为你写的，它的读者只有你一个。

马菲菲　（接过诗集）《丘比特的 99 支神箭》，真酸。

徐　伟　这里面共有 99 首诗。

马菲菲　这书名怎么血淋淋的？

徐　伟　（举起自己的左手）

马菲菲　你是用自己的鲜血写的？

徐　伟　用我的心和对你全部的爱写的。

〔马菲菲感动得扑在徐伟的怀里。〕

徐　伟　菲菲，嫁给我吧，我爱你！

马菲菲　你不是说，她死活不愿意离婚吗？

徐　伟　这次是她提出来的。

马菲菲　不，我不愿意充当“第三者”，我不愿意破坏一个正常的家庭。

徐　伟　你认为我那个是正常的家庭吗？

马菲菲　可你们毕竟是大学同学，又是自由恋爱的。

徐　伟　你认为她是个正常的女人吗？

马菲菲　那是什么？

徐　伟　（极其痛苦地）她是个冷血动物，是条鱼。我们结婚三年了，每天晚上，她宁可抱着一只猫睡觉，也不让我碰她……

马菲菲　这么说，她是……性变态？

徐　伟　我不愿意这样说她，可我……我也实在受不了了。

马局长　（穿戴一新地下了楼）菲菲，你看怎么样？（见到徐伟，愣了一下）哦，你有客人？

马菲菲　（介绍着）爸爸，这是徐伟。徐伟，这是我爸爸。

徐　伟　（极其恭敬地）爸……爸爸。

马局长　现在就叫爸爸，是不是早了点儿？

徐　伟　您是德高望重的领导者，我愿意……早点儿叫您爸爸。

马局长　我是说，万一你和菲菲的事不成，不是亏了吗？

徐　伟　退一万步讲，即使我跟菲菲成不了夫妻，我也愿意当您的儿子。

马菲菲　你有病啊？我爸爸可不是那种喜欢让人家戴高帽的人。

马局长　老实说，这种话我听着也舒服。

马菲菲　当官的跟漂亮女人一样，都容易让人家灌迷魂汤。

马局长　能认识到这一点，就算是头脑清醒。

〔门铃响。〕

马局长　菲菲，去开门。

徐　伟　（殷勤地抢着）我去。

〔徐伟愣在了门口。

〔进来的是谢春梅。〕

徐　伟　你……你来干什么？

〔谢春梅没有理睬他，径直朝里走。〕

马局长　（慌忙迎上来）春梅，你好。（介绍）菲菲，快过来，这是我女儿菲菲。

马菲菲　您好，欢迎您。

马局长　（选择着措辞）这是……

谢春梅　我叫谢春梅，你就叫我春梅吧。

马菲菲　按照我们的家规，我丈夫要叫您妈妈。徐伟，过来，快过来呀……来，这是妈妈，快叫妈妈……

马局长　菲菲，别开玩笑。

马菲菲　怎么是开玩笑呢？这不是您定的规矩吗？

马局长　可你们不是还没结婚吗？

马菲菲　他刚才不是已经叫了您吗？叫了爸爸，不叫妈妈，显得多不公平啊！徐伟，叫呀，快叫呀。我知道你嘴甜，爱叫人，叫了没有你什么亏吃……

徐　伟　（冲马局长）爸……爸爸，您要跟她……结婚？

马局长　是啊，你有什么意见吗？

徐　伟　爸爸，不行，你千万别娶她！

马局长　为什么？

徐　伟　这是个阴谋，大阴谋！

马局长　什么阴谋？

徐　伟　她根本不爱您！

马局长　她不爱我？

徐　伟　她爱的是您的权势，您的地位……

谢春梅　你这是在说你自己吧？

徐　伟　爸爸，您……您快把她赶出去！

马局长　春梅，这到底是怎么回事？

谢春梅　让他说，让他把话说完。

马局长　这么说，你们认识？

谢春梅　何止是认识？我们是大学四年的同学，三年的合法夫妻……

徐　伟　（气急败坏地挥着手）谢春梅，你滚！你快点儿滚出去！

谢春梅　（发现了徐伟手指上的纱布，苦笑了一下）菲菲，我问你，他是不是刚才向你求婚了？

马菲菲　（茫然地）是……啊。

谢春梅　用一本诗集求的婚？

马菲菲　（茫然地点着头）

谢春梅　那诗集的名字叫《丘比特的99支神箭》？

马菲菲　……

谢春梅　那诗集的名字是用他手指上的鲜血写的？

马菲菲　对，您……您怎么知道的？

谢春梅　请你把那本诗集拿出来。

徐　伟　谢春梅，你要干什么？

谢春梅　菲菲，把那诗集打开，我想，第一首诗应该是这样写的：我有一首诗，天下无人知，有人来问我，我也说不知。

马菲菲　您……您偷看了他给我写的诗？

谢春梅　还用偷看吗？这 99 首诗我都背得滚瓜烂熟了。菲菲，这不是丘比特的 99 支神箭，是魔鬼撒旦的 99 支毒箭，你懂吗？

马菲菲　我……不明白。

谢春梅　三年前，我和你一样的年轻，也和你一样的纯洁。他大学毕业以后为了能留在北京，也用这 99 支毒箭把我射中了。

徐　伟　谢春梅，你别没良心！当初，我对你也是真的……

谢春梅　是吗？那就算我冤枉你了。可是，当初送给我的诗，今天又原封不动地送给了另外一个姑娘，这也是真的吧？

徐　伟　春梅，看在咱夫妻一场的面上，别说了，行吗？

马局长　干吗不说呢？我正听着挺有意思呢。

谢春梅　菲菲，他跟你说过我们为什么离婚吗？

马菲菲　……

谢春梅　他一定说我是个冷血动物，是条鱼，是个性变态的女人，对不对？

马菲菲　……

谢春梅　你别感到奇怪，当初，他向我求婚的时候，就是这样说他那个乡下的老婆的。把婚姻的破裂，归罪于女人的性变态，把男人打扮成一个受害者，这是最高明的手段。可是，我后来找到了他原来那个乡下的老婆，发现她是个非常健康、非常正常的女人，就像我现在也非常健康、非常正常一样。

马菲菲　原来是这样……

徐　伟　菲菲，别听她的，我是真爱你的，真的……

马局长　（拿起那本诗集）看来，我得行使父亲的权力了。有谁向我的女儿求婚，需要经过做父亲的批准。

徐　伟　爸……局长，我是爱菲菲的，请您相信……

马局长　请把这本诗集收好，今后或许还用得着。

徐　伟　菲菲，我们能不能单独谈谈？

马菲菲　还有什么好谈的？我全明白了。

马局长　年轻人，你该走了。

徐　伟　（狠狠地瞪了谢春梅一眼，愤愤而去）哼……

马菲菲　（委屈地）爸爸……

马局长　菲菲，别伤心。年轻人，上当受骗总是难免的。这可以使你开眼界，长见识。

马菲菲　（对谢春梅）是不是你也该走了？

谢春梅　我？我……是来找你爸爸的。

马菲菲　你的目的不是达到了吗？还找我爸爸有什么用？

谢春梅　菲菲，你听我说……

马菲菲　还说什么呢？徐伟的话只说对了一半，你爱的不是我爸爸，可也不像他说的，爱的是我爸爸的权势和地位。你什么都不爱，只有恨。为了打鬼，借助钟馗。你只不过是利用我爸爸报复你的前夫。是不是这么回事？

谢春梅　我承认。不过……

马菲菲　你不觉得，一个女人，用这种办法进行报复，是不是太过分了？弄不好是要把自己搭进去的。

谢春梅　我已经把自己搭进去了。

马菲菲　你这不是伤害无辜吗？幸亏我爸爸不是那种容易堕入情网的

人。不管怎么说，我还是要感谢你。你在我面前揭露了一个卑鄙小人，使我能够悬崖勒马，没有把自己搭进去。

谢春梅　（走到马局长身边）老马，对不起。

马菲菲　你是不是也想说，我们能不能单独谈谈？

谢春梅　不，我没有资格为自己辩护。

马菲菲　你至少比徐伟老实。

〔马局长呆愣愣地看着她。

〔谢春梅转身离去。〕

马菲菲　（揶揄地）看来，上当受骗的不光是我们年轻人。（忽然发现了父亲泪水汪汪）爸爸，您怎么了？

马局长　菲菲，你不该让她走。

马菲菲　那您为什么不拦着她？

马局长　我也没有勇气拦住她。

马菲菲　爸爸，您还……留恋她？

马局长　她这一走，我这心里空荡荡的，一下子没了抓挠儿。

马菲菲　天呀，您是不是已经堕入情网了？

马局长　我不知道……

马菲菲　您还不明白吗？这是一个卑鄙的女人！

马局长　不能这样说吧？

马菲菲　至少，她的手段是卑鄙的。

马局长　我想，她也是个受害者。她是被那个绝情的男人逼得无路可走了……

马菲菲　那您成了什么？成了她手里一根打狗的棍子，举起您把那条咬她的狗痛打一顿，她出了气，也就顺手把您扔了。

马局长　我觉得……

〔门铃响。马局长急忙抢着去开门。

〔进来的是谢春梅。〕

马局长　你……你怎么又回来了？

谢春梅　是我的心让我回来的。我越往前走，我的心越往后揪我。离开了这个家门，我觉得前面空荡荡的，心里一点儿抓挠儿都没有了。

马局长　你……你也这样？

谢春梅　我回来了，不管你信不信，我得告诉你。

马局长　告诉我什么？

谢春梅　我承认，我确实搞了个阴谋，大阴谋……

马局长　什么阴谋？

谢春梅　我追求你，确实是为了报复徐伟。可是……在我追求你的过程中，我管不住自己了。我……我爱上了你！（扑进马局长的怀里）

马局长　（抱着谢春梅亲吻）

马菲菲　（无可奈何地摇着头）男人啊，真没出息！

〔幕徐徐落〕

1995 年 5 月

·话剧·

难得糊涂

时间：清乾隆年间

地点：扬州　范县　潍县

人物：（按出场顺序）

郑板桥　男　书画家，扬州八怪之一，七品官

文　思　男　扬州天宁寺上师

姚思源　男　扬州大盐商

虫　虫　男　娈童、书童（可选用女演员）

邱之茂　男　扬州秀才，攀附权贵的穷画家

姜晋升　男　扬州知府、莱州知府、两淮盐运司运使

饶五娘　女　郑板桥之妾

孙奶妈　女　饶五娘之乳母

周在黎　男　郑板桥之师爷

第 一 幕

〔扬州，京杭大运河畔最繁华的古城：金碧辉煌的庙宇，宛如仙境的园林，炫富斗贵的长街，帆樯蔽日的大运河，以及佳丽如云，仙

乐盈城，奇货成山，花团锦簇。这里麇集着数以十万计野心勃勃的高官，富可敌国的盐商，钻营巧取的投机家。当然，也有蝼蚁般觅食求生的草民百姓。

〔最亮丽的风景就是趋之若骛的读书人，他们或通过诗文敲门寻路，或投靠名门卑屈谋生，或流落街头售字卖画，或睁着猎鹰般敏锐的眼睛，捕捉攀缘富贵的捷径良机。总之，他们不是异想天开的寻梦者，就是穷途末路的流浪汉，再有便是官场商场情场名利场上失意落魄的可怜虫。

〔幕启。

〔扬州天宁寺前面的买卖街。

〔这里是扬州最繁华的一角，远处是流金淌银的京杭大运河，背后是烟雾缭绕的天宁古刹：市声噪耳，叫卖起落，苏州小调的乐曲如熏风般飘来，如泣如诉……

〔墙上挂着字画，一张铺着毡子的案桌，桌上有笔墨纸砚。最为明显的是案桌旁边挂着一个幌子，上书：康熙秀才雍正举人乾隆进士郑板桥。

〔画摊儿不远处的墙角，一个小石桌：郑板桥与文思上师在对弈。〕

郑板桥　文思上师，您的宝刹里住着一位绝代佳人，琴棋书画俱佳，且扬州小调唱得宛如仙乐……

文　思　喔，我说过吗？

郑板桥　您不是刚刚说过的吗？

文　思　可是我已经放下了，你怎么还放不下？

郑板桥　您放下不行啊，把我撩拨起来了。

文　思　跑腿是要付谢仪的。

郑板桥　说吧，您要什么？

文　思　烧饼。

郑板桥　烧饼？

文　思　两个黄桥烧饼。

郑板桥　哦……三十年前，我第一次到扬州，身无分文，又冻又饿，昏倒在天宁寺前面，您把我抱到净室，给了我两个黄桥烧饼……

文　思　你欠我两个黄桥烧饼吧？

郑板桥　那是救命的烧饼。

文　思　那么这一次呢？

郑板桥　嘻嘻，也是救命的烧饼。

文　思　你的命太贱了吧？

郑板桥　文思上师，非郑燮拈花惹草恶习不改，实是心有牵挂。

文　思　先生牵挂的莫不是饶五娘？

郑板桥　上师如何知道的？

文　思　哪个才子没有点儿风流韵事？特别是在扬州这个地界儿。

郑板桥　既然如此，晚生倒想听听上师的所闻了。

文　思　五年前，先生出城闲逛，走到玉勾斜，眼前绿草如茵，繁花星缀，一个仙境般的篱笆小院……

〔乐起。〕

郑板桥　小院里传出天籁般的吟唱，晚生不禁驻足倾听，竟然唱的是晚生所作的《道情》……

〔《道情》的吟唱：山外斜阳已早归，残杯冷炙饶滋味。醉倒在回廊古庙，一凭他雨打风吹……

〔郑板桥失魂地欣赏着，陷入了深深的回忆之中……

〔盐商姚思源信步走来，他身边跟着一个十来岁的小童。他停在郑板桥的画摊儿前，看着迎风飘荡的幌子……〕

姚思源　牛，牛哉！牛掰，牛掰哉！

虫　虫　老爷，啥牛呀？

姚思源　你看看：康熙秀才雍正举人乾隆进士……牛啊，牛咯楞噔牛……喂，这竹子多少钱？

〔郑板桥依然沉浸在回忆之中，文思悄然退去。

〔姚思源指着郑板桥喊叫着。〕

姚思源　喂，说你呢！你这画到底卖不卖呀？

〔郑板桥被惊醒，回身到画摊儿前。〕

郑板桥　你先看看。

姚思源　我问你这张竹子多少钱？

〔郑板桥把墙上挂的竹子取下来，铺展在案桌上。〕

郑板桥　一两银子。

姚思源　你可真敢要价，就这么一张破纸，抹巴三五笔，就一两银子？你知道一两银子能干什么吗？

郑板桥　一两银子够我活三天的，我这是三天不开张，开张吃三天。

姚思源　看见我这个小童了吧？三个烧饼换的。

郑板桥　（一愣，看了看，见孩子很乖巧）你叫什么名字？

虫　虫　虫虫，我出生的时候正闹蝗虫，我爹就给我起名叫虫虫。

郑板桥　你家是哪儿的？

虫　虫　山东范县。

姚思源　那是个兔子都不屙屎的穷地方，年年闹灾，非旱即涝，今年又是颗粒无收，卖儿卖女……

郑板桥　这么说，老板到那儿收购孩子去了？

姚思源　丰庆隆在那儿有个分号，我去收账，他妈跪在我面前央求我，让我买下这个孩子。你没见呢，当时这孩子又黑又瘦又脏又臭。我买回来，让下人把他放在大澡盆里，拿胰子咯吱咯吱洗了个遍。又鱼呀肉地喂养了几个月，你瞧瞧，成了鲜鲜嫩嫩的小白萝卜了，咬一口，嘎嘣脆。哈哈哈……哦，看来你也喜欢这小白萝卜，我用他跟你换张画怎么样？

郑板桥　我自己还吃不饱呢，要孩子干什么？

姚思源　玩呀！

郑板桥　玩孩子？

姚思源　别看这孩子小，已经颇谙风情了。你留在身边，白天给你研墨铺纸，晚上给你暖床伴眠。

郑板桥　唉，真是人比人活不成呀，许多人还在打光棍儿，连个女人都没有，你们开始玩弄娈童了。

姚思源　别提女人，扬州的美女比杨花柳絮还多，现在讲究的是桃香口齿，椒风弄儿。“妙年同小史，姝貌比朝霞。懒眼时含笑，玉手乍攀花……”

〔郑板桥将案桌上的竹子拿起来，撕碎，扔在姚思源的脚下。

〔姚思源拉起虫虫，离去。〕

姚思源　不就是个进士吗？有什么了不起？我姚思源在扬州大街上撒一把盐，齁死了十个人，有七个是进士，还有三个落榜举人。

〔郑板桥气愤地抬起头，看见被拉走的虫虫回头巴望着，眼睛里闪着哀怜的目光。

〔郑板桥耳边响起了撕裂人心的呼喊：“爸爸……”〕

郑板桥　等等。

姚思源　（拉着虫虫回来）你后悔了？

郑板桥　我重新给你画一张。

〔郑板桥铺上纸，挥笔作画。

〔姚思源拉着虫虫一边观看，一边评论着。〕

姚思源　像吗？

虫　虫　不像。

姚思源　不像就对了。

虫　虫　不像怎么倒对了？

姚思源　你不懂……画竹先见竹，见竹藏于胸，琢磨幻化，方可落笔。有眼中之竹方有胸中之竹，有胸中之竹方有笔下之竹，然落于纸上的手中之竹，已非胸中之竹，而胸中之竹，亦非眼中之竹……

郑板桥　（看了看姚思源）看来你是懂画的。

姚思源　略知一二，班门弄斧，见笑了。

郑板桥　这么说，老板也画画？

姚思源　我不画画，只是买画。

郑板桥　你买那么多画干什么？

姚思源　收藏呀，这东西将来会增值的。

郑板桥　哈哈哈……这玩意儿不是萝卜白菜，萝卜白菜只不过大点小点，鲜点老点，买回去都能吃，没糟践。这玩意儿，有用的是画，是功夫，没用的就是一张烂纸，糊窗户都难看……

姚思源　别看现在不行，以后，过一百年、二百年……

郑板桥　眼下住在扬州的画家，不下二三千人，每天产画不下万张，大多都是垃圾，买回去就是废纸一张，一张废纸。一百年，能让人记得的，不过二三十人；二百年，能让人认可的，有三五个人就阿弥陀佛了……

姚思源　先生的意思是，收藏书画不值得？

郑板桥　你有闲钱，我有闲工夫。你用钱供我衣食，我用闲工夫逗你玩，如此而已。

〔郑板桥把画好的竹子交给姚思源。

〔姚思源把一张银票掏出来。〕

姚思源　这是三十两银子，您的润格。

〔郑板桥把银票还给姚思源，把虫虫拉过来。

〔姚思源收起银票。〕

姚思源　在下姚思源，丰庆隆盐号东家，后会有期。

虫　虫　爸爸，我给您研墨吧。

郑板桥　你叫我爸爸？

虫　虫　我该叫您什么？

郑板桥　随你便吧。

虫　虫　那我现在干什么？

郑板桥　给我看着画摊儿，我跟文思上师有一盘棋还没下完呢。

〔郑板桥朝墙角走去，发现文思不见了。

〔姜晋升和邱之茂同上，走到半路，姜晋升停住了脚步，示意邱之茂自己上前交涉。

〔邱之茂来到画摊儿前，恭恭敬敬地拜见郑板桥。〕

邱之茂　学生邱之茂拜见板桥先生。

郑板桥　您客气，请问有何吩咐？

〔邱之茂掏出名刺，弯腰递给郑板桥。

〔郑板桥接过名刺看着。〕

郑板桥　（念着名刺）大清书画院院士……大清书画院？跟翰林院平行吧？您官授几品呀？

邱之茂　低调低调，咱不讲品位。

郑板桥　两淮虹桥诗社知社……知社？这官衔没听说过，跟知县、知州、知府比，谁大呀？

邱之茂　民间的，民间的。

郑板桥　扬州书画名家参评委员……参评委员？您是又参选又评判，高，有手段。

邱之茂　见笑见笑。

郑板桥　享受朝廷特殊俸禄……特殊俸禄？您每月拿多少俸银呀？

邱之茂　前年乾隆皇帝南巡，周济扬州贫困文人，赏了我五两银子。

〔郑板桥将名刺还给邱之茂。〕

邱之茂　（尴尬地）啊……留个纪念吧。

郑板桥　高攀不起。

邱之茂　先生……

郑板桥　买画吗？

邱之茂　我是陪着扬州知府姜晋升姜大人来的。

郑板桥　有何贵干？

邱之茂　哦，是这样……前些天知府大人派人给先生送来一部诗稿，求先生代为刻印。

郑板桥　我只是个卖画的。

邱之茂　您在京城给慎郡王刻印的那部诗稿，知府大人非常欣赏。特别是后面那个跋，才华横溢文采飞扬千古佳作啊！知府大人还想请先生写个序……

〔饶五娘怀抱琵琶，同孙奶妈从另一侧上，见郑板桥正在接待客人，也停住了脚步，静静地观看着。

〔郑板桥从下面翻出一摞诗稿，扔在案桌上。〕

邱之茂　对对，就是这些诗稿，是学生亲自抄写的。

郑板桥　商家得意纳小，官家得意刻稿。当官可以贪污受贿，可以坐轿子，可以公款大吃大喝，公款游山玩水，公款嫖娼赌博……还可以随便打老百姓的屁股，随便拆人家的房屋，随便霸占别人的老婆……我就纳闷了，天下的好事都让他们占尽了，干吗还往读书人的地盘上挤，还要出名，还要风光，还要流芳千古……

邱之茂　不不，先生您误会了，姜知府可是个行家，大行家。您看看，他写了那么多诗……

郑板桥　他那叫诗？我看了，无非是些逢迎拍马之作，应酬游戏之作，无病呻吟之作。满纸都是老奸巨猾的官话、千篇一律的套话、令人肉麻的假话和放之四海而皆准的废话，庸俗至极、无聊至极、恶心至极。这狗屁不通的诗稿我能刻吗？

邱之茂　姜知府胸怀沟壑海纳百川，颇有自知之明，他承认自己的诗作一般，请先生删改自便，妙手回春。

郑板桥　删改自便？自己的孩子生得丑，也能删改吗？

邱之茂　（掏出一张银票）先生，您就委屈一下吧。这是一千两的定金，事后另有厚酬。

郑板桥　哈哈哈……果然是当官的，花老百姓的钱慷慨得很啊。

邱之茂　先生，姜知府的诗作一般，可是书法却很见功夫的。

郑板桥　哦？

邱之茂　姜知府能一笔写出龙虎两个字。

郑板桥　玩花活也算功夫？

邱之茂　他还能写榜书，一丈二的大字，用特制的大抓笔。

郑板桥　大就是好吗？您铺上天宁寺这么大的一张纸，写个“屁”字，不还是个“屁”吗？

邱之茂　先生，您……

〔姜晋升实在听不下去了，走了上来。〕

姜晋升　板桥先生果然尖酸刻薄不留情面啊。

郑板桥　（客气地施礼）板桥见过知府大人。

姜晋升　别客气，叫我姜晋升就行了。

郑板桥　在下不敢。

姜晋升　（指着邱之茂）知道他是谁吗？

郑板桥　刚才看见他的名刺了，来头很大。

姜晋升　来头再大都是空的，到头来还得在我的府上混吃混喝。

郑板桥　大凡官袍在身，周围总会有一群文人蝇营狗苟。

姜晋升　知道他为什么不能当官吗？

郑板桥　当官需要考取功名的。

姜晋升　我没有功名，不照样是四品黄堂吗？

郑板桥　据在下所知，您走的是偏途。

姜晋升　别客气，你直接说我的官是花钱买的就行了。你倒是有功名，还什么康熙秀才雍正举人乾隆进士，怎么也不能当官呢？

郑板桥　愿听知府大人赐教。

姜晋升　当官需要学问。

郑板桥　何为学问？

姜晋升　虽说朝廷有章法，偏途与正途平等，捐官与录官一视同仁，可是你们这些所谓有功名的人，向来看不起我们这些捐官，称自己是老虎班，称我们为风尘俗吏。为什么会这样？因为你们觉得自己有学问对不对？我今天要告诉你，何为学问。你觉得十年寒窗、腹笥五车就是学问吗？你觉得蟾宫折桂、金榜题名就是学问吗？你觉得能把字写漂亮一些、把竹子画别致一些就是学问吗？告诉你，这不叫学问，这是装饰。像衣服鞋帽和女人的耳环项链一样，都是装饰品。真正的学问不在这儿，在实打实硬碰硬的官场上。

郑板桥　不就是溜须拍马、见风使舵、钩心斗角、尔虞我诈那一套吗？

姜晋升　就算是你说的这些，你知道溜须拍马的手段在哪儿？见风使舵的眼力何在？钩心斗角胜算何出？尔虞我诈的进退何为？哈哈哈，讲官场的学问，你连大门在哪儿都不知道，你就是个“屁”。

〔姜晋升说完，挥袖而去。

〔邱之茂抱起那摞诗稿，也紧随而去。

〔一声琵琶声，饶五娘高唱着：“吹嘘更不劳前辈，从此江南一梗顽……”

〔郑板桥见到饶五娘，百感交集，呆若泥塑……〕

虫　虫　（提醒着）爸爸，又有人来了。

郑板桥　五娘……我的五娘啊……

饶五娘　先生，您让五娘等得好苦啊！

郑板桥　你们怎么在这儿？

饶五娘　是文思上师收留了我们。

郑板桥　果然是你们。

孙奶妈　我们差点儿见不到先生啊。

郑板桥　我从京城回来后，立即到玉勾斜找你们……

孙奶妈　唉，说来话长，五娘可遭了大罪了。

郑板桥　到底是怎么回事？

孙奶妈　与先生别离的第二年，五娘的父亲过世了，只剩下我们俩相依为命……

饶五娘　五娘两岁丧母，是孙奶妈把我拉扯大的，情同亲生。

郑板桥　我与五娘命途相同，二岁死了亲娘，是奶娘费妈妈把我养大的。

孙奶妈　五娘父亲过世以后，讨债的都逼上了门，扬州姜知府迷上了五娘的扬州小调，逼着五娘做他的九姨太……

郑板桥　就是刚才那个姜晋升？

孙奶妈　姜知府仗着有权有势，耍尽了手腕，不是派媒婆送礼，就是派说客登门，要不就派一些流氓地痞前来纠缠。我们逃到真州，他们追到真州；我们逃到兴化，他们又追到兴化；我们逃到扬州，他们又追到扬州……

郑板桥　（愤恨地）这个人面兽心的姜晋升，把大清朝的脸面都丢光了。五娘，我对不起你啊！

饶五娘　孙妈妈带着我东躲西藏到处流浪，幸亏遇上了文思上师。

郑板桥　咦，文思上师呢？

饶五娘　他只是告诉我们到这儿来找先生，自己却到御码头看热闹去了。

郑板桥　御码头上有什么热闹？

孙奶妈　先生有所不知，今天一早，两个盐商就开始斗富，一个是万盛园的齐掌柜，一个是四海居的马掌柜。齐掌柜买了一万张金箔，从文峰塔上撒下来，哎呀乖乖，整个扬州城的草花树木，都披上了一层金箔。马掌柜更是了得，买了两万个镀金的不倒翁，撒在大运河里，满河金光耀眼，把南来北往的漕船商船都堵上了……

饶五娘　扬州疯了。

郑板桥　五娘说得对，扬州不但疯了，还烂了。

饶五娘　我说扬州疯了，真是疯了。你看满大街的人，一个个直眉瞪眼地往前冲，走路都像跑一样。当官的忙，读书的忙，做生意的忙，讨生路的忙，可是你看看，连那些乞丐都两脚乱捯扯，他们在追什么赶什么呢？追赶着去死吗？

郑板桥　我说扬州烂了，真的烂了。你闻闻扬州什么味道呀？贪腐气、铜臭气、脂粉气，熏得人喘不过气来。官场恶俗，商场低俗，文人媚俗，俗不可耐，污浊得让人睁不开眼睛。真正的写字画画人，连一张干净的白纸都找不到了。

饶五娘　只有先生的画摊儿，还能闹中取静，不染俗尘。

郑板桥　五娘，你看到我这张幌子了吗？

饶五娘　康熙秀才雍正举人乾隆进士。

郑板桥　有人说我这是在炫耀。

饶五娘　五娘觉得是先生在自嘲。

郑板桥　知我者，五娘也。他们也不想想，从康熙到雍正到乾隆，将近五十年了。别人都是十年寒窗，我却苦苦熬了四十多年，有什么好炫耀的？我又为的是什么呢？我也曾壮怀激烈志在凌霄，做过出将入相的黄粱美梦。五年前进士及第的时候，我狂妄地认为我的美梦就要成真了。我苦苦熬了四十余年，又苦苦等了五年，现在已经心如冷灰了。

饶五娘　先生无须气馁，紫金盆陷入污泥当中，终有得见天日之时。

郑板桥　五年来，板桥虽然苦苦寻觅五娘，可是见了五娘，又惭愧得很，有句话要跟五娘讲清楚。

饶五娘　先生请讲。

郑板桥　天下的父母，都把心思放在男儿身上，略有余力便逼着男儿苦读诗书，为的是学好文武艺，售与帝王家，混个一官半职，耀祖光宗；唯扬州不同于天下，不盼生男盼生女，拼尽心血让女儿出息，“千家养女教新曲，十亩栽花算种田”。五娘自幼在慈父的精心教诲下，艺精技绝，又貌美绝伦，在扬州将来会星光灿烂，大放光彩的。可是……

饶五娘　先生不要说了，五年前与先生私订终身，五娘看中的只有先生的人品和才华，至于所谓高官厚禄大好前程，五娘连想都不想。刚才五娘亲眼看见了先生拒绝姜知府的银票，对先生更加钦佩有加。五娘学的是琴棋书画，读的是圣贤之书，讲的是礼义廉耻高风亮节。与先生为伍，如伴青松翠竹，心心相印，此生足矣。

郑板桥　板桥不才，靠写字卖画，难以维持生计。

饶五娘　五娘技艺在身，沿街卖唱，亦能维持家用。

郑板桥　人生得一知己足矣，得一红颜知己，更是死而无憾了。

饶五娘　如果先生贪图清静，我们可以回玉勾斜。

郑板桥　那里山清水秀绿树繁花尘霾不染，听不到扬州的靡靡之音。

饶五娘　那里莺歌燕舞菜嫩鱼鲜桃源世外，闻不到扬州的恶俗腐臭。

郑板桥　三间茅屋，十亩田园，吃米……

饶五娘　我们自己种。

郑板桥　吃菜……

饶五娘　我们自己栽。

郑板桥　吃瓜果……

饶五娘　我们自己摘……

郑板桥　吃鸡蛋……

饶五娘　我们自己下……啊？先生您好坏啊……

〔饶五娘撒娇地扑打过来。

〔郑板桥顺势将饶五娘搂在怀里……

〔呼喊声："圣旨到……"

〔郑板桥与饶五娘惊愕地分开……

〔传旨者："兴化进士郑燮听旨……"

〔郑板桥、饶五娘等均跪下。〕

传旨者　奉天承运皇帝诏曰：擢宣化郑燮任山东范县知县，钦此。

〔有顷，郑板桥如梦初醒，匆忙叩谢。〕

郑板桥　臣领旨，吾皇万岁万岁万岁岁。

〔传旨者退去。

〔郑板桥突然疯狂起来，张开双臂，仰天大笑……

〔虫虫蹦跳起来："我爸爸当官了，当县太爷了，我就是县太爷的公子啦……"〕

郑板桥　哈哈哈，万岁皇帝啊，您终于龙目识珠了，我郑燮登天有路报国有门了……而今幸得青云步，遮却当年一半羞……

〔饶五娘看着近似疯癫的郑板桥，像看着一个陌生人，慢慢地向后退去……

〔灯光渐暗。〕

第二幕

〔范县县衙。

〔花厅。

〔这里前面连着县衙的大堂，后面挨着后宅，是个较为随意的地方。县太爷既可以在这里办公，接待方方面面的宾客，又可以允许家人出入。

〔幕启。

〔早晨。风清气爽，晨露滴珠，鸟儿啁啾，树影花荫。

〔郑板桥在案桌上写了一首诗，师爷周在黎揭起来挂在墙上，朗诵着："衙斋卧听萧萧竹，疑是民间疾苦声。些小吾曹州县吏，一枝一叶总关情。"〕

周在黎　好，好诗啊。东翁真是爱民如子，心系百姓疾苦。

郑板桥　为官一任，造福一方，总不能辜负了浩荡皇恩。周师爷，你的字很见功力，来来来，早晨心情好，挥洒一番。

周在黎　不不，我怎能在东翁面前献丑呢？东翁在荣任范县正堂之前，已经是扬州赫赫有名的书画大家了。

郑板桥　书画大家？你封的？

周在黎　公认的。

郑板桥　自古以来，书画因人而名，人无名，书画何来之名？

周在黎　依东翁之见，只有当了官，书画才能成名？

郑板桥　大抵如此，至少，当了官之后，书画才能卖上好价钱。官越大，书画的价码儿就越高。要不，为什么那些书家画家，都削尖了脑袋要混迹官场呢？还有，混进官场的人，不管有没有功夫，都敢拿起笔来在纸上乱刷。你知道他们在刷什么吗？那是在刷钱呀！

周在黎　依在下之见，为官者未必能成名，除极少数建功立业、政绩斐然者，大多数为官者都是庸庸碌碌无所作为，不要说七品知县，就是四品黄堂、二品巡抚，甚至封疆大吏，也不过是风吹叶落人走茶凉，无论好坏，能留下名声的又有几人何？

郑板桥　说得好啊周先生，如今天下太平海晏河清，你纵有文韬武略亦无用武之地，建功立业谈何容易？多数为官者非庸即贪，能做个清官能吏就算不错了，又能何处觅封侯，匹马赴凉州呢？

周在黎　如此说来，太平官好当，功名难建。

郑板桥　也不尽然，为官如作文，文似看山不喜平。为官切忌平庸，领异标新出奇制胜方能脱颖而出。

周在黎　东翁您赴任范县，微服简从，骑驴而至，已经在民间衙内沸沸扬扬；上任之后，又命人将衙门的墙壁凿了许多洞，说是放放污浊之气，更是议论纷纷如风如潮。

郑板桥　哦，议论纷纷如风如潮，都说了些什么？

周在黎　多数人都说您清正廉明，亲民爱民，范县见到了青天。

郑板桥　那还有少数人呢？他们又说了些什么？

周在黎　嗨，人嘴两张皮，舌头不是东西，黈纩充耳，不听也罢。

郑板桥　不，我就要兼听则明。

周在黎　有人说……

郑板桥　说什么？

周在黎　有人说……东翁您这是在演戏。

郑板桥　还说什么？

周在黎　还说……东翁您这是出幺蛾子……

郑板桥　哈哈哈……周师爷，你觉得呢？老爷我是在演戏，还是出幺蛾子？

周在黎　在下觉得，东翁是打破常规领异标新，新官新气象，开创新局面。犹如在酸腐的官场上吹进一股清风，在浑浑噩噩的乌纱帽上泼了一盆凉水。

郑板桥　说得好，正是老爷我心中所求。周师爷，板桥不是圣人，也不想修炼成佛，一不戒酒，二不戒色，但须戒“二庸二俗”。

周在黎　何为“二庸二俗”？

郑板桥　不做庸官，不做庸人；不写俗字，不画俗画。先生以为如何？

周在黎　这个……

郑板桥　先生但说无妨。

周在黎　不做庸官难，但非不可；不做庸人亦难，亦非不可。然不写俗字，不画俗画，恐非常人之所为。

郑板桥　老爷我就要做非同寻常之人。

周在黎　在下对东翁高山仰止，钦佩之至。

虫　虫　（跑上来）爸爸爸爸……

郑板桥　告诉你多少回了，叫老爷。

虫　虫　老爷……

郑板桥　什么事？

虫　虫　后宅的桃子熟了，我摘了两个，请老爷尝尝鲜。

郑板桥　唔。（接过桃子，咬了一口）

虫　虫　怎么样？

〔郑板桥将咬了一口的桃子递给虫虫。

〔饶五娘兜着一堆竹叶回来，蹦蹦跳跳，眉飞色舞。见郑板桥把咬了一口的桃子递给了虫虫，便愣了一下，避在门外。

〔虫虫在桃子的缺口处咬了一口，细细地品味着。〕

郑板桥　香吗？

虫　虫　老爷的口齿留香，回味无穷。

郑板桥　甜吗？

虫　虫　甜到虫虫的心里去了。

郑板桥　怪不得姚思源说你已经颇谙风情了，果然小嘴巴越来越会说话了。

虫　虫　虫虫稀罕老爷……

〔突然，门外的红裙飘动了一下。

〔饶五娘转身要走。

〔郑板桥追了出来："五娘……"

〔饶五娘浑身一抖，怀里的竹叶掉了一地。〕

郑板桥　五娘，你采这些竹叶干什么？

〔饶五娘没有理睬郑板桥，郑板桥蹲在地上帮助饶五娘捡竹叶。〕

郑板桥　（吟哦着）为折桃花屋角枝，红裙飘惹绿杨丝……

饶五娘　（高兴起来）先生这是写给五娘的？

郑板桥　喜欢吗？

饶五娘　先生的诗作，五娘句句珍惜。

〔饶五娘捧着竹叶，蹲在地上摆放起来。

〔郑板桥站在一边，饶有兴味地看着。〕

郑板桥　五娘这是做什么？

饶五娘　写字。

郑板桥　写字？

饶五娘　哦，应该叫摆字。

郑板桥　（仔细观看着）人生到处知何似，应似飞鸿踏雪泥……嗯，这字有体。

饶五娘　有体？何体？

郑板桥　应是飞鸿踏雪泥，就叫鸿泥体吧。

〔饶五娘打了一个哈欠，面露倦容。〕

郑板桥　莫非五娘夜里没有睡好？

饶五娘　求老爷恩准，五娘今晚不跟老爷同床了。

郑板桥　（一愣）为什么？

饶五娘　老爷不老实。

郑板桥　你在说……五娘……虫虫他还是个孩子……

饶五娘　我在说老爷。

郑板桥　五娘，你千万别多心……

饶五娘　我仰卧着，老爷在我胸上画；我侧卧着，老爷在我臀上画；我和老爷相拥而卧，老爷又在我的背上画。

郑板桥　（长出一口气，如释重负）我不是画，我是在写。

饶五娘　写什么？

郑板桥　写字呀？

饶五娘　写字应该在纸上，老爷在人家身上瞎划拉什么？

郑板桥　与娘子同床共衾，交颈而卧，缠绵缱绻，你贪我爱，如梦如幻，实在舍不得下床寻笔寻纸，只好以指为笔，以娘子雪肤为纸，揣摩描画……

饶五娘　我有我体，你有你体，人各有一体，您尽在我身上写什么呀？

郑板桥　我有我体，你有你体……人各有一体……五娘……

〔郑板桥立即来到案边，挥毫铺纸，在案上写了起来。〕

饶五娘　（一边看着，一边评论着）如行如草如真如隶，又非行非草非真非隶，融真草隶篆为一体，以真隶为骨肉，形体狂放，欲飞欲崩；乱石铺街，然法度不乱……

郑板桥　五娘果然见识非凡。

饶五娘　三分真七分隶。

郑板桥　隶又称八分，五娘觉得此书该是几分？

饶五娘　六分略多，七分不足。

郑板桥　那就是六分半吧？

饶五娘　好啊，就叫六分半，郑氏六分半书。

郑板桥　不如叫板桥六分半书。

饶五娘　此书不可无一，不可有二。

郑板桥　是五娘的鸿泥体和人各有体的高论启迪了我，告诉孙奶妈弄两个菜，板桥要好好敬我的如夫人一杯。

〔虫虫手里举着一张银票跑着进来，叫嚷着。〕

虫　虫　老爷，我们发财了，您看……

郑板桥　（接过银票）哪儿来的？

虫　虫　有人要求老爷的墨宝，这是定金。

郑板桥　一百两银子的定金，我得给他写多少字呀？

虫　虫　人家只要一副对联，说老爷的墨宝一字千金，千金难求。

饶五娘　老爷没当官的时候，字画沿街叫卖都没有人买。现在当了个七品知县，就有人拿着银票前来订购。他们到底是要买字画呢，还是买官呢？

郑板桥　眼下官场上就是这样，明着是求墨宝求字画，实际上就是索贿行贿，冠冕堂皇罢了。把银票给他退回去，告诉他，只要我在官场上一天，就绝对不卖一张字画。

虫　虫　老爷，这……

郑板桥　有什么为难的吗？

虫　虫　虫虫也是受人之托……这求字人是……

郑板桥　这么说，姚思源来范县了？

虫　虫　老爷不是刚刚断了丰庆隆分号的官司嘛，姚老板为了表示感谢……

周在黎　（上）东翁，扬州丰庆隆总号老板姚思源求见。

郑板桥　说曹操曹操便到了，请。

姚思源　（恭恭敬敬欲施礼下跪）小民姚思源拜见知县老爷。

郑板桥　（急忙上前拦住）姚老板不必客气，我们是老相识了，官场俗礼就免了。

姚思源　谢过郑老爷。

郑板桥　姚老板，丰庆隆范县分号前两天来告状，说两个盐贩子欠了贵号二十两银子，久拖不还，我判他们在贵号门前戴高帽示众三天。姚老板有什么异议吗？

姚思源　郑老爷秉公断案明镜高悬，姚某钦佩之至感激不尽。

郑板桥　姚老板如果还不满意，就再加两天。

姚思源　别别……郑老爷，姚某今天登衙，就是想求老爷宽恕了他们吧，人有脸树有皮，都是范县地面上的人，以后还做生意呢，就算了。

郑板桥　不行，欠债不还，他们自己都不要脸了，对这种无赖绝不能宽恕。

姚思源　郑老爷，姚某求求您了，还是别让他们示众了。

郑板桥　判他们戴高帽示众，也为的是唤醒民众的羞耻之心，做生意要懂得礼义廉耻，这不好吗？

姚思源　郑老爷圣明，礼义廉耻固然重要，但是……您让他们在商号门前示众，半城的人都前去看热闹，人山人海，把商号的门面都堵死了，我们的生意实在无法做了。郑老爷，把他们放了吧，在商言商，为了惩治两个无赖，我们不能关门停业啊！

郑板桥　哦，这个嘛……老爷我确实思虑不周。不过，宽恕了他们，那他们欠贵号的钱怎么办？

姚思源　算了算了，欠的钱也不多，我们认倒霉，不要了。

郑板桥　周师爷，快把那两个无赖带上来，让他们当面向姚老板跪谢。

姚思源　（感激地）郑老爷，姚某知道您清正廉洁，不收受寸缕之贿，只好臊眉耷眼地空手来见。

郑板桥　你不是给了虫虫一百两银子吗？

姚思源　那是想托虫虫求购先生的墨宝，与贿礼无关。

虫　虫　（将银票交给姚思源）我家老爷让把银票退给姚老板。

姚思源　（尴尬地）这……

〔周在黎带着两个盐贩子上来。

〔两个盐贩子戴着纸帽子，纸帽子上还扎着飘带，样子非常滑稽。〕

盐贩子　小民叩见青天大老爷。

郑板桥　盐贩听着，回老爷话，你们为什么欠丰庆隆的盐钱不还？

盐贩子　老爷，小的冤枉啊……

郑板桥　欠债不还，你们还喊冤，冤在何处？

盐贩子　不是我们欠债不还，老爷您打听打听，范县所有盐贩都欠丰庆隆的债。

郑板桥　胡说，那为什么单单把你们两个告上本堂？

盐贩子　他们这是老太太吃柿子，拣软的捏，抓住我们两只小鸡子，给一大帮猴子看。

郑板桥　那你们给老爷说说，为什么范县所有盐贩都欠丰庆隆商号的钱？

盐贩子　老爷您有所不知，范县的盐都由丰庆隆一家专营，我们所有的盐贩都要到他家趸货。盐好盐赖、盐多盐少、价高价低都是他们说了算。近些年贩卖私盐的越来越多，他们的盐又好又便宜，我们根本争不过他们。贩盐难啊，多卖多亏，少卖要亏，不卖更亏。

郑板桥　这就奇怪了，怎么会不卖更亏？

盐贩子　凡是贩盐的小商小贩，都要到丰庆隆登记造册，获得他们的准许，要交五十两银子的押金。趸货的时候他们一笔一结账，如果你不想干了，他们的押金是不退的。五十两银子，一个小门小户人家，几年都攒不出来，您说我们要是不卖盐，不是更亏了吗？

郑板桥　要是他们退还给你们押金，你们还想卖盐吗？

盐贩子　他们就是用那押金把我们拴住了，退还了押金，谁他妈贩盐谁三孙子……

郑板桥　放肆，大堂之上撒野，拉出去……

盐贩子　老爷饶命啊，我们粗话说惯了，一时改不了口，您饶了我们吧！

郑板桥　转过身，冲门口跪着。

〔两个盐贩子转过身，背对着大堂。

〔这时候，站在郑板桥身边的姚思源突然发现两个盐贩子背后的纸飘带是一副对联，正是郑板桥的手笔：大丈夫仁中取利　真君子义内求财

〔姚思源急忙上前观看着。〕

姚思源　郑老爷，这副联是您写的？

郑板桥　诚如你所说，我要让他们懂得一点儿礼义廉耻。

姚思源　郑老爷，我刚才说了，他们欠小号的钱免了，这对联能不能赏给小号？

郑板桥　哦，既然这对联是挂在他们身上的，那就属于他们的了。姚老板既然喜欢，周师爷，你去跟他们商量商量……

〔周在黎会意，走到两个盐贩子跟前，轻声嘀咕着……〕

周在黎　姚老板，他们说了，这副对联是老爷赏给他们的，他们在丰庆隆门前跪了一整天了，少了不卖。

姚思源　他们要多少银子？

周在黎　他们要一百两。

郑板桥　姚老板，你手里不正好有一百两银子吗？

姚思源　啊……是啊……好，一百两就一百两，值。

郑板桥　你们两个盐贩，回过身来。今天老爷替你们做主，姚老板给你们一百两银子，算是退还你们的押金了，你们回去不愿意贩盐，随便干点儿什么吧。

盐贩子　谢老爷。

郑板桥　还不先谢谢姚老板？

盐贩子　谢谢姚老板。

〔周在黎将那副对联摘下来，递给姚思源。〕

姚思源　郑老爷，姚某告辞，容日后再谢。

郑板桥　周师爷，替我送送姚老板。

郑板桥　你们两个盐贩跪下！

〔皂班威武地呵斥："跪下。"

〔两个盐贩咕咚跪下。〕

郑板桥　老爷我今天替你们做主，讨回了押金，知道为什么吗？

盐贩子　外面都说，您是青天大老爷，断案的时候，总是右窭子左富商。

郑板桥　什么？

盐贩子　哦，窭子……就是穷光蛋。说您总是偏向穷人，为穷人说话，替穷人做主。

郑板桥　甭管到什么时候，历朝历代，从古到今，穷人是最羸弱的一群。富人欺诈，商人盘剥，读书人瞧不起，当官的当兵的随便打骂呵斥，连看门狗都追着穿得破破烂烂的叫花子咬。大凡到大堂上来的，有理的没钱，有钱的没理，你说老爷我应该不应该偏袒一下穷人？

盐贩子　应该应该，太应该了，老爷您再不给我们穷人做主，穷人可真的没有活路了。

郑板桥　但是老爷我要告诉你们，这大堂上面，挂的是明镜高悬，我偏袒穷人，但是不能失理，更不能纵容。你们欠丰庆隆的钱原本该还，做生意讲的是“诚信”二字，世界上哪儿有欠债不还的道理？今天老爷我替你们摆平了，可是你们理亏的地方我还要罚你们。拉下去，重打二十大板！

盐贩甲　老爷，小的认打！

盐贩乙　老爷，小的认罚！

盐贩子　小的心甘情愿！

郑板桥　退堂。

〔列班皂隶高喊：“威武……”〕

第 三 幕

〔潍县二堂。

〔郑板桥心情烦躁，坐立不安，走动着。

〔饶五娘端着饭笺进来，把一碗菜粥、一个糠窝头摆在案桌上。〕

饶五娘　老爷，您已经两天没吃东西了，还是多少垫补点儿吧，您可不能倒下。

郑板桥　全县的人都在挨饿，我……我怎么能吃得下啊？

周在黎　东翁，全县的黎民百姓都眼巴巴地等着您救济呢，为了他们，您也得吃点儿呀。

郑板桥　都说潍县是齐鲁大粮仓，在大粮仓里却饿死了人。

周在黎　东翁在范县六年，政绩斐然，才被擢升到潍县，没想到您刚上任就赶上了这么大的饥荒。

郑板桥　周先生，你说，这大饥荒是天灾还是人祸？

周在黎　在下斗胆说一句：三分天灾，七分人祸。

郑板桥　这话是实情，你可以说，我却不能说。我在写给知府大人的呈文上，愣是把这谎言说成是一年虫灾，两年大旱，颗粒无收。违心啊，想不到我郑板桥也昧着良心说起了这混账话。

周在黎　您这么做为的是让知府大人开恩，同意您开仓赈粮。要是给皇上写奏折，便可以直陈实情。

郑板桥　可惜啊，四品以上的官员才能给皇帝上奏折，如此局限，百姓疾苦，何以直达天听？

孙奶奶　（急急跑来）五娘五娘，你快去看看吧，虫虫饿得实在受不了了，非要吃那观音土不可……

郑板桥　什么？虫虫要吃观音土？

周在黎　孙奶奶，快去告诉虫虫，那东西不能吃啊，吃得进去，屙不出来，要把人憋死的。

郑板桥　（指着案桌上的菜粥和糠窝头）五娘，快把这端给虫虫吃。

饶五娘　老爷，这……这可是您的保命粮啊！

郑板桥　虫虫年轻，禁不住饿，快端过去……

〔外面衙役高呼：“知府大人到……”

〔周在黎、孙奶奶等急忙回避，饶五娘只好将菜粥和糠窝头端走。

〔曹州知府姜晋升上。〕

郑板桥　（跪拜）潍县知县郑燮拜见知府大人。

姜晋升　郑知县，我们终于又见面了，扬州一晤，不知是否记得？

郑板桥　姜大人，板桥当年不懂事，多有得罪，还望大人海涵。

姜晋升　没有……没有啊，我姜某人对你们读书人的傲骨和坦言，是非常欣赏的。

郑板桥　姜大人，您来得正好，潍县百姓嗷嗷待哺，命悬一线，切盼着大人您救民于垂危啊！

姜晋升　郑知县，本官今天来，是下达山东巡抚的指令：明年春天，当今圣上要到泰山封禅，然后再去蓬莱东巡，途中要驻跸潍县。潍县老城已经百年未经修葺了，城墙破破烂烂，城内垃圾淤积，到处都臭烘烘的，如此不堪有损朝廷脸面，辜负当今盛世美名。巡抚大人有令，在明年三月前必须将潍县县城修葺一新。

郑板桥　姜大人，重修潍县县城，能给我们拨多少银两？

姜晋升　巡抚大人说了，潍县历来为富庶之县，修城之款项自行解决。

郑板桥　自行解决？姜大人，您知道不知道？十几万潍县人在挨饿，已经奄奄一息了。

姜晋升　你写的呈文本府已经看了。

郑板桥　您同意了？

姜晋升　同意什么？

郑板桥　同意开仓放赈呀？

姜晋升　开仓放赈得由朝廷准许。

郑板桥　那您赶快给朝廷写奏呈呀？

姜晋升　给朝廷写奏呈？哈哈哈……你说得倒是轻巧。

郑板桥　怎么，大人您不肯？

姜晋升　不是我不肯，是我不能。

郑板桥　为什么？

姜晋升　去年的徐知县……哦，就是你的前任，上报潍县大丰收，我已经上报给朝廷了，龙颜大悦，御批褒奖。我现在再上奏说潍县饥荒，这不是自己抽自己的嘴巴吗？我的脑袋还要不要了？

郑板桥　去年明明是歉年，夏季洪涝，秋季虫灾，徐知县为了彰显政绩，却虚报麦秀双穗、五谷丰登。皇上这一褒奖不要紧，又从潍县多征收了十万石粮食。潍县拢共才十三万人口，差不多每人要交一石粮，哪有粮食呀？没有，挨家挨户地搜查，搜出来就扛走，不让搜就打人，抓人，关大牢。不要说人的口粮，连种子、马料都被你们抢走了。

姜晋升　郑知县，你说这些话可要负责任。

郑板桥　郑燮说的绝对实情，句句是真，大人如若不信，可以亲去调查。徐知县如此横征暴敛，指挥虎狼衙役从百姓口中夺食，自己升官了，却把十三万潍县百姓投入水火之中。

姜晋升　郑知县，本府今天来，是指令你修葺潍县县城的，别的话题免谈。

郑板桥　那满城的饥民，遍野的哀鸿，载途的饿殍，难道大人就视而不见、见而不管吗？

姜晋升　这些都是你嘴里说出来的，不是本府亲眼看见的。

郑板桥　如此，姜大人要逼着板桥擅自开仓放赈了？

姜晋升　什么？你敢擅自开仓放赈？

郑板桥　本堂是朝廷命官，不能无视百姓死活。

姜晋升　那我就告诉你：明年三月之前，县城修葺不能完工，斩；擅自开仓放赈，斩。告辞。

〔姜晋升愤愤而去。

〔郑板桥颓然地坐在椅子上。〕

周在黎　老爷。

郑板桥　（突然振作起来，义无反顾地）传令，开仓放赈！

周在黎　老爷，刚才姜知府说了，擅自开仓放赈，是死罪啊！

郑板桥　死了我一个，救活十万人，值得！

周在黎　老爷……

郑板桥　开仓放赈！

〔石破天惊地呼喊："开仓放赈喽……"

〔横空闪电，霹雳撼天动地。

〔急风暴雨，天地间混沌一片……〕

〔紧接前场。

〔曹州府。

〔宅堂上，灯火通明，一片辉煌。

〔鼓乐齐鸣，丝竹盈耳。

〔舞女们穿着薄如蝉翼的长裙，伴着音乐翩翩起舞。

〔舞姿婀娜，美女如仙。

〔姜晋升斜卧在榻上，一边欣赏着歌舞，一边喝着美酒。

〔饶五娘混在舞女当中，身姿舞态均出类拔萃。

〔突然，饶五娘吟唱起了扬州小调："老樵夫，自砍柴，捆青松，夹绿槐，茫茫野草秋山外……"

〔姜晋升突然坐起身来，惊愕地听着饶五娘的吟唱……〕

姜晋升　停，停下！

〔舞女们停止了舞蹈，音乐亦停。〕

姜晋升　谁？是谁在唱扬州小调？

饶五娘　是奴婢在讨知府大人欢心。

姜晋升　你是谁……不，别开口……等等……

〔姜晋升离开卧榻，走到饶五娘跟前，仔细地端详着饶五娘……〕

姜晋升　饶五娘……是你，果然是你？

饶五娘　（跪下）饶五娘拜见知府大人。

姜晋升　（亲手搀扶着饶五娘）五娘请起……

〔姜晋升朝舞女们挥了挥手，舞女们退下。〕

姜晋升　（继续端详着饶五娘，万分感慨）五年了……不，十年了，或者十一年了……对，整整十一年了……十一年前在玉勾斜聆听了饶五娘的婉转莺啼，这仙乐便入耳入心入骨髓。五脏六腑七窍八魂，无一处不熨帖；三万六千个毛孔，无一孔不舒畅。自此以后，余音时时缭绕耳畔，拨弄心弦，夜夜祈求五娘入梦……五娘，你让老夫想得好苦啊……

饶五娘　五娘辜负了大人的垂爱，请大人恕罪。

姜晋升　不不不……听说五娘后来做了郑板桥的如夫人。

饶五娘　五娘在遇见大人之前，已与我家老爷订了终身。

姜晋升　那么，你今天为什么混迹到我的家伎中来了？莫非要刺杀本官不成？

饶五娘　（急忙跪下）五娘有求于知府大人。

姜晋升　有求于我？哈哈哈……你饶五娘还有求于我？忘了我当初求你的时候了吗？我那时候好歹是个四品黄堂，在你面前像条哈巴狗似的摇尾乞怜，你连正眼看我一眼都没有；我打发人给你送去丝绸白银，你又原封不动地给我退回来。我为什么要这样，不就是因为稀罕你吗？实话告诉你，要玩女人，我什么样的女人找不到？你也看见了，我家伎当中个个都是绝代佳人、色艺双全。可是我身边就缺一个唱曲儿的。女人生个美人坯子容易，可是要有副天仙般的好嗓子，那必须是老天的造化了。我这个人就是这个毛病，凡是我稀罕的东西，必须得到手不可。女人不说了，当初我稀罕当官，怎么样？官运亨通！我后来稀罕出名，郑燮这小子不识抬举，不肯为我刻印诗稿，人家大名鼎鼎的金农给我刻印了，我的诗稿行销天下，闹得扬州纸贵。就是你，一个会唱曲儿的小女子，却跟郑燮混到了一起，也跟郑燮一样不识抬举。

饶五娘　姜大人，五娘我那时年轻不懂事，求大人宽恕。

姜晋升　这么说，你现在想明白了？

饶五娘　想明白了。

姜晋升　你愿意到我这儿来了？

饶五娘　五娘愿意服侍大人。

姜晋升　哈哈哈……好聪明的女子。你见郑燮被关进了大牢，脑袋保不住了，想给自己找条后路是不是？好啊，本官我就是大人大量不计前嫌，郑燮被处斩之后，我收留你。

饶五娘　大人，五娘到大人身边来，是有条件的。

姜晋升　条件？什么条件？

饶五娘　大人必须放了郑板桥，赦他无罪。

姜晋升　放了郑板桥，还要赦他无罪？

饶五娘　如若不允，五娘愿意与郑板桥同上法场，共赴黄泉。

姜晋升　这……原来你是来救郑板桥的？

饶五娘　板桥生，五娘生；板桥死，五娘死。

〔姜晋升惊异地看着饶五娘，似乎明白了什么，他犹豫了片刻，从后面的案桌上拿出一份呈文。〕

姜晋升　五娘啊，好贞烈的女子，你真让老夫我刮目相看啊！

饶五娘　大人您同意了？

姜晋升　同意什么？

饶五娘　同意释放郑板桥，赦他无罪啊。

姜晋升　五娘，说实在的，本官更加稀罕你了。原来我稀罕你，是因为你的扬州小调唱得出神入化，无人能比；现在我稀罕你，是因为你舍身救夫，堪称千古烈女。

饶五娘　五娘感谢大人厚爱，望大人对郑板桥法外开恩。

姜晋升　要说释放郑燮，赦他无罪，也不是不可能的。看见了吧？这就是郑燮给我写的开仓放赈的呈文，我只需在上面画一个圈儿，证明是本官同意的，郑燮便无须担责。就是朝廷追究下来，本官也能搪塞过去。如果我把这呈文放在这儿火盆里烧掉，郑燮便是擅自开仓，本官有权先斩后奏。

饶五娘　五娘深知此中轻重，所以才舍身舍脸来求大人。

姜晋升　如果你真的嫁给本官，本官就冒险放了郑燮。

饶五娘　如果大人放了郑板桥，五娘就是大人的奴婢。

姜晋升　不过……本官不愿意落下一个乘人之危夺人妻室的恶名。

饶五娘　五娘可以先向郑板桥索取一纸休书。

姜晋升　五娘果然冰雪聪明。来人啊，带郑燮……

〔少顷，郑板桥扛着枷锁，被押了上来。

〔饶五娘忙上来，看着郑板桥，欲哭不能，欲泪不能，欲近不能，无所适从……

〔郑板桥看了看饶五娘，又看了看得意忘形的姜晋升，似乎明白了。〕

郑板桥　罪官郑燮见过知府大人。

姜晋升　板桥先生，你受苦了。

郑板桥　郑燮认罪，罪有应得。

姜晋升　给郑燮打开枷锁。

郑板桥　不用了，免得谈不拢再戴上，麻烦。

姜晋升　也好，那咱就简短截说开门见山，你看见饶五娘在我这里了吧，她是来求我放了你的。

郑板桥　大人不会答应她吧？

姜晋升　你错了，我答应她了。

郑板桥　答应了……什么条件？

姜晋升　聪明。很简单，只要你给她写一纸休书。

郑板桥　休书？

饶五娘　（扑上来，哭着）老爷，你不能死，我不要你死，我要你活啊……

郑板桥　我犯了死罪，当该赴死。

饶五娘　老爷，求求您了，按照知府大人的话做吧，赏给奴婢一纸休书吧！

郑板桥　我给了你休书，你去嫁给他，是吧？

饶五娘　我只有嫁给他，您才能活下来。

郑板桥　苍天啊，你为何让板桥陷入如此难择之境啊？为了救潍县十几万生灵，板桥冒犯天条，已经准备好了慷慨赴死的。为救民于水火而死，死得其所。即便不能青史留名，亦是俯仰无愧天地，褒贬只有春秋的。可是你……你为什么又给我留了一条活路？活下去，就要离开我心爱的五娘，就要让五娘去服侍一个她厌恶的人。从此以后，五娘就会身如僵尸，做一个让人任意戏弄的玩偶；而我板桥呢？眼见得亲人陷入泥沼，肮脏地活着，我又如何忍此奇耻大辱？五娘生不如死，我亦生不如死，这算是什么活路？

饶五娘　老爷，您不能死啊，您还有那么多的事情要做，您要画画，画梅兰竹；您要写字，写您的六分半书；您还要写诗，您的诗稿文稿还没有刻印成册……再说，还有孩子，我们的孩子……

郑板桥　不，五娘，你不能这样。马上离开这里，回到老家，好好活着，干干净净地活着，理直气壮地活着，把我们的孩子抚养成人。

饶五娘　不，老爷，我走了，您就死定了。

郑板桥　此生有了五娘，我板桥死而无憾了。

饶五娘　五娘宁肯与先生生离，也不与先生死别。

郑板桥　板桥不能玷污五娘的清白，亦不能玷污自己的清名。

饶五娘　先生……五娘也是万般无奈啊……

〔外面衙役高喊："慎郡王到……"〕

幕　僚　（急进）大人，慎郡王来了。

姜晋升　他怎么来了？

幕　僚　听说他去察看皇上泰山封禅的路线，拐到我们这里来了。大人，慎郡王已经进大门了，请您快去迎驾。

〔姜晋升急忙出去。

〔虫虫跑了进来。〕

虫　虫　老爷……

饶五娘　虫虫，这些天你跑哪儿去了？

虫　虫　老爷，您得救了……

郑板桥　怎么回事？

虫　虫　老爷出事以后，我就跑到了京城，找到了慎郡王，正好慎郡王要去泰山，就马不停蹄地赶来了。

郑板桥　（感动地）虫虫……

饶五娘　老爷……

〔饶五娘、虫虫和郑板桥喜极而泣，紧紧地搂抱在一起。

〔灯光渐暗。〕

第四幕

〔扬州郑板桥的寓所，宽敞、雅致，还有几分奢华。

〔画室与会客厅连在一起，一个门通向卧室。站在客厅里，能看见卧室的一角，是梳妆台。

〔门外挂的不是幌子，而是一张郑重其事的告示。

〔不断有路过的人停下来，有的朝里面窥视，有的高声念着告示。

〔路人中有落魄画家邱之茂。

〔有人在念告示："大幅六两，中幅四两，条幅对联各一两……凡送礼物食物，总不如白银为妙……送现银则心中喜乐，书画皆佳。礼物既属纠缠，赊欠尤为赖账。年老体倦，亦不能陪诸君作无意语言也……"

〔盐商姚思源走来，身边又带着一个小童。他站在一边听着。〕

姚思源　牛，牛哉！牛掰，牛掰哉！

小　童　老爷，啥牛呀？

姚思源　你看见没有，扬州城里，二千画师，哪个敢如此明码标价。都是漫天要价，落地还钱。

路人甲　不就一个七品知县嘛，还被罢了官，有什么了不起？

邱之茂　你可别这么说，这年头，越是朝廷不待见的，在老百姓当中越出名、越吃香、越争着抢着买他的画。

姚思源　哟，这不是邱先生吗？

邱之茂　邱之茂给姚掌柜请安。

姚思源　怎么，你不在姜大人门下混了？

邱之茂　前两年，姜大人不是调到曹州任知府了吗？他没带我去。

姚思源　现在不是又回来了吗？

邱之茂　回来了是两淮盐运运司使，三品大员，我出身卑下，手艺又潮，就不去给姜大人丢脸了。姚掌柜，您这是去找郑板桥？

姚思源　我跟姜大人约好了，去拜访郑先生。

邱之茂　哦……姚掌柜，一会儿姜大人来了，您给我美言两句，让他老人家给我安排个差事，好歹混口饭吃。

姚思源　你跟了他那么多年，自己干吗不找他？

邱之茂　实不相瞒，找过，姜大人似乎把我忘记了……

姚思源　忘记了？哈哈哈……真是贵人多忘事啊。

邱之茂　姚老板，您一会儿去拜访郑先生，我去先给您通报一声。

姚思源　用不着，你可别给我添乱啊。

邱之茂　啊……是是，那我先进去了。

〔郑板桥从屋里出来，一副潦倒颓废的样子，披头散发，衣衫不整，手里还端着一个紫砂壶，不知道里面是茶还是酒。

〔他显然是喝高了，脚下绊蒜，身子歪歪扭扭，荒腔走板地唱着："官罢囊空两袖寒，聊凭卖画佐朝餐……"

〔邱之茂走进来，为郑板桥击掌叫好。〕

邱之茂　可谓是"醉后高歌，狂来痛哭"，唯有板桥先生才有如此潇洒人生。

郑板桥　（醉眼看着邱之茂）你是谁？

邱之茂　（自白）这年头是怎么了？人得志之后下眼皮就没了，认不出比自己矮的人了。（恭敬地）学生邱之茂拜见板桥先生。

郑板桥　邱之茂？

邱之茂　（兴奋地）您想起来了？

郑板桥　（手指着邱之茂）你是个怪人。

邱之茂　（自白）他是扬州八怪之首，还说我是怪人……哦，对，我是个怪人。

郑板桥　你是妖怪，是魔怪，还是丑八怪？

邱之茂　在下是扬州九怪。

郑板桥　只听说过有扬州八怪，没见过九怪呀？

邱之茂　这不是来拜见您了吗？您老人家要是怕记不住，不妨写下来。

郑板桥　写下来？对对，我是得写下来，我喝完酒爱忘事。

〔走到案前，放下紫砂壶，拿起笔。

〔邱之茂忙过来铺纸抻纸。〕

郑板桥　你叫什么来的？

邱之茂　邱之茂，您就写：扬州九怪邱之茂。

郑板桥　咦，你不是来骗我写字的吧？

邱之茂　哪儿能呀，您的字画都是明码标价的。

郑板桥　你不是冒名顶替吧？

邱之茂　货真价实，错了包换。

郑板桥　不行，我得考考你，你要是个胸无点墨的草包，我可不给你写字。

邱之茂　考我？您……考什么？

郑板桥　嗯……那就作首诗吧。

邱之茂　作诗咱还能勉强……请先生出题。

郑板桥　……你就以这紫砂壶为题吧。

邱之茂　紫砂壶……紫砂壶……啊，有了：紫砂壶啊紫砂做，敦敦实实像萝卜。能装酒来能盛水，千万小心别打破……怎么样，板桥先生？

郑板桥　你这是诗吗？

邱之茂　是啊，合辙押韵。

郑板桥　你这是屎，臭狗屎。

郑之茂　请教先生，这紫砂壶该如何入诗？

郑板桥　让老夫我给你作一首……紫砂壶……嘴尖肚大耳偏高，才免饥寒便自豪。量小不堪容大物，两三寸水起波涛。

邱之茂　（夸张地鼓掌叫好）好诗好诗，千古绝唱，万代不朽之作……

〔郑板桥端起紫砂壶，晃晃悠悠地朝里面走去……〕

邱之茂　先生，您别走啊，您还没给我写字呢……

〔孙奶妈挎着竹篮出来，叫着虫虫。

〔虫虫跑出来。〕

孙奶妈　虫虫，老爷天天喝得醉烂如泥，又哭又唱的，这可不行。毕竟是六十多岁的人了，身子骨不经折腾。

虫　虫　老爷心里难受，能不折腾吗？

孙奶妈　是啊，好好的官说罢就罢了，还差点儿掉脑袋。好好的儿子说死就死了，搁谁也受不了。

虫　虫　还有，五娘又离家出走了，好好的夫妻就这么散了。

孙奶妈　五娘心里更不好受，她想念儿子啊……要不是文思上师苦苦相劝，她早就……现在每天除了烧香就是念佛，水米不进。这不，我刚给她熬了点儿鸡汤。

虫　虫　孙奶妈，您还是劝五娘回来吧，好歹跟老爷有个照应。

孙奶妈　你也得好好劝劝老爷，不能这样喝酒了。

虫　虫　老爷不听我的。

孙奶妈　好好哄哄他，让他开开心。

虫　虫　我有什么办法呀？

孙奶妈　你是男人，你懂的。

〔孙奶妈走了。

〔虫虫若有所悟，跑进卧室，坐在梳妆台前面……

〔郑板桥又唱着扬州小调出来，踉踉跄跄。

〔躲在一边的邱之茂马上迎上，搀扶住郑板桥。〕

邱之茂　板桥先生，您还没给我写字呢。

郑板桥　你是谁?

邱之茂　这么会儿您就忘了？我是扬州九怪邱之茂啊。

郑板桥　扬州九怪邱之茂……哪儿来的妖魔鬼怪……

〔邱之茂搀扶着郑板桥欲往案桌上引，郑板桥抬头却看见卧室里的梳妆台。

〔虫虫已经换上了五娘的衣服，正往脸上涂脂抹粉。〕

郑板桥　（兴奋地上前，高喊着）五娘……五娘……我的娘子，你回来了，你可回来了……

〔虫虫似乎怕郑板桥认出了他，急忙起身躲避。

〔郑板桥追赶上去，一边呼叫着，一边寻找着。〕

郑板桥　五娘……五娘……你别跑呀……

〔虫虫继续躲藏着。〕

郑板桥　五娘……五娘……你藏在哪儿了？出来，快出来呀五娘……

〔虫虫到处跑，郑板桥到处追，渐渐地成了一种捉迷藏的游戏。

〔虫虫不让郑板桥追上，又故意时隐时现，引逗着郑板桥……〕

虫　虫　（学着五娘的口气）老爷，您追不上我……

郑板桥　五娘，你跑不了……

虫　虫　老爷，您找不到我……

郑板桥　你个小骚蹄子，快给我出来……

虫　虫　老爷，我在这儿呢……

郑板桥　哈哈哈……我看见你了……

〔虫虫故意躲到柱子后面，露出衣裙的一角。

〔郑板桥蹑手蹑脚地过去，一把拉住了虫虫。

〔虫虫假意挣脱着，郑板桥用力将虫虫拉到自己的怀里。

〔虫虫在郑板桥地怀里撒娇……

〔姜晋升和姚思源走进来，看到这儿一幕，停止了脚步。〕

邱之茂　（上前提醒着）板桥先生，有客来了。

〔郑板桥放开虫虫，转过身，看见了姜晋升和姚思源，尴尬地整理了一下散乱的衣服。〕

郑板桥　（施礼）郑燮拜见运司使大人。

姜晋升　板桥先生真是好兴致呀，饶五娘果然是风情万种、婀娜多姿。

郑板桥　让姜大人笑话了。

姜晋升　（不无醋意地）哪儿呀，羡慕还来不及呢，可惜我姜某人没有这个福气啊。一个饱经风尘的绝代佳人，一个官场废黜的风流才子，真是前缘注定的一对。

郑板桥　（指着姜晋升和姚思源）一个富可敌国的大盐商，一个权倾朝野的运司使，乃是天造地设的一双。

姜晋升　夫妻缱绻，家和万事兴。

郑板桥　官商沆瀣，国破山河在。

姜晋升　好你啊郑板桥，依然是伶牙俐齿，口不饶人。

郑板桥　见二位春风得意，板桥凑个趣。

〔姚思源一直打量着站在郑板桥身后的虫虫，突然发现了端倪。〕

姚思源　姜大人，错了，错了……

姜晋升　什么错了？

姚思源　您仔细看看，刚才跟板桥一起戏耍的不是饶五娘……

姜晋升　唔……

姚思源　虫虫，你是虫虫。虫虫，你还记得我吗？

虫　虫　虫虫给姚老板请安。

姚思源　几年不见，虫虫越发妖娆可人了。

姜晋升　这虫虫是谁？

姚思源　这虫虫当初是我送给板桥先生的小童。

郑板桥　不是送的，是我用一张竹子换的。当初他买虫虫的时候，只花了三个烧饼。姚老板是商人，赚大发了。

姚思源　板桥先生，今天又带来一个小童，如果你喜欢，就留下，这回是真的白送给你。

郑板桥　商人从来不做赔本的买卖的，白送一斤米，赚取万钟粟。

〔虫虫上来，主动拉住了小童的手。

〔孙奶妈领着饶五娘回来了。

〔饶五娘见到了客厅里的姜晋升，便停住了脚步，闪在了门外听了一会儿，便从侧门进入了内室。〕

姜晋升　板桥先生，咱们逗也逗了笑也笑了，今天本官与姚老板前来，是有要事相商的。

郑板桥　我一个废黜之官，靠卖字卖画打发残年余生，你们能跟我有何正事？

姜晋升　正事有二，不，有三。

姚思源　不是两件事吗？怎么又出了三？

姜晋升　第一，我们先向板桥先生讨杯茶吃。

姚思源　哈哈哈，姜大人真会说笑话。

郑板桥　虫虫，献茶。

虫　虫　是。

郑板桥　两位请坐。

姚思源　我先说第一件事，抛砖引玉，掰一块儿给板桥先生尝尝。

郑板桥　黄桥烧饼吗？

姚思源　板桥书院。

郑板桥　板桥书院？

姚思源　先生不是说过吗？这辈子最大的梦想就是建立一个以郑板桥为名的书院。

郑板桥　你连我做梦的事情都知道？

姚思源　先生说，每天咬着黄桥烧饼进板桥书院，或者坐在板桥书院里吃黄桥烧饼。

郑板桥　姚老板是在嘲笑我的梦想？

姚思源　不，我要让你的梦想成真。

郑板桥　这倒更像是做梦了。

姚思源　自从汪应庚重修扬州学府之后，扬州城的书院越建越多，名气也越来越大。广储门外的梅花书院，三元坊的安定书院，北桥的敬亭书院，北门的虹桥书院，府东的资政书院，府西的维扬书院，还有仪征的乐仪书院。这些书院都是盐商们修的，不管怎么说，我姚思源在盐商中也算是数二数三的，不能光看着这些风头都被别人抢走啊。

姜晋升　板桥先生，听明白了吧？姚老板要出资建一个书院，名字就叫板桥书院。

郑板桥　他出钱修书院，却要署我的名字？商人什么时候做过只赔不赚的买卖？

姚思源　我倒想让它叫思源书院呢，可是谁知道我姚思源是谁呀，知道了又有谁认可呢？板桥先生“三绝诗书画，一官归去来”，鼎鼎大名家喻户晓妇孺皆知。刚才先生说我这是做只赔不赚的买卖，错。我们这辈子，该当官的当官，该经商的经商，该出名的出名，也都混得差不多了。命长命短天注定，要想千古流芳，就必须给天下留下点儿物件。书院因先生的大名而流传百世，姚思源亦因修了书院而燕然勒石。你说，我是赔了还是赚了？

郑板桥　（兴奋之情溢于言表，诙谐地）这么说，你没赔？

姚思源　没赔。

郑板桥　赚了？

姚思源　赚了。

郑板桥　那么我呢？

姚思源　你也没赔呀！书院，多高雅多神圣的玩意儿呀。不会玷污你的清名吧？

郑板桥　这么说，我郑板桥也赚了？

姚思源　你当然赚了，赚大发了。

郑板桥　如此说来，这是双赢双赚的买卖了？

姚思源　何止是双赢双赚呢？还有姜大人呢，姜大人的名字也会刻在书院的碑记上。

姜晋升　板桥先生，我这儿还有一件让先生留名千古的事情呢。

郑板桥　唔。

姜晋升　先生还记得王右军的《兰亭集序》吧？

郑板桥　“永和九年，岁在癸丑，暮春之初，会于会稽山阴兰亭，修禊事也……”

姜晋升　当年王羲之、谢安、孙绰等高官文豪列坐于流觞曲水，一觞一咏，畅述幽怀，然后他们的诗作结集刻印，由王羲之作序……

郑板桥　姜大人，莫非您也要举办一次修禊？

姜晋升　板桥先生心有灵犀，不点自通。

郑板桥　姜大人若办修禊，板桥自会躬身捧场。

姜晋升　本官要的不是捧场。

郑板桥　难道要我出钱？

姜晋升　本官要你担任王羲之的角色。修禊之事定在扬州虹桥，将来诗集便叫《虹桥集》，《虹桥集序》便由你板桥先生书写，就用你的六分半体。

郑板桥　您让我写《虹桥集序》？

姜晋升　非板桥先生莫属。

郑板桥　还要用我的六分半体？

姜晋升　板桥先生的六分半体无古无今独逞。

郑板桥　哈哈哈……虫虫……拿酒来！

姜晋升　先生，莫慌，先别忙着喝酒。

郑板桥　莫非姜大人还要开什么条件？

郑板桥　只有一件小事。

郑板桥　请讲。

姜晋升　今日之虹桥修禊与往日之兰亭修禊不可同日而语。兰亭修禊群贤毕至不过四十一人，虹桥修禊我要召集三千人；《兰亭集》只有一部，《虹桥集》要三十部；兰亭修禊“无丝竹管弦之盛”，虹桥修禊不但有丝竹管弦，还要有歌有舞有名角。一切都是最好的，最豪华的，规模最大的，十倍百倍地超过兰亭修禊。

郑板桥　那……要郑燮做什么？

姜晋升　只请五娘出场献一首仙曲……

郑板桥　（突然翻脸）不行！绝对不行！

姜晋升　板桥先生，我没别的意思，只是请如夫人献一支小调，出场费您随便要。

郑板桥　我说了，不行，两位请吧，恕不奉陪了。

姚思源　先生，姜大人让你写《虹桥集序》可是名垂万古的大事啊！

郑板桥　虫虫，送客！

〔饶五娘突然从内室出来。

〔众皆惊愕。〕

饶五娘　不就是唱支小曲吗？我同意。

郑板桥　五娘……

〔灯束打在饶五娘的身上，渐暗。〕

〔十数日后。

〔虹桥修禊现场。

〔远有宝刹浮屠，近处有长河拱桥，亦有茂林修竹，清流激湍。

〔流觞曲水，蜿蜒如盘。

〔笙管丝竹，鼓乐鸣钟。

〔舞影翩翩，宛如自天而降。

〔饶五娘的扬州小调清脆婉转，百变不穷，令人迷醉。

〔歌舞声中，姜晋升、郑板桥、姚思源及群贤佳客入席列坐……

〔邱之茂抓住了可乘之机，担当起了司仪角色。

〔歌舞渐停。〕

邱之茂　曲水流觞，纵情山水，畅抒情怀，游心翰墨。以击鼓奏乐为号，鼓停乐息之时，羽觞停在哪位先生面前，便请先生饮酒赋诗。首轮为对句，第一位出上联，第二位对出下联，对出者往下传杯，对不出者连罚三杯……

〔众皆欢呼叫好，鼓乐鸣奏。

〔羽觞沿曲水漂流。

〔饶五娘踩着舞步，紧随着羽觞移动前行。

〔突然，鼓乐骤停，羽觞停在了金农面前。

〔饶五娘从曲水中端起羽觞，举到金农面前。〕

饶五娘　金先生，请吧。

金　农　（将酒一饮而尽，遂出上联）修禊事兰亭传绝唱。

〔众皆喊好。

〔舞女们将酒重新斟满，饶五娘又将羽觞放入曲水之中。

〔鼓乐复起。

〔在众人的欢呼声中，羽觞停在了郑板桥面前。

〔饶五娘端起羽觞。〕

饶五娘　老爷请。

郑板桥　（饮酒，对下联）王羲之醉笔走龙蛇。

〔叫好声中，鼓乐起。

〔鼓乐止，羽觞停在了姚思源面前。〕

饶五娘　姚老板，请。

姚思源　（饮尽，看了一眼饶五娘，出联）五娘吟唱声声慢。

〔众皆欢叫，饶五娘略显羞涩。

〔鼓乐又起，停在了姜晋升面前。

〔饶五娘端起羽觞递给姜晋升。〕

邱之茂　请姜大人对句。

姜晋升　（抬眼看了看天空）柳絮飞来片片红。

〔没有人欢呼，现场一片寂静。〕

姜晋升　（惊异地）怎么，老夫没有对上吗？

姚思源　姜大人，您对倒是对上了，不过……您见过柳絮是红色的吗？

〔姜晋升非常尴尬，一时语塞，现场的众人亦各怀心思地看着姜晋升。〕

姚思源　要不，您再换一联？

郑板桥　（突然走过来，双手击掌）好联好联啊，姜大人真不愧腹笥充盈才学渊博啊，诸位可曾知道，这是前明诗人贾嘉道写的一首题为《扬州行》的诗："廿四桥边廿四风，凭栏犹忆旧江东。

夕阳返照桃花渡，柳絮飞来片片红。”诸位看看，在夕阳返照当中，谁说柳絮不是红色的呢？

邱之茂　姜大人好学问啊，奏乐！

〔鼓乐又重新鸣奏起来。

〔现场上更加热闹非凡。

〔姜晋升悄悄来到郑板桥身边，把郑拉到一边。〕

姜晋升　板桥先生，你刚才提到的那位前明诗人叫什么来的？

郑板桥　贾嘉道。

姜晋升　他真的写过那首《扬州行》？

郑板桥　没有。

姜晋升　没有？

郑板桥　他不但没有写过《扬州行》，而且前明诗人中也没有贾嘉道这么个人。

姜晋升　啊？这么说，刚才那首诗是你临时编出来的？

郑板桥　哈哈……随便凑个趣。

姜晋升　何止是凑个趣？你今天可帮了老夫大忙了，否则，老夫今天丢大人现大眼了。容当后谢，等修褉之事完，老夫专门设宴答谢。

郑板桥　姜大人言重了，板桥喜欢玩这些雕虫小技。

姜晋升　你别口口声声地叫我姜大人了，太疏远。

郑板桥　那……我该叫您什么？

姜晋升　如不嫌弃，我们今后以兄弟相称，我长你几岁。

郑板桥　姜老兄在上……

姜晋升　不行，叫姜老兄还是显得不够亲近。

郑板桥　那……

姜晋升　叫哥。

郑板桥　姜哥。

姜晋升　把姓去掉，就叫哥，我是你亲哥，你是我亲弟，我们是亲兄弟。

郑板桥　板桥高攀了。

姜晋升　哪儿的话？我们是兄弟如手足。

郑板桥　大哥在上，小弟有礼了。

姜晋升　（亲热地拉住了郑板桥的手）哈哈哈……兄弟如手足啊……

〔修禊在继续，远处，投过来的是饶五娘异样的目光……〕

〔紧接前场。

〔郑板桥寓所。

〔郑板桥在作画，情绪消沉烦躁，画了几笔，又丢下了。然后，又拿起画笔。

〔饶五娘和孙奶妈走出来，孙奶妈背着包袱。〕

孙奶妈　老爷，我们走了。

〔郑板桥继续作画，没有抬头。〕

饶五娘　（犹豫了一下）老爷，三天了，您劝我的话都说尽了，五娘呢，也把该说的话都说了。您……多保重吧。

〔饶五娘说完，与孙奶妈朝外走去。〕

郑板桥　等等……

〔饶五娘和孙奶妈停下了脚步。〕

郑板桥　不能再想一想了吗？

〔饶五娘轻轻地摇了摇头。〕

郑板桥　你真的就忍心把我抛下？

饶五娘　自从麟儿死了之后，五娘已经心如死灰万念俱灭了。若不是老爷您苦苦相劝，若不是文思上师循循开导，若不是念及老爷心狱难平，五娘我早就随麟儿前往了。

郑板桥　你选择剃度，整天面对青灯黄卷，吃斋念佛，不还是让我椎心牵挂吗？

饶五娘　五娘说过，宁与老爷生离，不与老爷死别。

郑板桥　五娘，有一事板桥我百思不得其解。

饶五娘　老爷请讲。

郑板桥　既然五娘早就厌倦了红尘，为什么在姜晋升主办的修禊上，还主动参与，并给足了所有人的面子？

饶五娘　五娘没有给足所有人的面子，只是为老爷最后一搏。

郑板桥　为我最后一搏？

饶五娘　五娘知道老爷想要什么。

郑板桥　此话怎讲？

饶五娘　老爷自幼胸怀天下，志在庙堂，建功立业，青史留名。无奈怀才不遇命途多舛，老来归隐，却隐而不甘，依然身在江湖志在沧海。姜晋升和姚思源给了老爷一个机缘，把老爷送上云端。老爷您狂喜之情溢于言表，歌之咏之，手之舞之，足之蹈之。如此最后的癫狂，既可实现少年之夙愿，亦可弥补官场之失意。五娘没有不帮衬之理。

郑板桥　如此说来，修禊上的一切，都是五娘违心之举？

饶五娘　为了老爷，五娘死而无悔，心甘情愿。

郑板桥　五娘，板桥委屈你了。

饶五娘　老爷言重了。

郑板桥　五娘，板桥还有一疑。麟儿死后，五娘悲恸欲绝无恋世之心，板桥又何尝不是肝肠寸断痛不欲生。罹此大难，你我夫妻本该相拥御寒，互舐伤血，不料五娘却宁可相忘江湖，不愿相濡以沫。板桥痛心深思，五娘一定有难言之隐。

饶五娘　既然老爷问及此事，五娘也不想隐瞒了。老爷不觉得，您自己已经变了吗?

郑板桥　变了？变成什么了？

饶五娘　您变成了自己当初最厌恶的人。

郑板桥　啊？五娘何出此言？

饶五娘　五娘不想再多说一句了，老爷如果不认可，就当五娘是戏言胡诌吧。

郑板桥　五娘，板桥真的让你失望了？

饶五娘　不，老爷。五娘未见老爷之时，仰慕老爷才华，见到老爷之后，甚喜老爷佳趣，心中油然而生爱意，天作地合，此生能做老爷的如夫人，是五娘前世修来的福分，死而无憾了，此其一；五娘跟随老爷之后，深得老爷溺爱，尽管历经饥寒险境，却心心相印，苦乐经年，此其二；老爷潍县开仓放赈，触犯天条，五娘本想舍身相救，老爷却宁死不允，五娘在老爷心中的分量可见一斑，五娘对此刻骨铭心，此其三也。如此三恩三情，非寻常女子可得也。为此，请受五娘三拜。

〔饶五娘说完，跪在郑板桥面前，叩拜三次。〕

郑板桥　五娘快快请起，板桥何德何能，受如此大礼？

〔郑板桥将饶五娘从地上扶起来，两个人手牵着手，泪眼相对……

〔饶五娘慢慢地向后退去。

〔郑板桥的手慢慢地松开了。

〔饶五娘看着郑板桥，向后退着。

〔郑板桥呆呆地看着饶五娘，双手依然向前伸着。

〔突然，饶五娘转身，决然离去。〕

郑板桥　（声泪俱下地）五娘……

〔郑板桥身子摇摇欲倒。

〔虫虫急忙过来，抱住郑板桥，把他搀扶到案桌前坐下。

〔文思拿着棋盘、棋盒上来。〕

文　思　贫僧来得不是时候吧？

〔郑板桥挣扎着站起来。〕

文　思　坐下坐下，老朋友了，不必多礼。

〔郑板桥复又坐下。

〔文思来到棋桌前，放好棋盘，开始摆弄棋子。

〔虫虫为文思端来茶水。

〔文思踱到案桌前。〕

文　思　先生在作画？

〔郑板桥无语。〕

文　思　这是画的谁？

郑板桥　本想画一张自画像，让五娘带走留个念想儿。唉，罢了，罢了。

文　思　板桥先生，你怎么没脸？

郑板桥　我郑板桥早就没脸了。

文　思　哦……我是说，你的自画像怎么没画脸？

郑板桥　我不知道该画哪张脸。

文　思　板桥先生有几张脸呢？

郑板桥　五娘说我变了，文思上师，您说我变了吗？

文　思　一切有为法，如梦如泡影，如露亦如电。可谓是万变不离其宗。

郑板桥　我是变了，我把自己丢了。

文　思　你不是就在这儿吗？

郑板桥　这已经不是郑板桥了。

文　思　那什么是郑板桥呢?

郑板桥　想当初，姚思源扔给我三十两银子，要买我一张竹子，我把那张画撕了，那个清高耿介的郑板桥哪儿去了?

文　思　你后来不是用一张竹子换了一个虫虫吗?

郑板桥　想当初，姜晋升拿出一千两银子，让我为他刻印书稿，我却把他奚落得无地自容，那个浮云富贵粪土诸侯的郑板桥哪儿去了?

文　思　你后来不还是去当官了?

郑板桥　范县断案，潍县开仓，那个亲民如子为民请命、置个人生死荣辱于不顾的郑板桥哪儿去了?

文　思　你不是又回扬州来了吗?

郑板桥　扬州啊扬州，你就是个大染缸，多干净的布匹掉进去都会变颜色；你就是个大杂烩，多鲜灵的蔬菜掺进去都会变味；你就是个大粪坑，招来的只能是苍蝇、臭虫、屎壳郎。我当初那么看不起大盐商姚思源，现在却把他当作恩人，不就是他建了一个书院，冠上了我的名字吗?我当初那么厌恶姜晋升，更何况他还是置我于死地的政敌，欲夺我爱妾的情敌，现在我却跟他称兄道弟，亲如手足，不就是让我写《虹桥集序》，让我留一个千古美名吗?五娘说我变成了我最厌恶的人，文思上师，您说呢?您还认得我吗?

文　思　板桥先生，你是个聪明人。

郑板桥　不，我糊涂了，彻底糊涂了，我连自己是什么人都不知道了。

文　思　聪明难，糊涂难，由聪明而转入糊涂更难。

郑板桥　那我到底是聪明呢，还是糊涂呢?

文　思　退一步，当下心安，非图后来福报也。

郑板桥　聪明难，糊涂难，由聪明而转入糊涂更难……退一步，当下心安，非图后来福报也……文思上师，您给我醍醐灌顶了。

文　思　这么说，你茅塞顿开了？

郑板桥　哈哈哈……

〔郑板桥回到案桌前，挥毫走笔……〕

文　思　板桥先生，贫僧把上次那盘棋复盘了，咱得分个胜负呀。

郑板桥　什么棋？

文　思　你忘了，十二年前，天宁寺，我们还有一盘未下完的棋。

郑板桥　我怎么不记得有这事？

文　思　装糊涂？

郑板桥　（把写好的字亮出来）难得糊涂。

文　思　（指了指郑板桥和自己）一对聪明人。

郑板桥　（指了指自己和文思）两个糊涂虫。

〔文思伸手示意，指了指棋盘。

〔郑板桥随着文思朝棋盘走去。

〔下棋。

〔灯光渐暗。

〔剧终。〕

2014 年冬　初稿于紫荆园

图书在版编目(CIP)数据

少女的晚宴 / 王梓夫著. -- 北京 : 中国文史出版社, 2021.3

(中国专业作家作品典藏文库·王梓夫卷)

ISBN 978-7-5205-2480-3

Ⅰ. ①少… Ⅱ. ①王… Ⅲ. ①剧本-作品综合集-中国-当代 Ⅳ. ①I230

中国版本图书馆CIP数据核字(2020)第228876号

责任编辑: 卢祥秋

出版发行: 中国文史出版社
社　　址: 北京市海淀区西八里庄路69号院　邮编: 100142
电　　话: 010　81136606　81136602　81136603 (发行部)
传　　真: 010-81136655
印　　装: 北京新华印刷有限公司
经　　销: 全国新华书店
开　　本: 720×1020　1/16
印　　张: 21.25　　字数: 309千字
版　　次: 2021年3月第1版
印　　次: 2021年3月第1次印刷
定　　价: 68.00元